やさぐれ男、異世界で色悪騎士が愛する王子の身代わりとなる

Daizu Konaka
小中大豆

CHARADE BUNKO

Illustration

奈良千春

CONTENTS

世永礼夜は、自分がもう助からないことを理解していた。

左の脇腹が熱い。黒いスーツでわかりづらいが、腹部を押さえる手のひらが、流れ出る血の多さを感じている。

礼夜を刺した男は、ナイフを握ったまままずっと、「すみません、すみません」と、念仏のように謝罪の言葉を繰り返していた。

「ビビりのお前にしては、上手くやったじゃねえか」

男は礼夜の部下だった。腹心の、と言うには頼りないが、一番の古株で憎めない弟分だった。それなりに情もかけていた。

それが、このざまだ。ほんのわずかでも、心を預けた自分が馬鹿だった。

「……くそったれ」

礼夜は最後の力を振り絞り、立ち上がった。

こんな薄汚い路地裏なんかで死にたくない。最後の死に場所くらい、自分で選びたい。

自分にそんな力が残っているかどうか半信半疑だったが、果たして礼夜の両足は、震えながらも主の思うとおりに動き出した。

男は追いかけてはこない。礼夜に致命傷を負わせたと、理解しているわけではないのだろう。ただ、追い打ちをかける勇気がないだけだ。

どこに行くのかもわからないまま、路地を抜け、足を引きずり通りを歩く。真夜中の繁華街は酔客も大勢いて、怪我を隠して歩く礼夜のことなど、誰も気に留めない。

このまま野良猫みたいに、誰もいないところへ行って、一人で死ぬのだ。

半端者の自分らしい最期だと思った。

二十七年の人生、半端だ半端だと言われて生きてきた気がする。

綺麗だ、美人だね、と常に称賛された容姿は、大して役に立たなかった。力を持つまではむしろ、足枷だった。

ただ普通に息をしているだけで、気取っているの誘っているだのと難癖をつけられる。

自称ロシア人の母に面差しはよく似ていて、子供の頃から遠巻きに見られたり、英語で話しかけられたりした。

母は日本語しか喋れなかったし、礼夜もそれは同じだ。

母が結局のところどういう生まれだったのか、礼夜は知らない。頭がお花畑だったのは確かだ。

何しろ、息子に礼夜なんて、キラキラしい名前を付けるくらいだ。おかげでいまだにホストと間違えられる。

父が誰かも知らず、廃屋同然の汚いアパートで、たまに客を取る母と二人きりで暮らしていた。金にも男にもだらしのない女だった。家は貧しく、子供だった礼夜はいつも腹を空かせていた。

とにかく金が欲しかった。世の中、金だ。金さえあれば強者になれる。

喧嘩で腕っぷしも磨いたが、礼夜が生きる社会では大して役に立たないとわかった。とにかく金だ。一にも二にも金、金。

中卒で働き始めて、どうすれば効率よく大金を儲けられるのか、試行錯誤した。

最初は正攻法の金儲けを考えていたのだ。人の下でコツコツ働き、小金を貯めて運用して、それを元手に起業して。

けれど礼夜のいた環境は、そうした正直さを許してはくれなかった。真面目に努力すれば、いつか報われるなんてのは嘘だ。

開き直って日陰に身を置いてみると、そちらのほうがずっと生きやすかった。

はじめのうちは一人で、そのうち仲間を集めて、合法と非合法の狭間で金を稼ぐ方法を模索し続けた。

いつしか礼夜と礼夜が率いるグループは、半グレと呼ばれるようになり、暴力団とも繋がりができた。

我ながら上手くやっていたと思う。少しばかり、上手くやりすぎた。

儲けが増えるごとに、敵も増えていった。

予感はあったのだ。そろそろヤバいかもな、と第六感が告げていて、商売を人に渡して自分は海外にでも移住しようかと考えていたところだった。

足をすくわれた。不意打ちだった。……などと言い訳をしたところで、負けは負けだ。

煌びやかな高層マンションのてっぺんに住み、何でも自由に手に入るようになったけれど、最期は結局、一人惨めに死ぬ。

「けど、もうちょっとくらいは、長生きできると思ったんだけどなあ」

四十まで生きて、イケおじと呼ばれるのが目標だった。

それまでに堅気に戻って、陽気も治安もいい海外のどこかの街に暮らして、ついでにイケメンの愛人でも囲って、悠々自適の隠遁生活を夢見ていた。

自分には、分不相応な夢だったか。

失血で意識が朦朧とする中、どこをどう歩いてきたのか、いつの間にか川べりに来ていた。ビルとビルの合間にあるドブ川だ。それなのにリバーストリートなんて、洒落た名前が付いているのが笑える。

礼夜は通りを繋ぐ小さな橋の半ばまで来ると、手すりを摑んで川面を覗き込むようにした。酔っ払いが嘔吐しているように見えたかもしれない。カップルが「うわあ」と、嫌そうな声を上げて通り過ぎた。

うるせえよ、と悪態をつく力もない。このまま橋から飛び降りようかと考える。

手すりは低く、礼夜の腰よりまだ下にあった。ただ、ここから川底までは二階分くらいの高さしかない。川の水は川底が見えるくらい少なくて、落ちても一息には死ねそうにない。

（どこまでも半端だよなあ）

ドブ川を覗いて、礼夜は笑った。

水面に青ざめた男の顔が映っている。肩まで伸びた金髪は、地毛に間違えられるがブリーチだった。地毛は濃いブラウンだ。

高級ブランドのスーツのせいで、余計にホストくさく見える。我ながら品がない。

金を儲けて身なりを整えるほどに、地金の粗末さが浮き彫りになるような気がした。

しょせん、淫売の子は淫売、どう足掻いても半端なままなのだと。

風が吹いて、水面が揺れた。

それと同時に、礼夜の視界もぶれる。急に眠気を覚え、目を閉じた。

ぐらりと身体が傾いで、橋から川へ落ちていくのを感じた。四肢が水を叩く。ドブ臭い水の臭いが香った。

礼夜の身体はそのまま、水の中へ深く潜っていった。

深く、さらに深く。

川底が見えるくらい浅い川だったはずなのに、どこまでも深く沈んでいく。

呼吸が苦しくなって、礼夜は息を吐いた。水の中は暗く、水面はもう見えない。

礼夜の意識は重い身体と共に、暗い水の底へ沈み続けた。

もう死ぬのだと思っていた。いや、とっくに死んだと思っていた。

息苦しさに目を覚まし、水の中でもがいたのは無意識だった。空気を探して暴れる礼夜の手を、誰かが摑んだ。

細い手だ。そう思った時に水面が見えた。夢中で水を掻(か)く。細い手の主が、水の向こうで必死に礼夜を引き上げようとしていた。

水面の向こうのその人と、目が合う。

一瞬、鏡を見ているのだと錯覚した。それくらい、彼は礼夜によく似ていた。

（俺じゃない）

髪が真っ黒で短い。それに腕も、鍛えられた礼夜に比べて、ひどく華奢(きやしゃ)だ。

そんな細腕では、大の男を水から引き上げることはできないだろう。

溺れているくせに、妙に冷静な頭がそんなことを考えた時、また別の腕が伸びてきて、礼夜の腕を摑んだ。

今度の腕は礼夜より一回りも太く、逞(たくま)しかった。

力強いそれが、一気に礼夜を引き上げる。いささか乱暴で、肩が外れそうになった。

岸辺まで引きずり上げられ、礼夜は激しく咽(む)せて水を吐き出した。苦しくて、両手で地面の草を摑む。――草？

「大丈夫か」

落ち着いた男の声がした。低く甘く、肌が粟立(あわだ)つような声音だ。

顔を上げると、声の主が自分を覗き込んでいる。礼夜はその美貌に息を呑(の)んだ。

（うわ……）

礼夜の好みの顔だった。生き死にの境目に考えることではないが、好みは好みなのだから仕方がない。

年の頃は、礼夜より少し上だろうか。男くさく逞しい輪郭に、甘やかで形の良い目鼻のパーツが整然と置かれている。灰色の瞳が、ゾッとするほど美しく酷薄そうだった。

少し癖のある髪は金髪だ。礼夜と同じ、見かけは「外国人」である。

礼夜を引っ張り上げたのは彼だろう。衣服が濡れている。その衣服がコスプレのように奇妙で、礼夜は違和感を覚えた。

布製のシャツの上に、本革のベストを身に着けている。まるで中世ヨーロッパの装束のようだった。

ハロウィンはまだ、先のはずだ。

奇妙と言えば、今いるこの場所もおかしい。空がうっすら明るい。夜明けか夕暮れのようだ。礼夜が川に落ちたのは、真夜中だったはずなのに。

「そうだ、傷……」

スーツの上着をめくり、愕然とした。

刺された傷がない。白いシャツは白いままだ。血の染みも見当たらない。スーツの上から刺されて穴が開いたはずなのに、スーツもシャツも無傷だった。

夢でも見ていたのか。それとも、今見ているこの光景が夢なのか。

「大丈夫ですか」

また別の声がして、再び顔を上げた。

金髪の美丈夫の隣で、黒髪の少年がこちらを覗き込んでいた。

少年。そう、少年だ。先ほど、最初に礼夜を助けようとした、礼夜そっくりの人物。

髪の色以外、目鼻立ちはよく似ていたが、礼夜よりだいぶ若く見える。

「いったい、どういう……」

困惑し、濡れた髪をかき上げた時、周囲からどよめきが聞こえてびっくりした。

礼夜たちの周りには、他にも六、七人の男たちがいた。金髪の男と同じ、奇妙な装いをしている。

消えた刺し傷と、目の前の二人に気を取られて、今まで気づかなかった。

「奇跡だ。奇跡が起こった」

「これは……どういうことなんだ？　フレイ様に瓜二つだが」

「湖から、もう一人のフレイ様が現れた」

礼夜は反射的に、背後を振り返った。

そこには濃紺の水を湛えた美しい湖があり、湖の向こうには連なる山が見えた。山と山の間に、陽が沈んでいこうとしている。

顔を前に戻す。男たちの背後には、鬱蒼とした森があった。

「どういうことだ？」

礼夜はつぶやく。ドブ川に落ちたはずなのに、なぜ大自然の中の湖から引き上げられたのか。ここはいったいどこだ。

礼夜と同じくらい、周りの人々も驚いていた。それはそうだろう。

金髪の男も、信じられないような表情で礼夜の顔を見つめている。そこには困惑と不安、そして微(かす)かな恐怖の色があった。

周りにいる男たちのような歓喜が、金髪の男にはない。

何が何だかさっぱりわからないが、誰か、この状況を説明できる人間がいるだろうか。

そんなことを考えた時、傍らで小さなくしゃみが聞こえた。

黒髪の少年のくしゃみだった。

礼夜は全身ずぶ濡れだったが、礼夜を助けようとした少年もまた、上半身の衣服が濡れていた。

金髪の男が、そうした少年の様子に気づいて血相を変えた。

「すぐに火を熾(おこ)してくれ。王子と……この方を火にあたらせるんだ」

纏(まと)っていたマントを脱ぎ、少年の身体を包みながら周囲に向かって声を上げた。

すると、歓喜に沸いていた周囲の男たちも、我に返ったように散らばる。数名がすぐさま、火を焚(た)く準備を始めた。

「王子、着替えを致しましょう。お身体に障ります」

金髪の男は、ひどく心配した様子で少年に言った。

それを言ったら、俺のほうがずぶ濡れだし、俺も着替えたいんだが……と、礼夜は呆れ半分に思う。

そうした礼夜の心を読んだわけではないのだろうが、またもやタイミングよく、少年がくるりと礼夜を振り返った。

「私は大丈夫だよ。着替えるなら、この方が先だろう。さあ、あなたもこちらへ。火にあたりましょう」

白くたおやかな手が、礼夜に差し伸べられる。同じ顔に微笑みかけられるというのは、奇妙な体験だった。

少年だけは、この状況に驚いていない。彼が何か、知っているのか。それとも今の状況を作り出したのが、目の前の少年なのか。

聞きたいことがたくさんあったが、ともかくも濡れ鼠では落ち着かない。

礼夜はぎこちなくうなずいて、少年に従った。

「あなたはどうやら、この世界とは異なる、別の世界から来られたようだ」

細枝を火にくべながら、少年が歌うような口調で言った。

礼夜はその真横で、着替えたばかりのシャツを矯めつ眇めつし、その臭いを嗅いだりしていた。シャツというより、チュニックだろうか。

頭からかぶるタイプのものだ。生成りのリネンのようなものでできていて、あまり清潔そうに見えない。変な臭いもする。下は、とび職が穿（は）くボンタンのようにだぼっとした、こちらもリネンとおぼしきズボンだった。

火のそばには、少年と礼夜しかいない。

少年が人払いをしたのだ。金髪男は今は険しい顔で、火から少し離れた場所に立っていた。何かあればすぐに少年を救い出せる位置だ。彼は少年の護衛なのだろう。

他の男たちは、さらに離れた場所で野営の準備を始めていた。いくつか火を焚き、粗末な天幕を張っている。

男たちの多くは無精髭（ひげ）をはやし、薄汚れていた。疲れの色も見える。周りに人工の建造物は見当たらず、野営の手際の良さから、彼らがずっと野宿をしてきたのだと推測された。

「っつーか、まずここはどこなんだ？　日本じゃなさそうだよな」

男たちが全員、日本人の標準から外れた顔立ちをしているし、ざっと見た限り、湖やその奥にある山々の景色が、日本のどの山にも当てはまらない。

どこがどうとははっきり言えないが、空の色合いや周りに生えている木々が、日本の気候のものとは違うのだ。

「少なくとも、ニホン、という場所ではありませんね。ここはアルヴという国、ウルズの泉のほとりです。恐らくは、あなたがいた世界の地図には載っていないでしょう」

「やっぱ異世界か。異世界転移、異世界召喚ってやつね」

礼夜は言った。

「こないだ、そういうの読んだわ。勇者になって魔王を倒すとか」

読書は昔から、礼夜の唯一と言える趣味だ。子供の頃は図書館が居場所だった。タダだし、年中エアコンが効いてる。図書館に住みたいと思っていた。

「仕事」が成功して忙しくなってからは、読書にかける時間も短くなったが、それでもジャンルを問わず暇さえあれば本を読み漁(あさ)っていて、最近読んだ本にそういうものがあった。

異世界に飛ぶ話は昔からあるが、昨今のライトノベルの潮流として、異世界に転移や転生する主人公は、日本で一度死ぬのがお決まりのパターンになっている。

礼夜は、自分のシャツの裾をぺろっとめくってみる。やはり左の脇腹には、小さな傷一つ見当たらなかった。この身体は一度、死んだのだろうか。

「俺の存在に驚かないってことは、少年が俺を召喚したんだな。俺に何をさせたい？　魔王を倒すとか？　俺、中卒の半グレで、剣も魔法も使えないんだけど」

矢継ぎ早に尋ねる礼夜に、少年は困ったように微笑んだ。

「私も、剣や魔法は使えません。魔物は恐ろしい存在なのでしょうが、私は物語で聞くばかりで、現実に出会ったことはありません。あなたを呼んだのは私です。正しくは、マーニに祈ったのですが」

「マーニ？」

「月の神です。それより、名乗りが遅れましたね。私はフレイと申します。かつてアルヴを治めていた王族の末裔です」

かつて、ということは、今は別の支配者がいるのだ。

フレイ、アルヴ、マーニにウルズ。礼夜は頭の中で単語を並べてみる。あまり、自分の置かれている状況を把握する助けにはならなかった。

「俺は世永礼夜。世永が姓で、礼夜が名前ね。二十七歳。あんたは俺とそっくりだけど、俺よりかなり若く見えるな」

フレイは、「せなが、れいと」と、口の中で発音を確かめていたが、礼夜に言われて慌てた様子で返事をした。

「十六です。もうすぐ十七になります」

「若っ。どうりで肌がピチピチのはずだ」

礼夜は自分そっくりなフレイを、上から下まで眺める。フレイは恥ずかしそうに顔をうつむけた。

最初は落ち着いていて、年齢不詳に見えたが、こういう反応は年相応だ。

「それで？　まだ状況が見えないんだが。俺を呼んでどうしたいんだ？　いや、あんたは神に祈ったと言ったな」

焚火の前で最初に口を開いた時も、礼夜は恐らく異世界から来たのだろう、と推量形だった。フレイ自身もよくわかっていないのだ。

「……神に何かを願い祈った結果、俺が現れた？」

思いつきを口にする。フレイは小さくうなずいた。

「あなたは頭のいい方だ。私などよりずっと。それに、生命力に溢れている。神は、私の代わりをさせるためにあなたを遣わしたのかもしれません」

嫌な予感がして、礼夜はフレイを見返した。その肌は血管が透けそうなほど白い。礼夜も色白だが、そういう白さではなかった。

ずっと日の差さない場所で生活していたような、そんな白さをしている。手足の細さも、改めて見ると病的なものを感じた。

唇の色も、血の気が薄く白っぽい。

「あんた……」

礼夜が言いかけた時、フレイの身体がぐらりと傾いだ。

「危ない！」

焚火に向かって倒れそうになり、礼夜が咄嗟に抱き留める。離れた場所にいた金髪男が、驚くような素早さで駆け寄ってきた。

「フレイ様！」

礼夜の手からフレイの身柄を奪い取るようにして抱え、こちらを睨む。

「フレイ様に何をした」

この物言いには、礼夜も苛立った。

「お話をしてましたよ。見張りに立ってたくせに、俺らが何してたのかもわかんねえのか？兄さん、顔は綺麗だが、おつむの出来はイマイチみたいだな」

嫌味な薄笑いを浮かべて挑発すると、男はわかりやすく怒りに顔を歪めた。

「貴様……」

「よせ。この方は何もしていない」

男を止めたのは、彼の腕にいる少年だ。男は少年の額に手をやり、「また熱が出ていますね」と言った。少年は常から具合があまりよくないらしい。

「もうすぐ天幕を張り終わります。少し休みましょう」

男が天幕のほうへ連れていこうとするのを、少年が押しとどめる。

「まだだ。この方に我々の現状をお伝えしなくては」

男は不満のようだった。そんなことより、少年の身体のほうが大事だ、と言いたげだ。

少年もそれに気づいているのか、男の腕の中から顔だけ覗かせ、天幕のほうへ声を上げた。

「じいや。じいやはいるか。誰か、イーヴァルディを呼んでくれ」

それほど大きな声ではなかったが、野営の準備をしていた男たちは、少年の言葉を聞き分け、速やかに森の奥へ人を呼びに行った。

男たちは皆、作業をしながらも、王子だというフレイの一挙手一投足を気にかけている。この場にいる男たちにとって、フレイは絶対的な存在のようだった。

間もなく、森のほうから五十がらみのずんぐりとした小柄な男性が、ちょこちょこと小走りに現れた。

癖の強い焦げ茶の髪を肩まで伸ばし、髭も同じくらい長く伸ばしている。眉が太く、顔の半分はもじゃもじゃした毛で覆われている印象だ。

どことなく、漫画やファンタジー映画に出てくるドワーフを思わせた。長身の金髪男の脇に立っているから、余計に小さく見えるのかもしれない。

「お呼びでしょうか、フレイ様」

「じいや。このお方に我々のことをよくご説明差し上げろ。この方、レイヤ殿は、異世界から来られたお方だ。我々の国のことも、この世界の道理もまだご存知ない。突然、この世界に連れて来られて途方に暮れておられるのだ」

異世界、という言葉に、じいやことイーヴァルディと、それに金髪男も目を瞠った。

「ヴィダールに頼もうかと思ったが、私の身体を心配するあまりか、どうもいつもの冷静さを失っているようだ。先ほどからたびたび、礼節を欠いた言動をする」

そうだそうだ、もっと言ってやれ、と、礼夜は追随したくなった。

先ほど、乾いた服を貸してくれたのは金髪男だが、いかにも渋々といった態度だったし、こちらを見る眼差しは終始、胡乱である。

ヴィダールという名らしい金髪男は、フレイの指摘を受けて苦い顔をしていた。

年配のイーヴァルディは、ヴィダールほど頭が固くないようだ。フレイの言葉にすぐさま「かしこまりました」と、軽くこうべを下げて応じた。

「では、レイヤ殿でしたか。どうぞ、ご一緒にこちらへ。フレイ様も天幕へ参りましょう。いつまでも水辺にいては、お身体に障ります」

イーヴァルディが誘い、フレイはヴィダールに抱えられて天幕へ向かった。ヴィダールがフレイを運ぶ様子は恭しく、騎士が愛しい姫君を初夜に運ぶ手つきにも見えた。

礼夜はそうした彼らの様子を眺めながら、後に続いた。


フレイを天幕に寝かせた後、イーヴァルディと礼夜、それにヴィダールの三人は、天幕のそばに焚かれた焚火の前に座った。椅子などはなく、地面にそのまま腰を下ろす。

ヴィダールはフレイが気がかりな様子だったが、異世界から来た怪しい男をイーヴァルディと二人きりにするのも心もとないと考えたようだ。

別の若い男にフレイの見守りを頼み、自らイーヴァルディに付き従うことを申し出た。

イーヴァルディはフレイの侍従で、養育係だと名乗った。フレイが生まれる前から、王家に仕えていたのだという。代々王家の家臣ということで、恐らくはそれなりに身分が高いのだろう。

ヴィダールはやはりというか、フレイの護衛だった。名前と肩書き以外、多くを語らず、彼がどういう生まれなのかはわからなかった。

礼夜はフレイにしたように姓名を名乗り、商人だと告げた。裏稼業は多岐にわたっていて、物を売ることもあったから、まあ商人みたいなものだ。

ここで馬鹿正直に、異世界では半グレでした、と紹介する必要もない。

ここに至る経緯も単純に、真夜中、街中で誤って川に落ち、気づいた時にはフレイに腕を掴まれていた、と説明した。

「何とも不思議なことです。いえ、この奇跡を起こされたのは我らが主、フレイ様ですが、我々にもまだ、どうなっているのかよくわからないのです。レイヤ殿がこの世界に呼ばれたことについて、フレイ様から何かご説明は受けていらっしゃいますか」

イーヴァルディの問いかけに、礼夜はかぶりを振って否定した。

「名前を名乗り合って、異国から来たんじゃないか、という話をしただけだ。話の途中で王子様の具合が悪くなったからな。あとは、王子がマーニに祈った結果、俺が現れたんだと言っていた」

フレイの、自分の代わりをさせるために神が遣わしたのでは、という言葉は伏せておいた。明確な理由があったわけではない。ただの勘だ。だが礼夜は、自分の勘をある程度、信頼していた。

勘は神通力とは違う。これまで生きて体験してきた情報の蓄積による脳の診断だ。言語化される前に出される信号であると、礼夜は理解している。

生き残るために常に神経を張り巡らせてきたから、この勘を疎(おろそ)かにする理由はなかった。

「あなたを遣わすように祈ったのではなく、神に祈った結果があなただと」

「王子はそう言っていた」

　イーヴァルディとヴィダールは、思わずというように互いに顔を見合わせた。どちらの顔にも、同様の不安と恐れの色が見える。

「俺にも、そちらの状況を教えてくれないか。俺は今話したとおり、真面目に商売をやってきただけの、ただの人間だ。神の御業(みわざ)なんてものも使えない。あんたたちは、いったい俺に何をさせたいんだ？　王子が神に祈って奇跡を起こしたってことは、それだけ危機的な状況だってことだよな」

　イーヴァルディの喉奥から、むう、と低い唸(うな)り声が聞こえた。

「あなたに何をさせればいいのか、実のところ我々にもわかりかねるのです。それこそ、神のみぞ知る、というもので。ですが仰(おつしや)るとおり、我々が危機にあるのは確かです」

　そこで毛むくじゃらの男はまた、むう、と唸り、長いあご髭を弄(いじ)った。何から話せばいいのか考えあぐねている、といった表情だ。

　ヴィダールはイーヴァルディに任せると決めたのか、こちらを睨んだまま押し黙っている。

　礼夜は話の接ぎ穂を投げてみた。

「ここがアルヴという国で、王子はかつて国を治めていた王家の末裔だと聞いた。ということは、今この国を統治するのは別の君主というわけだ。見たところここは森の奥深くだが、やんごとない王家の末裔が、野宿をしているのはどういうわけだ？　まずはそこから聞かせてもらおうか」

「そう。まずはそこからですな」

うんうん、とイーヴァルディは、自分自身を納得させるように首肯する。しかめっ面だが、隣の朴念仁よりよほど愛嬌がある。

「かつて、と言ってもまだ、十二年前のことです。このアルヴ国は、フレイ様の父君が統治されていました。千年余り続く歴史ある王朝だったのです。近隣の国々に比べて、大きいわけでも飛び抜けて豊かでもありませんが、小さいながらも平和な国でした」

それなのに……と、イーヴァルディの表情が曇る。感情が豊かなのだ。一方、隣のヴィダールの表情は、険しいまま動かない。

「今から十二年前、時の大臣であったカールヴィという男とその息子ニーノが、謀反を起こしました。挙兵して王城に攻め込み、王を殺し、王位を簒奪したのです。フレイ様の二人の兄上も殺され、王妃は自害なされました。フレイ様を除いて、王族は赤ん坊に至るまで皆殺しにされ、カールヴィ親子はその後、反対派の貴族たちを粛清していきました」

かくしてカールヴィが、権力の座に就いた。

「フレイ様は当時まだ四つでした。王都の外れに幽閉され、以来十二年、そこで暮らしてきたのです。私は政変当時、侍従長の地位を息子に譲り、領地に戻っておりました。息子は王と共に殺され、私はフレイ様の世話係兼教育係として、王都に呼び戻されました」

それからフレイと共に、十二年も幽閉生活を送っていたという。こちらもフレイと同様、波瀾万丈の人生だ。

「こちらのヴィダールも、その当時からの護衛騎士です。長く苦楽を共にして参りました」

イーヴァルディは幽閉生活を思い出したのか、わずかに涙ぐんだ。

礼夜はせっかちなので、そのあたりの人情噺は端折ってくれと言いたくなる。しかし、表向きは神妙に、イーヴァルディの話に引き込まれているふりをして、気の毒がる表情を浮かべた。

「それは……想像以上に大変な境遇だな。しかし、王家は一族郎党殺されたのに、どうしてフレイ王子だけは幽閉だったんだ。幼かったから、ってわけじゃないよな」

王族は赤ん坊まで殺されたというのだ。四つのフレイも、本来なら殺されていたはずだ。

礼夜の指摘に、イーヴァルディはぐっと膝に置いた拳を握り込んだ。

「はい。フレイ様が生き残ったのは、幼かったからではありません。汚らわしいカールヴィの妄執ゆえです。カールヴィは長年、フレイ様の母君、王妃様に懸想をしていたのです。王妃様はそれを知っていて、カールヴィに汚されることを恐れ、自害されました。フレイ様は幼いながら、王妃様に面差しがよく似ていらした」

男児ながら、その美貌は殺すに惜しいと思ったのか。亡き王妃の面影を追ったのか。

いずれにせよ、簒奪者カールヴィの執心によって、フレイは生き延びた。

「長ずるにつれ、フレイ様はますます亡き母君に似るようになった。そうしたフレイ様を見て、カールヴィもいつからかフレイ様ご本人に執着を始めたのです。フレイ様は生来、お身体が弱く、おかげで無体を働かれることもなかったのですが」

これには礼夜も、本心から安堵した。

カールヴィがどんなオヤジか知らないが、力づくで欲望をねじ込まれるのは、どんな人間でも心に闇を抱えることになる。大人になっても付きまとう。

礼夜の中に一瞬、暗い記憶が去来したが、イーヴァルディの話は続いた。

「カールヴィの息子、ニーノは、常々そうした父親の卑陋な趣味を憎悪していました。父に劣情を起こさせるフレイ様も同罪だと考えているようでした。彼ら親子の異なる二つの感情は、フレイ様が年を重ねるごとに大きくなり、我々側近たちも不安を感じていたものです。

そしてフレイ様が十六歳になった頃から、カールヴィの健康状態が思わしくないという噂が聞こえるようになったのです」

「王子に執心していた父親がいなくなれば、王子を生かしておく口実がなくなるってことか」

礼夜の言葉に、イーヴァルディは苦々しくうなずいた。

「カールヴィの影響力が低下すれば、フレイ様の命は危うくなる。いえ、たとえこのまま生き永らえても、いずれカールヴィに蹂躙されるやもしれません。そこで我々は、フレイ様と共に王都から落ち延びることにしたのです」

「それがこの一団なわけだ」

「はい。長年、幽閉生活を共にしてきた側近たちに加え、カールヴィ親子に恨みを持つ者たち、粛清された家臣たちの生き残りが集い、三十余名の集団となりましたが、こちらは今、別の場所に控えさせております。今、この泉のほとりにいる者たちは、いずれも王子を心より慕い、忠誠を誓った者ばかりです」

確かに、先ほどの動きを見ても、よく統率が取れていた。礼夜とフレイが二人きりで話している間も、みんな遠くで作業をしながら、全神経をフレイに向けているようだった。

フレイが正統なる王の末裔だから、だろうか。それともフレイ自身に、人を惹きつけるカリスマ性があるのか。

「それであんたらは無事、都から逃げおおせた。それにしては困っている様子だな。病弱だっていう王子を連れて、どこまで行くつもりなんだ？」

イーヴァルディと、そしてヴィダールに動揺が走った。二人は再び顔を見合わせる。

そこが、話の核心だったようだ。

「もしかして、行く当てがない？」

だとしたら、とんでもない考えなしだ。しかしイーヴァルディは、「いえ、いえ」と、慌てて両手を顔の前で振った。

「目的地はあるのです。ここからだいぶ南の……ええい、地図はどこへやったかな。ともかくかなりの距離はありますが、国を一つまたいだ南方の国です。そこにフレイ様の伯母君がいらっしゃいます。この方は、他国へ嫁いでいて無事でした。他にも他国にいて難を免れた元アルヴ王族はいらっしゃいますが、いずれもフレイ様が身を寄せるには心もとなく、長旅をせざるを得ない状況です」

　そのあたりは、外交問題やら、あれこれ事情があるのだろう。

「カールヴィの追手から逃れ、南方の伯母君の国、ユーダリルを目指す。これが我々の目的です。ただ……」

　イーヴァルディは語気を強めて言ったものの、最後には肩を落として言葉を濁した。

「ただ？」

　礼夜は先を促す。イーヴァルディが再び口を開こうとすると、隣で黙って話を聞いていたヴィダールがそれを遮った。

「イーヴァルディ様」

「いや。これは話しておいたほうがいい。黙っていても、いずれ露呈することだ」

　何やら不穏だ。礼夜が眉をひそめていると、やがてイーヴァルディがこちらに向き直った。

「私やヴィダール、それにこの泉にいる側近たちは、ひとえにフレイ様の平穏を望んでおります。我が主人が安心して静養できる場所があれば、それ以上望むものはございません。ただ……」

「異なる思惑が交錯してるってことか」

「左様です。ユーダリルで兵を募り、フレイ様を旗印にアルヴ王国の王位奪還を望む者たちが、下に残してきた仲間の中におります」

「別の場所に控えている家臣たちは、いずれも王朝の再興を願う者ばかりだ」

ヴィダールが、ここまできて隠しておくことでもないと思ったのか、そんな補足をした。

今、フレイの近くにいる最側近の他に、三十数名の家臣たちがいると言っていた。

つまり、フレイをただ伯母のところに逃がしてゆっくりさせたい、と思っているのは、この場にいる側近たちだけ、ということだ。

「まずはフレイ様の御身が大切だと、何度も説き伏せてはいるのですが。さりとて、家臣たちの助けなくして、我々だけで逃げることもできませせなんだ」

フレイを逃がすため、他の家臣たちの助けを借りたものの、彼らとイーヴァルディたちの目指すゴールは異なっていた。なるほど、悩ましい状況である。

「ちなみに、その伯母さんのいるユーダリルって国は、快く兵を貸してくれる状況なのか？」

礼夜は純粋に疑問に思い、聞いてみた。答えは二人の表情を見ればわかった。

「それはどうにも……交渉してみなければわかりませんが」

「難しい状況だ」

短軀と長軀の二人が口々に答える。

「なるほど」

どっと疲れが押し寄せてきた。頭痛もあるような気がして、眉間の辺りを指で揉んだ。頭の中で情報を整理する。

「それぞれの思惑はともかく、とりあえずみんな、ユーダリルを目指している、と。それなのに今、最側近だけを連れて少人数で行動している理由は？　神様に祈るくらい、切迫してるって言ってたよな」

「さて、そのことです」

イーヴァルディが言い、困ったようにあご髭を弄った。

「このウルズの泉へ来たのは、フレイ様のご提案でした。ウルズの泉は古来、我々アルヴの者にとって神聖な場所。かつてはアルヴの王たちが祭祀（さいし）を行った場所でありました」

古い時代のアルヴの王は、宗教的職能者、つまりシャーマンだったのだろう。古代の権力者は往々にして、宗教的な役割を持つ者だったりする。

これは礼夜のいた世界の話で、礼夜が物の本で読んだだけの半端な知識に過ぎないが、こうした歴史はこちらの世界にも通ずるものがあるようだ。

「このウルズの泉は、常世である月の世界に繋がっていると言われています。常世とうつし世の狭間であるこの泉の岸辺で、アルヴの王族が祈禱を行うことで、奇跡が起こると言い伝えられているのです」

「フレイはその、奇跡を起こそうとしたんだな。というか、その結果が俺なんだが」

言葉を切って、目の前の二人を見る。

異世界召喚をして、いったい自分に何をさせたいのか。礼夜はまず、それが知りたかった。

ただ、彼らの顔に浮かぶ表情……困惑、不安、戸惑い……から察するに、礼夜では叶（かな）えられないような願いなのではないか。そんな気がしている。

「はっきり言ってくれないか。王子が神に祈って奇跡を起こした。けど、泉から現れたのは、王子と顔が瓜二つってだけの、ただの人間だった。それもいささか薹(とう)が立ってる。あんたらは失望してるだろう」

ずばり、礼夜が切り込むと、イーヴァルディとヴィダールのどちらも、気まずそうに視線を外した。図星だ。

「いやはや」

気まずさを誤魔化すように、イーヴァルディが苦笑した。しかし、笑顔がぎこちない。

「レイヤ殿は非常に聡(さと)いお方だ。商人の勘ですかな。いや、あなた自身に失望しているのではありません。我々が期待した奇跡はもっとこう、何と言いますか……常世ならざる力の顕現だったのです」

「それほどの奇跡でなければ、この窮地を打開することはできない、ということなのだ」

イーヴァルディの語調が、次第に言いづらそうに鈍ってくる。その助け舟のつもりか、今度はヴィダールが口を開いた。

「手元に地図がないので、今ここで詳しい地理は割愛するが。我々一行は今から三月ほど前、北にあるアルヴの王都、ビルスキルニルより逃れ、南へ向かった。むろん、各所に置かれた検問の目を避けながらの旅だ。持ち出した物資も限られており、また、カールヴィがこちらの予想を超える兵を募って追手をかけたため、旅は難航した」

その間に、一行はどんどん疲弊していった——と、イーヴァルディが言葉を引き取った。

もっとも顕著だったのは、恐らくフレイだろう。

幼い頃から身体が弱かった、と先ほど言っていた。十二年もの間、幽閉生活を強いられ、体力もない。

野宿をしながらの逃避行は、家臣たちの想像以上に、少年王子から体力を奪っていったのではないか。

夜空に浮かぶ月のように青白い、王子の顔色を思い出し、礼夜はそう思った。

「ウルズの泉は、北の王都ビルスキルニルと、南にあるアルヴと隣国の国境、ちょうどこの二点の中間辺りに位置しています。中間よりやや下、くらいでしょうか」

イーヴァルディはそこらに落ちていた小枝で、地面に地図を描いてみせた。

アルヴはひょうたんのような形をしていて、上が王都、イーヴァルディたちが目指す国境は、ひょうたんの底のやや右側、つまり国の南々東だった。

ウルズの泉は、ひょうたんの窪(くぼ)みの左側の部分にある。

「まだ、国を出るまでだいぶあるな」

王都から逃亡して三か月。まだ、国の真ん中で右往左往しているとは。しかもユーダリルは、隣の国のさらにその隣にあるというのだ。

実際にどれくらいの距離かはわからないが、相当に遠い。フレイのあの様子からして、国を出る前に弱って死んでしまいそうだ。

そんなことを考えたが、さすがに不謹慎なので口には出さないでおいた。不用意なことを言ったら、ヴィダールに斬り殺されそうだ。

　彼の腰には重そうな剣が携えられている。護衛騎士だと言うし、その立ち居振る舞いから見ても、肩書きは伊達ではなさそうだった。

　恐らく、それなりに腕に覚えがあるはずだ。礼夜は拳銃しか持ったことがないし、剣と丸腰ではリーチが違いすぎる。本気の殺し合いは避けたいところだ。

「あの王子様に、これ以上の旅は過酷なんじゃないか？」

　内心を誤魔化すために言ってから、意味のない言葉だったと後悔した。

　過酷な旅であることは、家臣たちも承知している。それでも引き返すことはできない。立ち止まるわけにもいかない。ただ進むしかない。

「悪かった。愚問だったな」

　真面目な顔で謝ると、イーヴァルディは苦い顔で「いいえ」と、かぶりを振った。

「仰るように、フレイ様にとって過酷な旅であるのもそうですが、行く先々で追手に遭い、そのたびに進路の変更を余儀なくされました。今では我々全員が疲弊しています。おまけに……」

　と、言葉を濁し、イーヴァルディは足元に自らが描いた地図へ目を落とした。

「カールヴィめは、いつまでもフレイ様を捕らえられないことに、苛立ちを覚えたのでしょう。追手を増やし、ついには我々の居場所を突き止めました。そしてこの、ウルズの泉の手前にある谷間まで我々を追い詰め、挟撃を仕掛けてきたのです」

言いながら、地図を描き足した。ひょうたんの窪みの部分は、実際には山間の入り組んだ地形になっているようだ。

フレイ一行は敵の挟み撃ちに遭い、山を越え谷を越えて、森林地帯の中にあるウルズの泉まで逃げてきたという。

「泉は王族のみ立ち入ることのできる場所とされ、ここまでの道は本来、アルヴ王家の方々しかご存知ありません」

一行で道順を知るのはフレイのみ。秘匿された場所なので、途中からはイーヴァルディたちも最低限の側近のみでこの場所に向かった。

「しかし、この方角に泉があることは敵もわかっておりましょう。いくら広い森の中とはいえ、いつ見つかるとも限りません」

さりとて、この先には険しい山があるのみ。今は初秋だというが、これから夜に向けてどんどん気温は低くなる。

「ようやく把握できたよ。つまりあんたたちは、敵に追い詰められてジリ貧状態ってわけだ。神に祈る以外に手立てはなかった。敵を一撃でなぎ倒すとか、目的地に瞬(まばた)きする間に到着するとか、そんなたぐいの神の御業を期待して縋(すが)ったけど、泉から出てきたのは王子そっくりなだけの胡散(うさん)臭い男だった。そういうわけだな？」

長躯と短躯の凸凹コンビが、向かいで黙って視線を伏せた。それが答えだった。

礼夜も黙って、天を仰いだ。

今夜、泉のほとりで野営するのは、礼夜も含めて八名。これに対して、天幕は二つしかなかった。

礼夜とフレイ、それからイーヴァルディを除いて、男たちは交替で夜通し哨戒にあたる。

イーヴァルディが夜警から外されている理由は、身分が高いというのもあるかもしれないが、部下たちが彼の年齢を考慮したせいだろう。

五十がらみと見えたドワーフ似のじいやは、今年で六十二歳になるのだと言った。現代日本ではまだ現役だが、こちらでは高齢にあたるらしい。

天幕の一つは夜警の仮眠用ということで、礼夜はもう一つの天幕に、フレイとイーヴァルディと共に押し込められることになった。

しかも、フレイには寝藁が敷かれた上に毛皮の外套をかけられているが、礼夜とイーヴァルディは一枚のむしろを分け合い、ペラペラの布をかぶって寝なければならなかった。

寒冷な地域なのか標高が高いのか、初秋でも寒くて仕方がない。スーツはまだ濡れていたし、借り物の服は薄っぺらかった。焚火の火は遠く、煙いばかりだ。

「贅沢を言うな。見張りたちは夜通し、もっと寒い思いをしているのだぞ」

寒くて眠れないと言うと、ヴィダールに怒られてムッとした。こちとら繊細な都会育ちだぞ、とブツブツつぶやく。

　すると天幕の中で横たわっていたフレイが、「レイヤ殿」と呼びかけた。

「いささか窮屈ですが、もしよろしければ、こちらでお休みになりませんか」

　自分がかぶった毛皮をめくってみせる。正直、他人と同じ布団で寝るなんて願い下げだが、今はそうも言っていられない。

「そう？　悪いな」

　いそいそとフレイの寝床に潜り込もうとした。

「フレイ様！」

　これにはヴィダールだけでなく、イーヴァルディまでもが目を吊(つ)り上げた。ただし、諫(いさ)める根拠は二人それぞれ異なるようだ。

「フレイ様。それではお身体に障ります」

「いけません、フレイ様。このような得体の知れない男と同衾(どうきん)など」

　後者がヴィダールである。人を何だと思っているのだろう。

　フレイは口やかましい二人の家臣に対し、大らかに笑った。

「人肌があったほうが温かいよ。それに、じいやと毛布を分け合ったのでは、どちらも風邪を引いてしまう。それからヴィダール、この方はマーニの御遣いだ。失礼のないように」

　最後はやや厳しい声音で言い、フレイは軽くヴィダールを睨んだ。ヴィダールにとって主の言うことは絶対なのか、苦い顔をしながらも「御意に」と、神妙にうなずいた。

神の御遣いと言われた礼夜は、苦笑するしかない。

こっちだって、いったい何が起こったのかわからないのだ。

しかし、身体は疲労していて、眠りを欲していた。とにかく今は休みたい。

(そういや刺された時、これから帰って寝ようとしてたんだったな)

と、するなら、この身体は霊体や生まれ変わった新しい身体でもなく、日本からそのまま移動してきたことになるのではないか。

(どうなってんだよ。異世界召喚とか、ファンタジーすぎるだろ)

自分そっくりの王子の寝床にゴソゴソと入り込みながら、礼夜は胸の内でぼやく。

冷静に考えてもわけがわからない。刺された傷はどうなったのだ。

「大丈夫ですか？　もっとこちらへどうぞ」

いちおう、遠慮して寝藁の端に寝ころんでいたら、フレイが毛皮の中で手招きした。礼を言ってフレイに身を寄せる。肌と肌がくっついて、気持ち悪いが温かい。

「温かいですね」

フレイはホッと息をついて言い、ふふっと嬉しそうに笑った。汚れのない素直そうな笑顔を見て、やはり自分とは別人なのだと実感する。

フレイと同じ年の頃には、礼夜はすでに擦れに擦れまくっていた。それはもう、スレッスレだった。紙ヤスリみたいに心がザラザラだった。

この少年はきっと、イーヴァルディたちに大切に育てられてきたのだろう。

少なくとも、周りの大人たちの機嫌次第で、サンドバッグにされるようなことはなかったはずだ。

寝床に入ってきて、性器をまさぐってくる男もいなかったに違いない。いたとしても、ヴィダールが斬り殺している。あの男やイーヴァルディが保護者なら、ペド野郎から金を巻き上げ、対価に性器をしゃぶらされることもない。

この寒空に一人だけ毛皮を与えられ、穏やかに目をつぶる少年。彼の寝顔を見つめていると、どす黒い感情が湧いてくる。

（あー、やめやめ）

我に返り、即座に振り払った。十も年下の、命からがら逃げている子供を妬むなんて、どうかしている。

疲れているのだ。仕事終わりに舎弟に裏切られ、刺されたし、異世界くんだりまで来たし。

寝よう、と自分に言い聞かせる。

とりあえずはあの金髪男、ヴィダールが見張っているから、何かあれば知らせてくれる。

少なくともここでは、寝首を掻かれる心配はないだろう。

そう考え、身体を弛緩させた。寝藁はスプリングの利いたベッドとは比べるべくもないが、いつでもどこでも寝られるのが礼夜の特技だ。

寝ろ、と自分の意識に語りかけるのと同時に、眠りについていた。

浅い眠りの中で、夢をいくつか見た気がする。

日本にいた頃の夢、それに先ほどの泉のほとりにいる夢だ。フレイがそこに立って、何か言っていた。会話を交わした気がするが、内容は忘れた。

「……もう眠っている。肝は据わっておるようだ」

「根が粗野なのでしょう」

やがて、ボソボソと声が聞こえて、眠りから引き上げられた。

まぶたを開け、眼球だけ動かして隣を見る。イーヴァルディがいなかった。フレイは、礼夜の胸に顔をくっつけるようにして、静かな寝息を立てている。

「商人だと名乗っていましたが、そうは思えません」

「山師のようだな。だが、頭は回るようだ」

ヴィダールと、それにイーヴァルディの声だった。天幕の外で話しているのだろうか。だとしたら不用心だ。

「これからどうなるのでしょう」

別の誰かの声がした。側近のうちの一人だろう。礼夜は彼らとはまだ、一言も言葉を交わしていない。

泉から礼夜が現れた時、歓喜の表情を浮かべていた男たちも、時が経つとヴィダールやイーヴァルディの態度がうつったのか、礼夜の存在に不安を覗かせるようになった。

「わからぬ」

男の問いに、唸るようにイーヴァルディが答えた。

「あのフレイ様そっくりの男が、我々の窮地を救ってくれるのではないでしょうか」

また別の男が問い、イーヴァルディは「それもわからぬ」と答える。男たちが口々に不安を吐露する声が聞こえた。

「あの異郷の男については、フレイ様がお目覚めになられたら、改めて話をしよう。フレイ様にお考えがあるはずだ。それより、カールヴィとニーノの追手のことだ」

イーヴァルディが、彼らをなだめる口調で言った。と、彼らの声が急に遠のく。

そういえば、声はすぐ間近で聞こえるのに、周りに人の気配がしない。彼らはどこにいるのか。

「泉では、不思議なことが起こりますから」

耳元でフレイの声が聞こえた。ハッとして胸元を見る。フレイは相変わらず、静かな寝息を立てて眠っていた。

どうもおかしい。これは夢なのか？

そう思った時、礼夜の意識はまた眠りに落ちていた。


「彼らは右から、ジェド、エイン、ヴァン、オーズという」

翌朝、ヴィダールが礼夜に、四人の側近たちを紹介してくれた。

それが紹介と言えるのかどうか怪しいが、ともかくもやや早口に、男たちの名前をまくし立てた。

ヴィダールの態度にもだんだんと慣れてきたので、礼夜は「どうも」と、にこやかに男たちに挨拶する。

四人の風貌は様々で、彼らの反応もまたそれぞれ違っていた。

ヴィダールほどではないが、よく鍛えられた体躯を持つ男が二人。ジェド、エインという。彼らもフレイの護衛兵だった。

白髪交じりの渋い中年と、礼夜と同じくらいの年齢の青年のコンビだが、どちらも油断のならない目つきをしている。

ヴァンは、ひときわ大柄な、壁みたいな男だった。身長はヴィダールと同じくらいだが、横幅があり、怪物フランケンシュタインを連想させた。年は二十二だと言うのだが、ちっとも若く見えない。

彼はフレイが幽閉されていた屋敷の下男だったそうで、フレイを慕ってついてきたらしい。

それと、フレイの身の回りの世話をしていた従僕、オーズという少年。

彼は十三歳だそうだ。まだ背が低くて、百七十五センチある礼夜の、あごの下くらいだ。

これからまだ伸びるだろう。イーヴァルディの遠縁というだけあって、ずんぐりした体形をしている。それでいて、動きは素早かった。

男たちが少なからず礼夜を警戒しているのに対し、オーズは不安と期待の混ざった眼差しで礼夜を見る。

礼夜が目覚めた時には、彼らはみんな起きていて、森で薪を集めたり、交替で哨戒に出たりと、忙しく動き回っていた。

イーヴァルディも泉の水を汲んだり、薪を集めたりしている。

礼夜も薪拾いか何かしたほうがいいのだろう。そうしたほうが、彼らの心証はよくなる。

しかし、礼夜はあえて彼らに手を貸すことはしなかった。そんな義理はない。礼夜がここにいるのは、フレイが起こした奇跡の結果だと言うが、こちらからしたら、勝手に連れてこられたのだ。

おかげで瀕死の状態から助かった、というのも関係ない。結果論だ。彼らに命を助けられたわけではない。

起きると泉の水で顔を洗い、天幕にかけてあったスーツに着替えた。服も下着もまだ湿っていたが、ペラペラのチュニックとズボンだけでは、どうにも心もとなかったのだ。

借りた服をその辺にほったらかしにしていたら、ヴィダールが顔をしかめながら回収していった。

礼夜にもっとも好意的なフレイは、横になったままだった。日光を浴びるために天幕を出て、今は焚火のそばで毛皮にくるまっている。

熱が下がらないのだ。無理もない。山間のこの場所は初秋でも冷える。いくら毛皮があっても、地面から冷気が這い上がってきて、礼夜でさえ目覚めた時は寒気がした。

フレイは生まれつき、心臓が弱いのだそうだ。無理をするとすぐ、胸が苦しくなるという。それでよく三か月もの間、逃避行ができたものだと思う。けれどそろそろ、限界が来ているはずだ。

明るい日の光の下で見ると、フレイの顔からは血の気が失せていて、唇も紫色だった。寒いのだろう、しきりに手をこすり合わせている。ヴィダールが時々、革袋に入った葡萄酒をフレイの唇に含ませていた。

フレイは毛皮の中でウトウトしていたが、やがて側近たちが朝のひと仕事を終えて戻ってくると、ぱちりと目を開けて起き上がった。

「昨日、私が倒れたせいで遅れてしまったが、改めて紹介しよう。この方はセナガ・レイヤ殿という。マーニが異世界より我々に遣わした救世主だ」

隣で火にあたっていた礼夜の腕を取り、宣言する。四人の側近たちに「おお」と喜色が浮かんだ。イーヴァルディとヴィダールは複雑そうな顔をしている。

礼夜は「おいおい」と、焦って腰を浮かせかけた。勝手に救世主にされても困る。

そんな礼夜に、フレイは腕を絡めたままニコッと笑いかける。反論は許さない、という無言の圧力にも見えたし、何も言わないでくれ、という懇願のようにも感じられた。

ともかくも、少年の細腕が蔦のように絡まって礼夜を押しとどめた。

「見てのとおり、レイヤ殿は私に瓜二つだ」

「しかし、だいぶ年齢が違います」

すかさず口を挟んだのは、ヴィダールだった。フレイには絶対服従のように見えたのに、珍しい。

「それに髪の色も違う。カツラや染毛ではないだろう。その金髪は地毛だな?」

「そうだよ」

説明が面倒なので、礼夜はしれっと嘘を答えた。

この金髪は完全個室の美容室で、ヘッドスパとトリートメントを併用しながら、丁寧にブリーチ処理を施したものだ。マッサージや髭、爪の手入れもしてもらうので、毎回、ぜんぶで十万くらいかかる。

礼夜の地毛は、明るい茶色である。瞳もヘイゼルに近く、髪も瞳も漆黒のフレイとは、年齢を除いても、明らかに異なる。

フレイは礼夜の腕を摑んだまま、ヴィダールに屈託なく笑いかけた。

「私とは髪の色が違う。これは僥倖だ。兵士たちが捜しているのは、黒髪に黒い瞳のひ弱そうな若い男だからね。これからレイヤ殿には、私の代わりに皆と行動してほしい。彼ならば私と違って、自分の足で山を下りられるだろう」

フレイと礼夜を除く男たちがざわめいた。その中で、オーズが遠慮がちに手を挙げて発言した。

「あの、それは、こちらのレイヤ殿をフレイ様の身代わりにする、ということでしょうか」

フレイはまた、にこりと微笑んだ。

「ああ、そうだ。下で待機しているガンドたちには、上手く言ってくれ」

「レイヤ殿が我々と一緒に逃げて、それでフレイ様はどうなさるおつもりで？」

イーヴァルディが焦るあまり、咳き込みながら尋ねた。フレイは彼にも微笑みかけた。

「うん。それだが。レイヤ殿を先に逃がして、私はしばらくこの場所で身を潜める。私一人では心もとないから、ヴィダールについていてもらうつもりだが」

「むろん、何があってもあなたについて参ります」

ヴィダールが即座に答え、フレイもうなずいて彼を見つめた。見つめ合う二人の間には独特の空気があり、礼夜は「へえ」「やっぱり」と胸の内でつぶやいた。

昨日も二人のことを、騎士と姫君のようだと思ったが、そういう関係なのかもしれない。

ヴィダールの様子からすると、プラトニックというやつ。

もっともそれは、つまびらかにすべきではないだろう。迂闊に触れるとヴィダールに殺されそうだし、こちらもそこまで興味はない。

「つまり、レイヤ殿を囮にして逃げると？」

イーヴァルディが言った。

「そういうことになるね。レイヤ殿には申し訳ないが」

フレイの言葉に、側近たちは皆、ホッとした表情を浮かべた。なるほど、と得心したようにうなずく者もいる。

「レイヤ殿にとっても、私の仲間と逃げるほうが安全なはずです。髪や瞳以外は私にそっくりですし、別人だと言っても聞き入れてはくれないでしょう。そうでなくても、異郷の地であてどもなく彷徨(さまよ)うのはつらいものです」

「その異郷に勝手に連れてきたのは、あんたなんだぜ」

礼夜は嫌味っぽく言った。こちらの命にかかわる計画を、頭越しに決められるのは気に食わない。たとえフレイの言うとおりで、他に選択肢がなくても、だ。

「そのことは、申し訳ありません」

フレイは口元に笑みをたたえたまま、静かに目を伏せた。あまり申し訳ないとは思っていない顔だ。

しかしまあ、それは仕方がないのだろう。フレイ自身、こうなるとは知らなかったようだし、今さら恨み言をぶつけたところで、どうにもならない。

たぶん、元の世界には帰れないのだろうと、礼夜はうすうす悟っていた。

戻ったところで何になる？　仲間に裏切られた。必死に稼いだ金だって、どうなっているかわからない。もしかすると、刺された身体も元どおりになって、あっちに帰った途端に今度はあの世行き、なんてことになりかねない。

ならば、この世界で生きるしかないのだ。生きられる機会があるなら、むざむざそれを捨てるつもりはなかった。

今度は、何が何でも生き延びてやる。

たとえ、自分そっくりの少年を見殺しにしても。ここにいる連中を裏切ってでも。

もとより、昨日出会ったばかりの人間に情などありはしなかった。

「うむ。そうするより他ないでしょうな。レイヤ殿と我々が敵の目を引きつけて逃げる。追手がいなくなった後、フレイ様が山を下り、我々と合流する。……いや、いっそのこと別行動を貫いて、ユーダリルで落ち合ったほうがいいかもしれませぬ。ヴィダール、そなたはどう思う」

イーヴァルディが考え考え、それらを口にした後、ヴィダールに尋ねた。彼らのやり取りを見るに、ヴィダールはもともとさほど身分は高くないものの、この中でフレイやイーヴァルディに最も信頼されており、それゆえに発言権も大きいようだ。

イーヴァルディが真っ先にヴィダールに意見を尋ねても、誰も不満を表す様子はない。それどころか、彼がどう出るのか、真剣に見守っていた。

「私も、それが最良かと思います。同じ顔が二つあると、敵に知られないほうがいい。いや、ことによると、下に待機しているガンドやその部下たちにも、伏せておいたほうがいいかもしれません。あくまでレイヤ殿をフレイ様としてユーダリルへ向かわせるのです」

みんな、礼夜を囮にする気満々だ。

「ただ、フレイ様をお守りするのに、私一人だけでは心もとない。オーズにもついていてもらいたいのですが」

ヴィダールが言い、オーズがそばかすだらけの顔を紅潮させて嬉しそうにうなずいた。フレイと一緒にいられるのが、嬉しくてたまらないらしい。

ガンドとかいう、控えの仲間たちには、礼夜が別人であることを伏せ、泉で奇跡が起こって健康な身体を手に入れた、と話すことになった。

ヴィダールとオーズは、敵から逃げる途中で命を落としたことにする、という方向で話し合いはまとまった。

今日いっぱいは全員でこの場に留まり、礼夜たちは明朝、暗いうちに出発する。

礼夜は自分の意志とは関係なく物事が進んでいくことに、内心で苛立ちを募らせながらも、表には出さずじっと彼らを観察していた。


人手があるうちに、というイーヴァルディの声がけで、その日は一日、フレイの山籠もりの準備となった。

エインとジェドが、泉の奥の森深くへ狩りに出かけた。ヴィダールとオーズが交替でフレイを気にかけつつ、哨戒に出かける。

年配のイーヴァルディは薪集めだ。ヴァンは泉からやや離れた、木々の間に天幕を張り直し、今よりましな寝床を作ろうとしていた。

礼夜は、何をしろともするなとも言われなかった。それで最初は、フレイと共に焚火の番をしていた。つまり、何もしてなかった。

空腹で、何をする気にもなれない。朝食は硬い小さなパンが一つと、革袋の葡萄酒を回し飲みしただけだ。こんな生活が続くかと思うと、ゾッとする。

「ずっとこんな食生活なのか？　パンと葡萄酒だけの？　あいつら、それでよく普通に動けるな」

そこらで拾ってきた石ころを焚火にくべながら、礼夜はブツブツ文句を言った。フレイが苦笑する。

「もうすぐ、エインとジェドが何か狩ってきてくれるはずです。彼らは狩りの名人なのですよ。王都にいた時もたびたび、狩りをしては獲物を分けてくれました」

フレイが幽閉されていた屋敷では、使用人はわりあいと自由に行動できたそうだ。

エインとジェドは、ヴィダールのような騎士ではなく、雇われ兵士で使用人の扱いだ。城勤めの公務員兵士ではなく、一種の傭兵とも言える。

下男のヴァンは言うに及ばず、従僕のオーズもまた、フレイの屋敷では使用人だった。

「彼らは皆、イーヴァルディが私財を投げ出して雇った者たちです」

これが本来の王室であったなら、しかるべき身分の者たちが、しかるべき手続きを経て雇われていたはずだ。しかし、フレイは今や王族ではなく、何の身分も持たない平民である。

イーヴァルディが手配しなければ、フレイは相応の教育を受けることも、警護が付くこともなかった。

「ヴィダールは、私の幽閉が決定してすぐ、イーヴァルディが手配してくれた護衛騎士なのです。もとは傭兵だったのを、イーヴァルディが急いで騎士の身分に上げたのだとか。私は当時のことをよく覚えていませんが、ヴィダールがムスッとしながら遊んでくれたことだけは、覚えています。傭兵だった彼には、幼子の子守りが不本意だったんでしょうね」

毛皮の中で焚火の火を見つめながら、フレイは懐かしそうに微笑んだ。

色々と語ってくれるのは、フレイに成りすます礼夜のためだろうか。大して興味をそそられない情報だったが、大人しく聞いておいた。この先、何がどうなるかわからない。情報は何でも集めておくに限る。

「石をくべて、どうなさるのです?」

礼夜が先ほどから、石を拾っては火に放り込むのに、フレイは首を傾げた。

「んー、お湯を沸かそうと思ってさ」

「お湯ですか」

「そう、お湯です。上手くいくかわからないけどね」

とにかく寒かった。どうにかしたい。幸い、火と水はある。とりあえず、できることはやってみることにした。

石を火にくべ、今度は焚火の前に小さな穴を掘った。掘った穴に、泉の水を汲んで満たす。それらの作業が終わった頃には、ちょうど石も焼けていた。穴の水に焼け石を放り込むと、水が少ないこともあってまずまずの温度になった。

湯が土で濁っているのは、まあご愛敬だ。礼夜はさっそく靴を脱いで湯に足を入れた。

「あーっ、いいね。気持ちいい」

即席の足湯は、ちょっと熱くて指先がピリピリした。しばらくすると、足からじんわりと温まった血が身体に巡ってくる。

はあ、と、思わずため息をついた。身体の強張りも取れて、本当に気持ちが良かった。

「そんなに良いものですか」

足湯にとろける礼夜の様子を見て、フレイが興味を引かれたように言った。

「うん、すごくいいよ。王子もやってみる？」

誘われて、フレイは許可を求めるようにちらりと周りを見た。

イーヴァルディはまた、薪拾いのために森の中に入って行ったし、ヴィダールも哨戒に出た。オーズはフレイのそばに礼夜がいるせいか、あまり近くには寄らず、ヴァンを手伝ったりしている。

「いや、やろうぜ。足湯は身体にいいんだよ。あんた、もうちょっと身体を温めないと。ほら、靴脱いで。ジジイと金髪が帰ってきたら、うるさいだろ。ほらほら」

フレイをそそのかし、フレイも興味に勝てなかったのか、いそいそと靴を脱ぎ始めた。

礼夜は湯の中に、新しい焼け石を入れて温度を調節する。

「ゆっくり足を入れるんだ。最初は熱く感じるからな」

言われるまま、フレイは恐る恐る、湯に足を入れた。右足を差し入れて、「熱っ」とすぐ引き上げ、それからまた少しずつ、足を浸ける。

片足が穴の底につき、脛の中頃まで湯に浸かると、フレイはホッと息をついた。

「本当だ、気持ちがいい」

もう一方の足もためらわず入れる。礼夜は、フレイが座布団代わりにしていた寝藁を敷いてやり、足湯に浸かりながら座れるようにしてやった。

「お湯が冷めたら石を入れてやるから、しばらく浸かってな。俺のいた世界では、足は第二の心臓って言われてたんだ。身体の血液を押し上げる役目があるんだと。足を温めて血の巡りが良くなれば、少しは体調もましになる」

「レイヤ殿は博学なのですね」

礼夜の蘊蓄に、フレイは感心したように言い、気持ちよさそうにため息をついた。

「はあ。足湯というのですか？　本当に良いものですね」

至福、という顔をしている。数分も経つと、紫色だったフレイの唇も、ほんの少し血の色が戻ってきた。

「足湯は水を汲む手間がかかるが、この焼け石を寝床の下に敷いて、懐炉にするって手もあるな。今夜やってみるか」

毛皮をかぶり、フレイとくっついて寝ても、この地の夜は冷えた。少しでも快適に過ごしたい。

「私も一緒に寝てもいいですか」

礼夜の独り言に、フレイは目を輝かせる。

「もちろん。上手くいったら、ここに隠れている間もやってみろよ。ちょっとはましな生活になるだろ」

言うと、フレイはこくこくと嬉しそうにうなずいた。小さな子供みたいだ。

初めて会った時から、ずいぶんと大人びた少年だと思っていた。落ち着きすぎていて不気味にさえ感じていたが、今は年相応だ。

もしかしたら、この場にいる男たちの主君として、それらしく振る舞おうとしていたのかもしれない。

礼夜はふと、フレイは今のこの事態をどう思っているのか気になった。

ユーダリルに逃げ延びて、王子の平和と安全を確保したいイーヴァルディたちと、フレイを旗印に王朝を復活させたがっている、別動部隊の思惑。

家臣たちの希望は聞いたが、フレイがどうしたいのかは聞いていなかった。

「フレイ、あんたさ」

礼夜が口を開きかけた時、森からイーヴァルディが戻ってきて、抱えた薪を落としそうなくらい、取り乱していた。

「フ、フレイ様！　何をなさっているのです。早く水から上がりなされ！　また熱が上がりますぞ」

「じいや、じいや。落ち着いて。これはお湯なんだ。レイヤ殿が考案した、足湯というものだそうだ」

「いや、俺が考えたんじゃなくて、先人の知恵だけどね」

フレイがなだめ、礼夜はへらりと笑ったが、イーヴァルディはさらに目を見開いて礼夜を睨みつけた。そそのかしたのはお前か、と言いたげだ。

「じいやも入ってみてくれ。血の巡りが良くなるそうだ。私もだいぶ気分が良くなった。ほらほら、薪を置いて裸足になって。レイヤ殿、石を足してください」

いささか強引に、フレイはイーヴァルディにも足湯を体験させた。無邪気にねだられ、礼夜も言われるまま焼け石を足して湯加減を整える。

「まったく、何を遊んで……ん、む……ううむ。これはなかなか、心地よいものですな」

イーヴァルディは毛むくじゃらの足をお湯に突っ込んで、感心したように唸った。

「そうだろう」

フレイが嬉しそうに言い、足は第二の心臓、という礼夜の講釈を得意げに伝えた。

オーズが、好奇心を隠せない様子で近づいてくる。

ヴィダールが哨戒から戻ってきて、イーヴァルディを見て固まる。フレイがそれにまた、はしゃぎながら足湯だと説明した。

フレイを中心に、和気あいあいとした輪ができる。

王都で幽閉されていた頃も、きっとフレイがいればこんなふうに穏やかで楽しい雰囲気になったのだろう。

エインとジェドの護衛コンビは、日が傾きかけた頃、たくさんの獲物を提げて戻ってきた。

野鳥や兎、それに鹿まで仕留めていた。

二人とも剣の他に弓矢を手にしており、若いほうのエインは、剣より弓のほうが得意なのだという。

獲物はすでに、解体まで済ませてあった。

「うちは代々、猟師をしていたので。兵士になる前は俺も、狩りをして暮らしていました」

寡黙で表情も乏しいエインが、言葉少なに語ってくれた。

赤っぽい癖っ毛を無造作に後ろで団子に結っている。目がぱっちりして眉がキリリと濃く、顔立ちは童顔だ。

意志が強そうに見えるが、礼夜以外の人間ともあまり、言葉を交わしている様子がない。

ただ、相棒のジェドとはよく話をしていた。

白髪交じりのアッシュブロンドに、口髭が渋いイケおじのジェドも、エインと似たり寄ったりの寡黙な男だ。

しかし、礼夜が話しかけるとニコッと顔に皺を寄せて笑顔を作ってみたり、他の人と話す時も、大きく肩をすくめたり、言葉は少ないながらも表情は豊かだ。

愛想よく見せている、とも言える。エインと違って、彼は自分のプロフィールを話してくれなかった。

だから外見の印象でしかないが、ジェドの鋭い目つきは、礼夜がよく顔を突き合わせていた、暴対課の刑事のそれによく似ていた。

それはともかくとして、この二人がたくさん獲物を狩ってきてくれたため、その夜はみんなで火を囲み、静かな宴となった。

方策が決まったせいか、礼夜を遠巻きにしていた男たちも、ほんの少し優しくなった。たくさん食べるよう肉を勧めてくれて、葡萄酒の袋もよく回ってきた。

フレイとイーヴァルディは、足湯の心地よさを楽しそうにみんなに披露し、そのたびに礼夜の博識が引き合いに出された。

みんなが、ヴィダールまでもが感心したような顔をするのに、礼夜は照れ笑いを浮かべる。

礼夜が素直に交じるのは、彼らに気を許したからではない。

照れ笑いをしながらも、火を囲む男たち一人一人の視線や口調に気を配り、彼らの人間関係や性格を探っていた。

男たちもまた、礼夜を心から迎え入れたわけではないだろう。ことにヴィダールは、柔らかな態度を見せつつも、礼夜と同じように時折、こちらを探る視線を向けていた。

和やかな中にも腹を探り合う、ぎこちない晩餐の後、昨日と同じ組み分けで天幕に入った。

昨夜と同様、フレイと一緒に毛皮にくるまったが、礼夜発案の懐炉を寝床の地面に敷いたおかげで、今夜は暖かくて快適である。

イーヴァルディの寝床にも敷いてやったので、彼も「ううむ」と、心地よさそうな声を上げていた。

「すごくぬくい。レイヤ殿、ありがとうございます」

礼夜の腕の中で、フレイが無邪気に笑った。小さな子供みたいだなと思う。

顔が似ているせいか、弟のように思えなくもない。そう感じるのは、フレイが何の屈託もなく身を寄せてくるからだろう。

媚(こび)やてらいが少しも見えない。心から懐かれれば、誰しも悪い気はしない。

「良かったよ。早く寝な」

絆(ほだ)されている自分に気づき、内心で苦笑しながら、ポンポンと背中を叩いてやる。

フレイは嬉しそうに微笑むと、礼夜の胸に顔を埋(うず)め、やがて寝息を立て始めた。

それを聞きながら、礼夜もまた眠りにつく。

懐炉のおかげで、その夜はよく寝られた。気づいた時にはもう、天幕の外はうっすらと明るくなっていた。

ふと目を開けると、辺りは朝まだきの弱々しい光に包まれていた。

清々(すがすが)しい空気を感じた時、イーヴァルディのいびきが聞こえて、ひっそり苦笑する。

と、一緒に寝ていたはずのフレイがいないことに気がついた。用足しにでも出かけたのだろうか。

どうせ、ヴィダールか誰かが近くにいるだろう。二度寝しようと寝返りを打ったが、土に敷きつめた焼け石の効力は失せており、下から冷たい空気が這い上がってくる。

身体も痛くて、観念して起き上がった。イーヴァルディを起こさないよう、そっと天幕を出る。

すぐにフレイの姿を見つけた。彼は泉のほとりにしゃがみこみ、水面を覗き込んでいた。

礼夜が近づくと、振り返って微笑んだ。

「早いな。眠れなかったのか」

それとも具合が悪いのか。フレイの顔を覗き込んだが、いつも土気色をしている彼の唇は、今朝に限ってほんのり薔薇(ばら)色に色づいていた。

「いいえ。懐炉のおかげで、久しぶりにぐっすり眠れました。気分も良いです」

「そうだな。ずいぶん顔色がいい」

礼夜の言葉に、フレイは嬉しそうに微笑んだ。少年の微笑みに違和感を覚えたが、違和感の正体を探すより前に、側近たちの姿が見えないことに気がついた。

「見張りはどうしたんだ」

「私が目覚めたので、少し遠くまで見回りに行くと言っていました」

「ちょっと不用心じゃないか?」

礼夜が言うと、フレイはクスッとおかしそうに笑った。

「我々を、心配してくださるんですね」

「意外か? 一蓮托生なんだろ。……おい、何してる。やめろ」

礼夜は思わず声を上げた。フレイが泉の水を飲もうとしていたからだ。注意を受けた少年は、きょとんとしている。

「ウルズの泉の水は、綺麗ですよ」

「綺麗に見えて色々混ざってんだよ、こういうところは。とにかくやめろ。弱った身体で生水なんか飲んだら、腹を下す」

ちょっとくらいなら何ともないかもしれないが、何しろフレイの身体は、目に見えてわかるくらい衰弱しているのだ。今日はたまたま状態がいいだけだろう。

「じいやみたいなことを言いますね。じいやも、生水を飲むなって言うんです」

それで言うことを聞くのかと思いきや、フレイは素早い動きで泉の水をすくい、飲んでしまった。

「あっ、こらっ。言ったそばから！」

礼夜が叱責すると、フレイはくすぐったそうに首をすくめて手を引っ込めた。いたずらをした子供みたいに、クスクス楽しそうに笑う。

それにやはり、礼夜は違和感を覚えた。

「今日はご機嫌だな」

「だって、久しぶりに身体の調子がいいんです。歩いても、苦しくならない。王都にいた頃だってだるかったのに」

子供の頃から、走ったり激しく身体を動かすことができなかったという。心臓が弱いと言っていたが、現代日本だったら手術が必要な状態なのかもしれない。

「この年まで育ったのが奇跡だと、医師は言っていました」

だとしたら、本来は長旅など許されない身体のはずだ。それほどに、フレイの立場は切迫していたのか。

「だから、本当に申し訳なく思っているんです。レイヤ殿もそうですが、皆にも。こんな身体の私を逃がすために、皆の命を危険に晒してしまった」

たった今、楽しそうに笑っていた顔が、悲しげに曇った。

「そりゃ、あいつらがそうしたいからしたんだろ。身体のことだって、わかってたはずだ」

「それでも、彼らを止めるべきでした。私一人の命のために、家臣たちの命を危険に晒すような、無謀な行動はするべきではないと。私は彼らの主なのだから」

フレイの身体のことは、側近たちもよくわかっているはずだ。最悪の場合、フレイを逃すこともできず、全滅する可能性もある。いや、その可能性のほうが高い。

それでもイーヴァルディたちは、イチかバチかの賭けに出た。

その気持ちは、礼夜にもわかる気がする。路地裏で死ぬのが嫌で、みっともなく身体を引きずって路地を抜け出し、川に落ちた身としては。

「座して死を待つより、生きようと足掻くほうを選んだんだろ。あんたも、あんたの側近たちも。成功するかしないかの確率論じゃない。矜持(きょうじ)の問題さ。どうやって生きて死にたいか、人の尊厳の問題だ」

フレイが、真っ黒な瞳を見開いて、礼夜を見つめていた。「お前の話は説教くさいんだよ」という、かつての商売仲間の声を思い出し、口をつぐむ。

「とにかく、気にしなくていいって話。あんたを屋敷の外へ担ぎ出したのは、じいさんたちだ。てめえのケツはてめえで拭かせろ。神輿（みこし）のあんたは、しおらしくしてりゃあいい」

礼夜が高慢な口調で言いきると、フレイは楽しそうに笑った。

「ありがとうございます。レイヤ殿の言葉で、気持ちが軽くなりました」

サバサバと言い、立ち上がる。泉から離れるのかと思ったが、くるりと泉のほうを振り返り、空を見上げた。

礼夜もつられて見上げる。濃い朝靄（あさもや）のせいだろうか、周りはだいぶ明るくなっているのに太陽が見えない。

二人で長く話をしているのに、側近たちが誰も起きてこないのも気にかかった。

「今日まで、ずっと苦しかったんです。身体も心も。私の心臓がもっと丈夫だったら、そうでなくても、もっと賢くて、カールヴィやニーノと渡り合える知恵があったら。こうして仲間を苦しい境遇に置くこともなかった。旅の途中も毎日、屈強な男たちが少ない食事を我慢して、私に自分の分を与えるたびに泣きたくなった」

礼夜は無意味な慰めを口にしなかった。ただ、フレイの吐露に耳を傾ける。

彼の抱えた苦しみは、側近たちには決して打ち明けられなかっただろう。

「どうして彼らは、そこまでしてくれるんだろう。私は彼らに何も与えられないのに。この身体はユーダリルまでもたない。私が旅の途中で死んでも、彼らは咎人のままです。一生逃げ続けなければならない」

周りの靄が、一段と濃くなった気がした。

「私の身体が死にそうなほど衰弱していることは、じいやたちもわかっていました。だから、私が最後の奇跡に縋ってこのウルズの泉に行きたいと言った時も、許してくれたのです」

「一発逆転、あんたの身体が丈夫になるように、神様に祈ったのか」

多少の皮肉を込めて、礼夜は言う。フレイはこちらを振り返って、ちょっと笑った。

「じいやたちは、そう思っているかもしれません。でも私が神に祈ったのは、別のことです」

風が吹いて、靄が晴れてきた。靄の向こう、フレイの背に現れたそれに、礼夜は目を見開く。

空に、月が出ていた。呑み込まれそうなほど大きな月が。

目の錯覚などという大きさではない。月は青白く輝き、礼夜たちを照らしていた。

異世界では、月の動きも違うのか？　だが昨日はそうではなかった。

礼夜が目まぐるしく考えを巡らせる中、フレイは無垢な微笑みを浮かべていた。

「私の大切な人たちを救ってほしい。私はどうなってもいいから。マーニに、そう祈ったのです」

「それで……現れたのが、あんたそっくりの俺だった」

フレイはうなずく。満足そうに。礼夜は、苦いものをそうと知らずに口に入れたような、そんな気持ちになった。

「そう、月の裏側から来たあなた」

「月の裏側？」

「アルヴの民間伝承に、そういうものがあるんです。月の裏側には、自分と同じ顔をしたもう一人の人間がいる、って」

「へえ。俺のいた世界では、この世に同じ顔をした人間が三人いるって話があるけどな」

そして、同じ顔の人間に会うと死ぬ。言いかけて、やめた。洒落にならない。

「では、そうなのかもしれません。あなたがどこから来たのかは、私にもわからない。ただ、そっくりだけど、私とあなたは異なる魂だということはわかる。私の心臓は月のように青ざめているけれど、あなたのそれは黄金色の太陽のように輝いているから」

少年は泉のほとりから、そっと手を伸ばす。礼夜は我知らず、その手を取ろうとした。

フレイの手のひらには、小さな痣があった。五芒星に似た、綺麗な形をした紫斑だ。そんな痣があることに今、初めて気がついた。

「あなたなら、彼らを救うことができる。レイヤ殿。どうか、どうか。私の仲間をよろしくお願いします」

礼夜は手を伸ばし、彼の手を握った……と思った。フレイの指先に触れた瞬間、礼夜の手は空を切った。

フレイの姿は、目の前から消えていた。

「フレイ……？」

「フレイ様！」

困惑する礼夜の耳に、別の男の悲痛な叫びが届く。

「フレイ様、しっかりなさってください。フレイ様！」

ヴィダールの声だ。礼夜たちの天幕から聞こえていた。

礼夜はそちらを振り返るが、いつの間にか辺りに靄が立ち込め、何も見えなくなった。

「フレイ様！」

かと思うと、すぐ耳元でヴィダールの叫びが聞こえた。

礼夜はビクッとして、目を開ける。

いつの間にか、天幕の寝藁の上に戻っていた。いや、ずっとそこにいたのか。今のは夢だった？

先刻までいびきをかいていたイーヴァルディが、今は起きて深刻な顔をしていた。天幕には側近たちが皆、集まっている。

そんな状況で寝こけている礼夜に、誰も注意を払わなかった。それどころではなかった。

ヴィダールが、毛皮を抱いて声を上げていた。

「フレイ様。目をお開けください」

毛皮の中に、フレイがくるまっている。少年の青白いまぶたは硬く閉じられ、唇は土気色だった。


「誰か、葡萄酒を」

夢と現の境で呆然としている礼夜の前で、ヴィダールが言った。そばに控えていたオーズが、すぐさま革袋を渡す。

ヴィダールは袋の葡萄酒を口に含んだ後、フレイと唇を重ねた。

口移しに葡萄酒を注ぐと、少年の白い喉がわずかに上下する。そして、軽く咽せた。

「フレイ様！」

ヴィダールの呼びかけに応じるように、王子はゆっくりとまぶたを開く。皆がわっと喜びに沸いた。

「ヴィ、ダール……」

フレイの声は弱々しく、息を詰めていなければ聞き漏らしてしまいそうだった。

「皆、いるのか」

ぐるりと目だけを動かし、フレイがつぶやく。イーヴァルディが「おりまする」と、涙の絡んだ声で答えた。

「フレイ様がなかなか目覚めないので、心配していたのです。さあ、寝床に懐炉を敷き直しましょう。今朝も冷えますからな」

「じいや」

フレイはいそいそと天幕を出ようとするイーヴァルディを、静かに制した。そうして静かに微笑む。

そう、この笑顔だ。礼夜は思った。先ほど泉のほとりで覚えた違和感。

少年王子はいつもこうして静かに、諦観をたたえた微笑みを浮かべていた。それなのに、夢の中の彼は明るくて、何かから解放されたように清々しく見えたのだ。

「もう必要はない。私はここまでのようだ」

全員が息を詰めるのがわかった。イーヴァルディとヴィダールが即座に何か言いかけるのを、フレイはまた制した。

「いい。自分のことだ。ここに来る前から、わかっていた。私はこの泉のほとりで生を終えると」

その場の空気が、いっそう悲愴なものになった。フレイは自身の死を予感していた。だからこそ、最後の力を振り絞りこの泉までやってきた。

残される郎党の助命を、神に嘆願するために。

「すまない。私は先にマーニのもとへ行く」

「なりません、フレイ様」

イーヴァルディが縋るように言った。彼の目からは、ボロボロと涙がこぼれていた。フレイはそれを見て、優しく笑う。

「じいや、後を頼む。どうか息災で。そして私のところへ来るのは、なるべくゆっくり頼む」

「なりませぬ……」

イーヴァルディが泣き咽ぶのに、また小さく微笑みかけ、ぐるりと周りを見回した。もう身体を動かす力も、あまり残ってはいないようだった。

「皆にも頼む。決して私の後を追おうなどと考えないように。マーニは先に逝く私の代わりに、ここにいるレイヤ殿を遣わされた」

フレイが礼夜を見ると、男たちの視線も一斉に礼夜を向いた。

礼夜は、どういう態度を取るべきかわからず、「どーも」と手を上げる。皆が呆然とする中、ヴィダールだけが礼夜の不謹慎を咎めるように、軽く眉をひそめた。

「彼が今から、そなたたちの主君だ。すぐには呑み込めないだろうが、どうか頼む。レイヤ殿を主とし、礼夜殿と共に生きてくれ。彼とならば生き抜くことができる。私が祈り、神が応えた。その結果が彼なのだ。私はマーニに、私が死んだ後のそなたらの命を願った……」

力を振り絞るように言葉を紡いでいたフレイが、激しく咽せた。皆が悲痛な顔でフレイの名を呼ぶ。ヴィダールが葡萄酒を飲ませようとするのを、フレイは制した。

「フレイ様は、我々が生き永らえる道を、神に願ったのですな。ご自分の命ではなく」

イーヴァルディが涙を堪えながら、主の意志を確認した。フレイがうなずく。

男たちは何も言葉が見つからないようだった。天幕の端にいたオーズが、たまりかねて泣き出した。

「い、嫌だ。フレイ様、死なないでください。ぼ、僕の命を神様にあげます。だから」

泣きながら訴えるオーズに、フレイは優しく、けれど威厳を持って「だめだ」と諭した。

「皆にも改めて言う。これはアルヴの王子、フレイの最後の命令だ。レイヤ殿を支え、彼と共にこの苦境を生き延びるのだ」

男たちは鎮痛な面持ちのまま、静かにこうべを垂れた。そうせずにはいられなかったのだろう。

弱々しい少年の中には、確かな王族の威厳が具わっていた。家臣たちが皆、君命を受け入れるのを見て、フレイは再び口を開いた。

「私の骸(むくろ)は、この泉のほとりに埋めてほしい。私はこの地で、マーニと共にそなたらの行く道を照らそう。たとえ暗い夜の道でも、そなたらが夜明けに辿(たど)り着けるように」

そうして王子は、最後にもう一度、礼夜へ目を向けた。骨ばった細い手を、懸命に持ち上げるのを見て、礼夜も思わずその手を取る。

「レイヤ殿。皆をどうか、頼みます。……私の……かぞ、く」

「わかった」

王子の夜色の瞳を見据え、礼夜は答えた。フレイの目はすでに、光を映していないようだったが、一瞬、礼夜を見つめ返した気がした。

安心したように、フレイは微笑んだ。

「……ありがとう」

彼はそれから、小さな声で何かをつぶやいた。あまりにもか細い声だったから、間近にいた礼夜にしか聞こえなかったかもしれない。

最期の言葉の後、フレイは眠るようにまぶたを閉じた。

「フレイ様！」

ヴィダールが叫ぶ。周りの男たちも、口々に王子の名を呼びかけた。

幾度呼んでももう、フレイは答えなかったが、それでも彼らは呼び続けた。

礼夜はそうした彼らの悲痛な叫びを聞きながら、少年の右の手のひらにある五芒星の痣を見つめていた。

少年の手からは、次第に温（ぬく）もりが失われていった。

遺言どおり、フレイの亡骸（なきがら）は泉のほとりに埋められた。

皆、黙々と穴を掘った。作業に必要な言葉以外、ほとんど発せられることはなかった。

礼夜も作業を手伝った。そうした礼夜の行動にも、彼らは何ら反応を見せなかった。

何も考えられないのかもしれない。これから自分たちがどうなるのか、そんな大切なこと

も案じられないほどに、彼らは皆、フレイを失った悲しみに打ちひしがれていた。

中でもイーヴァルディは、見ていて痛々しいくらいだった。

穴を掘る手が震え、歩く時は時々、足がもつれて転んでいた。一瞬で十も二十も老けたように見えた。

動作のおぼつかないイーヴァルディを、ヴァンが支えたり助け起こしたりしていた。

しかし、そんな老侍従よりさらにひどいのが、ヴィダールだった。

フレイが息を引き取った瞬間から、彼の魂も身体から抜け出してしまったかのようだった。

皆が墓穴を掘る間も、王子を包んでいた毛皮を抱え、ぼんやりと座り込んでいた。

穴を掘り終わると、礼夜はそこに懐炉代わりにしていた石を敷き詰め、寝藁を乗せた。

石はとうに冷たくなっていたし、寝藁にも意味はない。ただ、死を悼む生者のために必要だと思ったのだ。

「これで、王子様の寝床もちょっとはあったかくなるだろ。ここは冷えるからな」

誰にともなく言う。隣で作業を手伝ってくれたオーズが、ぐすっと洟(はな)を啜(すす)ってうなずいた。

イーヴァルディも涙を拭い、

「毛皮も……」

と、つぶやいて辺りを探した。毛皮は、ヴィダールが抱えたままだった。

皆の視線が自分に集まっても、ヴィダールは気づかないようだった。宙を見つめ、ぼんやりとしていた。

逞しい騎士の変貌に、誰もかける言葉がないようだった。イーヴァルディも、それを渡してくれと言うのをためらっていた。

だから、礼夜がヴィダールに近づいた。ぐずぐずしていたら日が暮れてしまう。

本来なら今朝未明、この地を出発している予定だった。ということは、あまり長く留まっている余裕はないはずだ。

「その毛皮、こっちにくれよ」

話しかけたが、返事はない。毛皮の端を引っ張ったが、ヴィダールは離してくれなかった。

礼夜はため息をついた。どうすべきか思案して、今度は名前を呼びかける。

少し高めの、できるだけ優しい声で。

「ヴィダール」

自分とフレイは、声も似ている。

そのことに気がついたのは、今朝の不思議な夢の中だ。あれが夢だったのかそうでないのか、今もわからないが。

礼夜の声に、ヴィダールはハッと我に返った様子で顔を上げた。

こちらを見上げた顔に、一瞬だけ喜色が浮かぶ。礼夜の姿を認めると、それは落胆に変わった。

礼夜はあえて冷淡に彼を見下ろした。今はどんな種類の優しさも、彼に届きはしない。

「ヴィダール。そいつをこっちに渡してくれ」

別に、毛皮は残しておいてもよかった。というか、死人によりもこれからの自分たちにこそ必要なものだ。

礼夜自身は、フレイの遺体に毛皮を掛ける必要性をまったく感じていなかった。彼はもうここにいない。寒がらないし暑がらない。

自分はただ、この場に相応(ふさわ)しい振る舞いを心掛けているだけだった。

「フレイに掛けてやりたいんだ。温かくしてやりたい」

ちょうどよく、オーズが短い嗚咽(おえつ)を上げた。イーヴァルディがそっと涙を拭うのが、目の端に映る。

ヴィダールは周りの人々にようやく気づいたように、何度か瞬きをした。前屈(まえかが)みで毛皮を抱え込んでいた上体を、ほんの少し上げて姿勢を直す。礼夜が優しい手つきで毛皮を取ると、彼はゆるゆると手を離した。

墓穴に戻り、毛皮をフレイに掛けてやると、ジェドが決意を固めたように上から土をかけ始めた。

礼夜も倣(なら)い、さらにエインが加わると、皆は穴を掘った時と同様に黙々と穴を埋める作業を始めた。

ヴィダールは最後まで、埋葬作業に加わらなかった。宙を見つめ、自分の殻に閉じこもっていた。

まるで、そうしていればフレイの死がなかったことになるかのように。

埋葬が終わると、誰も何もする気力は残っていなかった。めいめいがぐったりとその場に座り込んで黙りこくっていた。

薪の尽きていた焚火に火を熾したのも、食料を預かるヴァンに、「メシにしようぜ」と声をかけて皆にパンを配るよう指示したのも、礼夜だった。

うつむき、もそもそと自分のパンを齧る男たちを見回し、礼夜は密かにため息をついた。

(まったく、面倒なことに巻き込まれたな)

フレイにしてやられた。まさか本人が早々に死んでしまうなんて、思っていなかった。こんなことになるなら、日本で死んでいたほうが楽だったかもしれない。

消えたはずの命を拾ったからには、何としてでも生き延びたいが、今のこれは、非常にまずい状況だ。

礼夜を除いて、皆が生きる望みを失っている。誰も生きたいと思っていない。

生きる気力のない人間は、容易く死ぬ。生きたいと思っても死ぬ時は死ぬが、死にたい人間は釣り込まれるように死の淵へ落ちてしまう。

彼らと一緒に行動しても、礼夜を守ってくれるどころか、足手まといになるかもしれない。

それならいっそ、一人で逃げてしまおうか。

粗末な食事をとりながら、礼夜は頭の中でずっと、今後の算段をしていた。

一人のほうが気楽だ。仲間でもない男たちと逃げるなんて、ただでさえリスクが高いのだ。

彼らがその後どうなるかなど、知ったことではない。

――もっと、生きたかった。

耳の奥に、フレイの最期の声が残っている。囁くような、おぼつかない声が、一人で逃げようと決意するたび、礼夜を引き留める。

（タチの悪い呪いをかけやがって）

生きたかった。それはフレイの本心だったろう。だが、だからこそ、彼の今際の言葉が礼夜を縛る。

一昨日会ったばかりの少年に絆される自分は、甘いのだろうか。

パンを食べ終えると、礼夜は一同を見回して口を開いた。

「これから、どうするんだ」

誰も答えなかった。礼夜の言葉さえ届いていないかのようだ。ヴァンとオーズだけは顔を上げ、オロオロと周りを見回していた。

やってらんねーぜ、と、礼夜はまた嘆息する。

「おい、ジジイ。髭モジャの。イーヴァルディ、お前だよ」

パンを半分ほど齧ったきりぼんやりしている、イーヴァルディに声をかけた。

ドワーフ似の男は、ビクッと肩を揺らし、我に返った様子で顔を上げた。

「え?　あ、ああ」

他の男たちも、驚いた顔で礼夜を見た。

恐らくは今まで誰も、イーヴァルディにこんな無礼な呼びかけをした人物はいなかったの

オーズが責めるように睨むので、礼夜は表情をころりと変え、「あぁ？　文句あんのか、

「俺？　俺は一人で逃げるよ。当たり前だろ」

礼夜はニコッ、と明るく笑いかけた。

「みんな死んだら……レイヤ殿は、どうなさるんですか」

呑み込み、恐る恐る声を上げた。

礼夜の言葉を受け、場に満ちたのは、沈黙と困惑だ。隣にいたオーズが、ひくっと嗚咽を
俺が介錯してやるよ。あ、墓穴を掘るのはかんべんな。一人じゃ無理だ」

「お前らはもう、逃げる気力もなさそうだな。みんなこの場で王子様の後を追いたいって言うなら、それでもいいと思うぜ。お互いに喉でも突き合って、最後に残った一人くらいは、
ただ呆然と向けられていた視線に、不服や非難が混じる。礼夜は構わず続けた。

「お前ら、どうするつもりだ。どうしたい？　俺はフレイの家来じゃないから、別にあいつの言うことを聞く義理はねえ」

それはわかっていたので、礼夜は一同をぐるりと見回した。

彼もまだ、どうすればいいのかわからずにいるのだろう。

イーヴァルディは困惑した表情を浮かべ、「それは……」と、つぶやいたきり、何も言えないようだった。

「これからどうすんだ、って聞いてるんだよ」

だろう。

コラ」と、凄んだ。少年はビクビクして首をすくめる。

「俺、お前らに協力するつもり、ないから」

再びニコッと笑って、きっぱり言った。

「こっちは、お前らの言うことを聞いてやる義理なんかねえんだよ。ただ、同じ顔のよしみでちょっとばかり付き合ってやっただけさ。けどま、良かったんじゃないか？　ここであの役立たずが死んでくれてさ。あいつがいたんじゃ、逃げられるものも逃げられなかったぜ。あの身体でできることって言ったら、男のナニでもしゃぶるくらいか」

エインがカッとなった様子で剣の柄に手をやり、腰を浮かせかけた。それを隣のジェドが制する。

ジェドは、不満を滲ませつつも、礼夜の言葉が挑発だと理解しているようだった。礼夜とイーヴァルディとを見やり、様子を窺っている。

けれど若いエインは、わかりやすく憎しみに目をギラつかせていた。オーズも目に涙を溜めながら、こちらを睨んでいた。

下男のヴァンは、大きな図体で不安そうにただ、じっと礼夜を見つめていた。そんなひどいことを言って大丈夫なのかと、こちらを案じているようにも見える。

イーヴァルディは眉をひそめたまま下を向いていて、表情がわからなかった。

ヴィダールは……と、彼を見て、礼夜はため息をつきたくなった。

（だめだこりゃ）

一番、挑発に乗ってきてほしい彼は、まだ彼岸へ意識を持っていかれたままだった。虚空を見つめ、ぼんやりしている。礼夜の言葉など、耳に入っていないようだった。

彼のことはひとまず置いておくことにして、礼夜は再度、一同を見回した。

「この場で決めてくれ。これ以上ぐずぐずしてたら、敵が上って来ちまう」

言ってはみたものの、男たちは皆、誰も口を開かなかった。しんと静まった空間に、パチパチと焚火の薪が爆ぜる音だけが聞こえてくる。

もしも答えが返ってこなかったら、礼夜は一人で山を下りるつもりだった。ぼんやりしているヴィダールの剣や路銀か何か、金目の物を拝借しよう、などとも算段していた。

「――レイヤ殿の仰るとおりだ」

礼夜が決断を下そうとしたその時、下を向いていたイーヴァルディが声を上げた。

皆が意外そうに彼を見る。礼夜にとっても、予想外の反応だった。

「皆、己の命も顧みず、ここまでよくぞついてきてくれた。だがもう、フレイ様はいらっしゃらない。私はこの上、そなたたちを縛るつもりはない。けれどどうか、皆には生きていてほしい。フレイ様は後を追うなと仰られた」

侍従は太い眉の奥から、悲しみに満ちた目を皆へ向けた。

「私はレイヤ殿……いや、レイヤ様と共に行くつもりだ。このお方が今日から私の主君、主をお守りせねばならない。フレイ様が最期にそう、お命じになられたからだ。しかし、皆に強要するつもりはない。このまま別々に逃げてもいい。各々が思うとおりにしてくれて構わない。よく、考えてくれ」

男たちは悲しみを帯びた敬虔な表情で、侍従を見つめ返した。

イーヴァルディの言葉で、彼らもフレイが遺した言葉を思い出したようだった。

「……どのみち」

おずおずと声を上げたのは、ヴァンだった。

「どのみち、生きて山を下りるなら、協力し合わなければならないと思うのです。バラバラに逃げる手もありますが、誰かが敵に見つかって命を落とすことになる。それならば、せめて山を下りるまでは共に行動したほうがいいのではないでしょうか」

淀みなく言ってから、急に周りの視線を気にした様子で、オドオドと足元に目を落とした。

隣でヴァンが語るのを見ていたオーズは、何か決意したように小さくうなずき、イーヴァルディに向き直った。

「ヴァンの言うとおりだと思う。僕も一緒に行きます」

「では、一日ずれましたが、当初の予定に従って、明日の未明に出立するのはどうでしょう」

ジェドが冷静に言った。エインもうなずいて同行の意を示した。

「うむ。それがよかろう。レイヤ様も、それで構いませんか」

イーヴァルディに話を振られ、礼夜は軽く肩をすくめた。

「もちろん、構わない。ガンドとかいう仲間と合流するんだろ。生存率が上がるなら、何も異論はありませんよ」

敵の目をかいくぐり、山を下りる。残りの仲間と合流した後、どうするのか、礼夜は確認しなかったし、他の誰も何も言わなかった。

四の五の言わずに、今は生きて山を下りることで皆の意見が固まったのだ。

重大な決断が下された中、ただ一人、ヴィダールだけが言葉を発しなかった。

イーヴァルディはヴィダールを気がかりそうにちらりと見て、口を開きかける。けれど結局、何も言わず口をつぐんだ。

生きると決意したとはいえ、男たちはいまだに悲しみと疲労の底にあった。

前夜まで、彼らはフレイの身の安全を守るべく、綿密に不寝番の計画を立てていたはずだ。けれど今夜は、そんな話し合いをすることもなく、不寝番を立てることもせずに、二つの天幕に分かれて全員が眠った。

礼夜の天幕には、イーヴァルディとジェド、それにヴィダールが一緒だった。特に相談もなく、イーヴァルディと礼夜が真ん中に寝ころんで、その脇をジェドとヴィダールが固めた。

礼夜の隣がヴィダールだった。好みの美男と同衾するのは嬉しいが、他のおっさんたちもいる状況では、ちょっかいも出せない。

明日も早いしと、礼夜は大人しく横になって目をつぶった。

一瞬で浅い眠りについてから、どのくらいが経ったのか。隣で横になっていたヴィダールが起き上がる気配がして、目を覚ました。

緩慢な動きで、彼は天幕を出て行く。かちゃりと剣の柄がこすれる金属音がして、礼夜はなぜかハッとした。

用を足しに行ったのかもしれない。ヴィダールだけでなく、男たちはどこに行くにも武器を提げている。剣を持って用足しに行くのも、別におかしくはない。

けれど、胸騒ぎがした。

ヴィダールが出て行ってすぐ、天幕の反対端にいたジェドがむくりと起き上がった。天幕のそばでは焚火が焚かれていて、ほんのりと明るい。ジェドと目が合った。

「俺が行く」

短く言うと、ジェドはうなずいて、再び横になった。

イーヴァルディの顔は見ていないが、いびきが聞こえてこないところを見ると、起きているのかもしれない。

天幕から外を覗くと、金髪が森の木々の中へ消えていくのが見えた。礼夜は距離をあけて、それを追いかけた。

ヴィダールはゆっくりとした足取りで、どこまでも森の奥へ進んでいく。

泉からだいぶ離れてからも、立ち止まる気配がないのを見て、礼夜は声をかけた。

「便所にしちゃ、ちょっと離れすぎじゃないか？」

男の足が、そこで初めて止まった。驚いた様子はなく、礼夜が追いかけてきたことは、とっくに気づいている様子だった。

礼夜が近づくと、軽く振り返ってこちらを一瞥する。しかしすぐにまた、歩き出した。

「おいこら、どこまで行くんだって」

ヴィダールの足取りは、ゆっくりりして見えて速い。礼夜は駆け足でヴィダールの前方に回り込み、行く手を塞いだ。

灰色の瞳が礼夜を見下ろしたが、その表情はひどく疲れて見えた。

「放っておいてくれ」

眉間に深い皺を刻んだまま、ヴィダールは小さくつぶやいた。再び歩き出そうとするので、礼夜は相手の胸を小突いて止める。

「そうはいかねえよ。勝手な行動をしてもらっちゃ困る。お前がいるといないとじゃ、生存率がだいぶ変わりそうだからな。ちゃんと俺を守ってもらわないと」

ヴィダールの表情は、変わらなかった。表情を変えることさえ、もはや億劫そうだった。

「俺の主は、フレイ様だけだ」

それでも口を開いたのは、礼夜を諦めさせるためだろうか。生憎だが、そう簡単に諦めはしない。

脇を通り過ぎて行こうとする男の腕を、強引に摑んだ。

「フレイの最期の言葉を忘れたのか」

礼夜の手を振り払おうとしていたヴィダールの動きが、ぴたりと止まった。

「いくらお前の顔が似ていても……」

「そこじゃねえよ。やっぱり聞こえてなかったか。そうでなきゃ、こんな真似をするはずがない」

灰色の瞳に、わずかな光が宿ったのを確認して、礼夜は腕を離した。くるりと踵を返すと、「あーあ」と、嘆いてみせる。

「あいつも可哀そうにな。家臣のために、命がけでここまで上ってきたのに、それがぜんぶ無駄になるんだから。王都から逃げたのがそもそも、間違いだったよな。あいつが黙ってカールヴィとやらにケツを差し出してりゃ良かったんだよ。いや、もう差し出してたんだっけ？」

拳が飛んできた。大したスピードもなく、礼夜は軽く身をかわす。

「フレイ様は何人にも汚されたことはない。お前と一緒にするな」

「わあ。俺が処女じゃないって、わかるんだ。なあ、お前。男を抱いたことがあるだろう。そいつはフレイ様に似てたか？」

言葉の途中で背後に飛んだが、鉄の刃が頬をかすめ、チリリと肌に痛みが走った。

疲れ果て、感情が消えていた瞳に、今は苛立ちと怒りが宿っている。いいね、と礼夜は胸の内でつぶやいた。

「これ以上、おぞましいことを言うなら……」

「フレイの最期の言葉、知りたくない？」

向けられた刃に、礼夜は一歩近づく。憎しみのこもった目に、ゾクゾクと快感が走った。

さらに一歩近づく。剣の先が礼夜の喉元に当たった。

「なあ。知りたくないのかよ」

ぐっと剣先を喉に押し当てる。刃先が皮一枚を斬り、またチリリと痛みを覚える。剣を持つ手が怯んだ。

ついには剣が退き、ヴィダールは忌々しそうに礼夜をひと睨みして、剣を鞘に納めた。

「言ってみろ」

「おいおい、ヴィダール君。それが人にものを頼む態度かね」

礼夜はおどけつつ、また一歩足を前に踏み出す。息がかかるほど距離を詰めたが、相手は悔しげに見下ろすばかりで、隙だらけだった。

「……のむ」

「え、何？　聞こえないんだけど」

「フレイ様は何と仰ったのだ。教えてくれ、頼む」

礼夜はにやりと笑い、背伸びをした。ヴィダールに顔を近づける。

「教えなーい」

「な……」

何か言いかけたヴィダールの唇を、礼夜は塞いだ。灰色の瞳が驚愕に見開かれる。

美男の唇をゆっくり味わいたかったが、すぐに突き飛ばされてしまった。

「何をする！　頭がおかしいんじゃないか」

ヴィダールは非難する口調で言い、手の甲でぐいと唇を拭った。

「うん、よく言われる」

礼夜は悪びれず返す。ヴィダールが、信じられないものを見るような目を向けるのが愉快だった。

「すぐに教えたらお前、俺のこと守ってくれないじゃん。だから教えない。それからさ、お前ら……フレイもみんな、図々しいんだよ。勝手に俺を異世界から呼び出して、あとはよろしく、って。この状況で放り出されてさ、命が惜しけりゃ従いな、ってことだろ。俺が発破かけなきゃ、どいつもこいつも腑抜けたままだし。あげくに、護衛騎士は一番に後追いしようとする。人を舐めるにもほどがあるだろ。聞いてんのか、オラ」

礼夜はヴィダールのみぞおちを思いきり殴った。チュニック一枚だというのに、武具を着けているかのように腹筋が硬い。

しかも、ヴィダールは咄嗟に身を引いて急所を外していたから、礼夜の手が痛んだだけで、大してダメージは与えられなかった。

礼夜はそれまでの笑いを消し、ヴィダールを下から睨みつけた。相手もまた、礼夜を睨み返す。

「なあ、金髪色男。俺は腹が立ってるんだよ。最初に出会った時から、お前らみんな、俺のことウジ虫みたいな目で見てさ。てめえの主人が、他人の俺にぜんぶの責任を押っ付けて死んだってのに、まだ自分たちが被害者みたいなツラしてやがる。被害者は、この俺だよ！」

叫ぶと、ヴィダールの腰に提げた剣を引き抜いた。完全に不意を突かれたらしい男が、あっと小さく声を上げる。伸びてきた手を剣で払った。

ヴィダールが軽く腰を落として戦闘態勢を取る。礼夜はそれを一瞥し、踵を返した。ヴィダールと差しで戦うつもりなど、はなからなかった。

抜身の剣を提げ、肩を怒らせながら天幕へ戻りかけると、ヴィダールが追いかけてきた。

「何をする気だ」

「うるせえ。てめえにはもう関係ねえだろ。さっさと短剣で喉突いて死ね」

ヴィダールは恐らく、礼夜がイーヴァルディたちを剣で襲う気だと考えたのだろう。歩きながら、「待て」「うるせえ」という応酬を何度か繰り返した。

「お前は死ぬ気だったんだろ。じゃあ死ね。とっとと死ねよ」

「お前の剣の腕では、オーズにすら敵わない」

「あっそ。じゃあ、あいつらが起きる前に、さっさと死体を掘り返さないと」

すぐ後ろで、息を呑む音が聞こえた。

「フレイ様をどうするつもりだ」

待て、とまた同じ言葉を繰り返して肩を摑もうとする。礼夜は剣を振り回して距離を取り、相手に向き直った。

天幕はすぐ近くで、心配して様子を見に来たらしい、オーズとヴァンの姿が木々の向こうにちらりと見えた。他の連中も恐らく、近くにいるはずだ。

「あーっ、うっせえ、うっせえ！　お前はもう、ケツまくって逃げたんだろうが！　俺がフレイの死体を掘り起こそうが、首ちょん切って敵に渡そうが、お前にゃ関係ねえんだよ！」

「な……貴様……」

ヴィダールの目の色が変わった。本物の殺意に、うなじの辺りがざわりとするのを、礼夜は感じる。

目の前の男は、一秒あれば礼夜から武器を奪い、この身体を斬り裂くことができるだろう。

「はっ」

鼻先に突き付けられた殺意を、礼夜は笑い飛ばした。

「何が『な……貴様』だ。お前に怒る資格なんかねえって、どう言えばわかるのかなあ」

礼夜は皮肉っぽく顔を歪めて言い、それから心配そうに顔を覗かせているヴァンとオーズを、「おい！」と怒鳴りつけた。

「やめだ、やめ。みんな、ここで解散！」

草の茂みに潜んでいたエインが、そっと顔を出した。礼夜はそれにも、「はい、君も解散！」と叫ぶ。

「ヴィダール、一人で逃げるってよ！　護衛騎士が逃げるんじゃ、俺もやってらんねーよ」

「俺は」

困惑の混じった声が、ヴィダールから上がった。礼夜の言い方は、まるでヴィダールが臆病風に吹かれてコソコソと逃げ出したような印象を与える。

「うっせ。今さら言い訳してんじゃねえよ。はい、皆さーん。ヴィダールが逃げまーす！」

礼夜はヴィダールを一睨みした後、大きな身振り手振りで周りに訴えた。滑稽に見えただろうし、イカレてると思われたかもしれない。

しかし、目的のために手段を選ばないのがならず者で、半グレというやつだ。

「もう、やめてくれ」

たまりかねたように訴え出たのは、意外にもジェドだった。彼は、相棒のエインとは離れた草むらにいて、イーヴァルディもそばにいた。

「ヴィダール様は逃亡などしない。そんなふうに言わないでほしい」

ヴィダールが森へ何をしに入ったのか、皆が知っている。彼らはフレイを信奉していたが、互いのことも深く信頼し合っているようだった。命がけでここまで来た仲間だ。当然と言えば当然だ。

「でも、逃げたよ」

けろりと言った。ジェドが、鼻先で扉を閉められたような顔をした。礼夜は相手の人情など、まったく意に介しはしない。彼らと同じ土俵に立つつもりはない。

「こいつは一人で楽になろうとしたんだ。つまりは、逃げたってことだろ。お前らはそんな裏切り者の味方をする。それで俺一人に責任をおっかぶせる気なんだ。そんな身勝手で卑怯な奴らの言うことを聞く必要が、どこにある？」

礼夜は「なあ」と、ヴィダールを振り仰ぐ。それから今度は、ジェドの近くにいるイーヴァルディに、「じいさん」と、呼びかけた。

「じいさんはさっき、強制はしないって言ったけどさ。俺もあの場で否定しなかったけど、やっぱあれはまずかったよ」

ぐるりと周囲を見回す。これは礼夜のステージ、ワンマン・ショーだ。主が死んで虚ろになった彼らから、感情を引き出すための装置だった。

彼らのためにするのではない。礼夜が生き抜くために、彼らの生存意欲が必要なのだ。

「フレイの遺志を継ぐって言うなら、ちゃんと責任持てよ。みんな自由にしていいよ、あとは礼夜がぜんぶ責任を持つから。さっきのあれは、そういうことだろ」

「……確かに、レイヤ殿にそう誤解されても、仕方がない言い方だった」

イーヴァルディが低く言い、「すまぬ」と、付け加えた。

「口先だけなら何とでも言えるんだよなあ。本気で悪いと思ってるならさ、ちゃんと自分たちで自主的に動いてよ。あと俺に、どうか協力してください、よろしくお願いしますって、頭下げて膝ついて頼むべきだろ。この場の全員で」

六人分の不満が突き刺さる。誰もが礼夜に怒りを向けている。

いいね、と礼夜はうそぶいた。上等だ。怒ってるうちはまだ、自分から死んだりしない。

「なあ、どうなん？　俺にお願いする気ある？　ないならここで――」

イーヴァルディが前に出た。礼夜の前で、頭を下げるつもりだったに違いない。

それより早く、ヴィダールが動いた。驚いたことに、彼は怒りを孕ませながらも、礼夜の前にひざまずいた。

「悪かった。これ以上、フレイ様の臣下を辱めるような真似は……」

「そこは、私が悪うございました、でしょ」

すかさず言うと、ヴィダールはぐっと怒りを呑み込むように息を詰める。しかし、それでも礼夜に従った。

「私が悪うございました。……どうか……我々に、協力してください」

「ヴィダール君はこう言ってるけど、お前らはどうなん？」

礼夜は一同を振り返った。皆の礼夜に対する感情は今や、怒りを通り越して憎しみに変わっていた。

ヴィダールが折れたのは、膨れ上がる怒りと憎しみを収めるためだったのかもしれない。

イーヴァルディが前に出て、ヴィダールと同じように膝をついた。

それを見たオーズとヴァンが、互いに顔を見合わせた後に続き、ジェドが諦めたようにため息をついてその場に膝をついた。ジェドに促され、エインも渋々ながら従った。

皆が膝をついたのを確認し、イーヴァルディが改めて頭を下げた。

「我々はフレイ様の遺志を継ぎ、皆でユーダリルへ逃げ延びる所存です。レイヤ殿、いやレイヤ様にはどうか、我々にご協力いただきたい」

「俺のこと、ちゃんと守ってくれる？　後ろから刺し殺したりしない？」

礼夜が念を押すと、ヴィダールが応じた。

「必ずや、あなた様のことをお守り致します。この命に代えましても」

礼夜はヴィダールを睥睨（へいげい）した。

「フレイの名にかけて、誓うか」

「……マーニとフレイ様の名にかけて、誓います」

一瞬のうちに感情を殺し、ヴィダールは言った。礼夜は奪った剣を彼の右肩に振り下ろした。

ヴィダール以外の全員が息を呑む。ジェドは剣に手をかけ、腰を浮かせかけていた。騎士の叙任式、刀礼のつもりだったが、この国では通じなかったようだ。礼夜は気にせず、剣で、軽く二度、三度、ヴィダールの肩を叩いた。

「オッケー。それなら、ヴィダール。お前は今から俺の騎士だ。そんで、ここにいるみんな、俺の家来ってことで。よろしくっ」

周りを見回して宣言する。誰も賛同はしなかったが、意を唱える者もなかった。

礼夜はヴィダールに向き直り、剣を返す。「よろしくな」と、愛想よく笑うと、ヴィダールはこちらを睨みながら剣を柄に納めた。

その顔には、「こいつはイカレている」と、書いてあった。

翌日、礼夜は自分の行動が間違っていなかったと悟る。

一人で逃げなくてよかった。

嫌われても恨まれても、ヴィダールたちを連れて出立したのは、正解だった。

まず、道らしき道の見当たらない山中を、地理のまったくわからない状態で下りるのは困難である。それが夜も明けきらない闇の中なら、なおさらだ。

礼夜がオンステージではったりをかまし、ヴィダールらを無理やり家来にしたその数時間後、全員で泉を後にした。

彼らはその場を立ち去る前に一度、フレイが埋葬された泉のほとりを振り返ったが、再び前を向いてからはもう、迷いを振りきっていた。

そして礼夜は、なぜこのメンバーがフレイの最側近で、本来は王家にのみ許された場所へ同行を許されたのか、納得した。

彼らにはそれぞれ突出した能力が備わっていたが、それを置いても優秀だった。

一見、戦力になり得なそうなオーズでさえ、険しい山道をしっかりした足取りで進む。それも、なるべく物音を立てないよう、歩くすべを身につけていた。

「急がず、ゆっくりで構いませぬ。これより先は、どこに敵がいるやも知れぬ場所です。なるべく小股で、滑って声を立てたりしないよう、お気をつけくださいませ」

イーヴァルディがそばについて、山道に慣れていない礼夜に歩き方を講釈してくれた。

ヴィダールも礼夜のそばを片時も離れず、彼らは約束どおり、礼夜を護衛しながら進んでいた。

内心では不満だらけのはずだろうに、一度前へ踏み出した彼らは、私的な感情を一切排除しているようにも見える。その点だけを見ても、非常に優秀な側近たちだと、礼夜は密かに評を下していた。

道中、敵兵が野営する近くを通り過ぎた。

焚火の火を最小限に抑え、小隊と分かれて目立たない場所でひっそりと夜を過ごしていた彼らは、うっかりすると見過ごしてしまいそうだった。

先鋒に立つエインが毎回、そうした敵兵の気配にいち早く気づき、一行は敵に見つかることなく迂回することができた。

ジェドがぬかりなくしんがりを務め、ヴァンは時折、その長身と怪力を生かして、高低差のある場所で人を担いだり引き上げたりして、道行きを助けてくれた。

夜が明けても一行は、無言で歩き続けた。少し休憩しては、一時間、二時間歩く。食事は二度ほど、いずれも硬いパンを葡萄酒で流し込むだけで終わった。

「おつらくはありませんか」

一度だけ、イーヴァルディが礼夜に尋ねた。まだ進行の序盤、夜が明けて間もなくのことだった。

泉を離れて以降、イーヴァルディは再び礼夜を「レイヤ様」と呼び、フレイに対するように礼夜を扱った。

こうなった以上、礼夜を本当に主君として扱うことにしたのだろう。イーヴァルディがそうして、ヴィダールも礼夜を丁重に扱ったので、他の皆も不満をあからさまに表に出すことはなかった。

「いいや、まだ大丈夫。こう見えて体力はわりとあるんだよ。山道は慣れないけど、スニーカー履いてて良かったわ」

普段、スーツを着る時は革靴を履いていた。あの夜は何となく、スニーカーのほうがいい気がして、自宅を出る間際に履き替えたのだ。

誰かに襲われるか、警察のガサ入れがあるかと構えていたのだが、まさか異世界に飛ばされるとは思わなかった。

「……ご無理はなさいませぬように」

余裕を見せる礼夜に、イーヴァルディは一瞬、虚を突かれた表情をした。やがて静かにそう言って、それきり、つらくないかと聞いてくることはなかった。

そうした侍従の態度を見て、礼夜は推測する。恐らく、フレイだったらあのタイミングで休憩しただろう。

イーヴァルディは敵に追われる中、それでも身体の弱い王子の体調を窺い、こまめに休憩を取ったに違いない。

長く困難な旅の中で、それが彼にとっての習い性になっていた。

でももう、フレイはいない。フレイに面差しのよく似た男は、フレイが息を切らして必死に歩いてきた道を、難なく駆け下りる。

礼夜はただ顔が似ているだけの別人なのだということを、この年配の侍従はこれから、何度も見せつけられることになるのだ。

イーヴァルディの沈んだ横顔を見て、礼夜の胸にも一抹の感傷が込み上げたが、すぐさま振り払った。

礼夜は彼らの想像を超えてはるかに健脚だったようで、途中で野宿する予定を変え、一日歩き通すことになった。

そうして一行は、夜明け前から夜更けまで、黙々と歩を進めた。

途中から上り坂になり、森が途絶えて岩場が多くなった。月を背に上り進め、もういい加減に休みたいな、と礼夜が音を上げそうになった時、ようやく先頭を歩くエインが立ち止まった。

「着きました」

ほんとかよ、と即座に返したくなるくらい、そこは何の目印もなく岩場が続いていた。

けれど、エインの頭の中の地図は正しかったらしい。彼がヒュッ、ヒュッ、と何度か指笛の合図を吹くと、それからしばらくして、急な岩場の上のほうから人影が現れた。

ガンドという、イーヴァルディたちが残してきた仲間の手勢だった。

「この方が、フレイ様……だと？　本気でそう仰っているのですか、イーヴァルディ様」

ガンドはジェドよりいくらか年上の、五十がらみの壮年男性だった。

白髪交じりの焦げ茶の髪は、額の部分が綺麗に禿げ上がっている。顔半分は無精髭に覆われていたが、目つきは理知的で穏やかに見えた。

ガンドとの待ち合わせの場所だったという、岩場に辿り着いた礼夜たちは、そこに現れたガンドの配下と共に、さらに岩場を上り、ガンドと合流を果たした。

ガンドの手勢は三十二名。彼らはフレイたちが泉へ赴いた数日間、この吹きさらしの岩場で待機していた。

近くに洞穴を見つけ、交替で中に入って身体を休めていたというが、寒さの厳しい山中でいつ帰るかわからない主人を待つ日々は、さぞつらい時間だったただろう。

ガンドは合流すると真っ先に、礼夜たちを洞穴の中へと案内してくれた。ウルズの泉から何か成果を持ち帰ったのではないかと、期待していたようだ。

礼夜は洞穴に入るまで、スーツの上着を脱いでほっかむりをし、フレイとは異なるブリーチの金髪を隠していた。

ガンドは行きと異なる主君の異装を訝しむ様子を見せたが、礼夜の隣にヴィダールがうやうやしく付き添っているのを見て、ここにいるのがフレイに間違いないと確信したようだった。

しかしその後、礼夜が洞穴の中でガンドと対峙し、ほっかむりを解いて全貌を晒すと、信じられないというように目を見開いた。

そうして、礼夜の脇にいたイーヴァルディへ、先の言葉を投げかけたのである。

「どう見ても別人ではないですか。顔立ちは確かに瓜二つだが、髪も瞳の色も、年齢すら違う。……フレイ様は。あの方はどうなされたのです。まさか……」

ガンドはイーヴァルディに詰め寄った。イーヴァルディは視線を逸らして低く唸ったきり、答えない。仕方なく、礼夜が応えた。

「フレイは死んだ」

ガンドと、その周りにいた部下たちが凍り付いた。

イーヴァルディまでもが、非難の目で礼夜を仰いだ。もっと他に話の持っていき方があるだろうと、そう言いたげだ。

しかしどう言おうと、死んだものは死んだのだ。

「元のフレイは、泉のほとりで死んだ。俺は礼夜という。月の裏側から来た、もう一人のフレイだ。フレイが死の間際、マーニに祈って起こした奇跡だ。ひざまずいて我を崇めよ」

最後の一言は余計だった。ガンドが眉をひそめ、助けを求めるようにイーヴァルディと、そして礼夜の反対隣にいるヴィダールを見た。

「レイヤ様の仰るとおりだ。フレイ様が泉で奇跡を起こした。神がフレイ様の祈りを聞き届け、レイヤ様を遣わしたのだ。フレイ様はこの方が我々の新たな主だと言い残し、息を引き取られた」

イーヴァルディが言うと、ガンドはがっくりと膝を折った。

「フレイ様が……」

それきり絶句し、その場に座り込んでしまった、ガンドの部下たちから、すすり泣きが聞こえ始めた。

礼夜の当初の予想では、フレイが奇跡を起こしたと言ったら、それで納得してくれると思っていたのだが、そこまで単純な人々ではなかったようだ。

彼らはもはや礼夜など眼中にないようで、絶望と悔しさに打ちひしがれていた。

「私はガンド殿と話をしてみます。レイヤ様、少しの間、席を外していただけないでしょうか」

ガンドの気持ちが理解できるのだろう、イーヴァルディが苦渋に満ちた顔で言うのに、こちらも嫌とは言えない。

礼夜はうなずいて踵を返した。ガンドの部下たちから、憎しみにも似た敵意の視線が向けられる。

俺が殺したわけじゃないんだけど、と内心でぼやきつつ立ち去ろうとすると、ヴィダールがついてきた。

「上へ参りましょう。ジェドたちがいます」

ヴィダールが丁寧な口調で促す。そこには何の感情も見えない。

意外だった。ワンマン・ショーで無理やり屈服させてから、ヴィダールは礼夜とほとんど言葉を交わすことはなかった。

こんなふうにフォローしてもらえるとは、思ってもみなかったのだ。

彼の真意はわからないが、しかし、圧倒的アウェイなこの状況で、ヴィダールのこの態度はありがたい。

洞穴を出ると、見張りの兵たちから離れ、岩場を上った。

月が明るく、灯りがなくてもどうにか先が見える。かなり上のほうに、オーズとヴァンがくっついて暖を取っているのが見えた。

ジェドとエインの姿は見えない。交替で周囲を窺っているのかもしれない。

「意外だな」

洞穴からじゅうぶん離れたのを見て、礼夜は言った。先を行くヴィダールが、軽くこちらを振り返る。

「さっきの態度だよ。あの場で俺を立ててくれるなんてさ」

そんなことか、というように、彼はふいっと前を向いた。もっとも、足場が険しいため、先を進むには前を向かねばならない。

「ガンド様も我々も、全員がフレイ様の存在を支えにここまで来たのだ。その支えをなくしてしまったら、統制されたこの集団もどうなるかわからない」

お前のためではない、ということだが、わかっていてもありがたい。

これで当分の間は、礼夜もフレイの代わりとして彼らに守ってもらえる。

「ところで、ガンドっておっさんは、どういう人間なんだ？　フレイを担ぎ上げて、国の再興を願ってたそうだが、彼の背景やらその他もろもろ、詳しく知りたい」

ヴィダールは再びこちらを振り返り、わずかに不満そうな顔を見せた。お前がそれを知ってどうするのか、と問いたげだ。

「俺は数日前にこの世界に連れてこられて、まだこっちの常識を何も知らないんだよ。いいか、ちょっと隣の国から来た、ってわけじゃない。異世界だぞ？　あり得ないことが起こったんだ。本来ならまず、太陽と月はいくつあるのかってとこから聞かないといけない。圧倒的に情報が少ないんだよ」

「太陽も月も一つしかない」

言って、ヴィダールはまた岩を上り始めた。礼夜は苛ついて喚きたかったが、うかうかしていると見失いそうだったので、黙って後に続いた。

やがて大きな岩場に差しかかり、ヴィダールはその陰に入った。下からついてきた礼夜に手を貸し、陰に誘導する。

「ここは森と違って、遮蔽物が少ない。風向きによっては、声も遠くまで通る」

その説明で、彼がただ闇雲に岩を上っていたわけではないとわかった。泉のほとりと違い、岩場の風は乾いていたが、寒いことに変わりはなかった。夜明け前から一日、歩き詰めだったのだ。本当はさっさと眠りたい。

「ガンド様は、亡き国王陛下の忠臣だ。王の家臣らの中で、生き残ったのはイーヴァルディ様とガンド様だけだ。あとは皆、家族もろとも粛清された」

岩場の陰に二人で腰を下ろすと、ヴィダールは礼夜がした質問の答えを語ってくれた。カールヴィがクーデターを起こした後、国内で大粛清が行われた。カールヴィに反発する者は、その家族に至るまですべて処刑されたという。

イーヴァルディの家族も皆、殺された。イーヴァルディが一人生き残ったのは、隠居生活が長かったこと、子供たちを殺されてもなお、声を上げることなくカールヴィに従ったからだ。

と言っても、ただ言いなりになっていたわけではない。

王家の中でただ一人、フレイが生き残っていることを知っていて、彼を支えるために敵に下ったのだ。

一方、ガンドは大粛清の当時、現役だった。

宮廷で国王の補佐官をしていたが、直前に高齢の父が亡くなったため、たまたま領地に帰郷していた。

領地でクーデターの報せ（しら）を受け、すぐさま自領の兵士を従えて王都へ戻ろうとしたが、都は封鎖されており、戻ることは叶わなかった。

それどころか、カールヴィの兵に敗れ、領地に逃げ帰ることになる。

カールヴィの圧倒的な兵力を間近で見たガンドは、抵抗する道を諦め、すぐさま尻をまくって他国へと逃亡した。

人によっては、彼の行動を意気地なしだとけなすかもしれないが、礼夜は賢明な判断だったと思う。

そのまま、自身の家来と共に他国に潜伏し、この十年余り、アルヴの動向を窺っていた。

イーヴァルディとも密かにやり取りをしており、フレイを逃がす算段をしていたようである。アルヴ版、大石内蔵助（おおいしくらのすけ）と言ったところか。

「イーヴァルディ様はフレイ様の母君、王妃様のご実家の家臣だった。王妃様の父と乳兄弟だったと聞いている。ガンド様は代々、国王の補佐官を務める家柄だそうだ」

「つまり、ガンドはイーヴァルディと違って、フレイ本人というより、先代の王様の忠臣なんだな」

ヴィダールがうなずいた。

一方、イーヴァルディはフレイの母方の家臣で、幼いフレイの親代わりだった。

国だの忠義だの置いても、フレイの安全を確保したいイーヴァルディと、国を離れて十余年、ひたすら復讐（ふくしゅう）の爪を研いできたガンドとは、思惑が異なるのも仕方がないことだ。

それにしても、と、礼夜は今までに見聞きした情報を繋げてみる。

「ガンドは補佐官、イーヴァルディは侍従で。ガンドの周りにいた部下たちも、根っからの兵隊、って感じじゃなかったよな」

「ガンド様の家来だから、皆それなりの家の者で、俺より身分は上だ。腕を見込まれて採用された、平民出身の俺たちとは違う。その代わり、馬術や剣術は子供の頃から一通り仕込まれているはずだ」

ヴィダールは、元傭兵だと言っていたのだったか。礼夜は彼の経歴が気になったが、今は全体の把握が先だと、興味を振り払った。

「つまり、エリートの集団ってことだな。ガンドとそのお仲間の三十二名、兵力としてどんなもんなの？」

この質問はいささか、抽象的すぎたかもしれない。しかしヴィダールは、わずかに言葉に迷った後、礼夜が聞きたかった内容を答えてくれた。

「彼らの個々の経歴までは知らない。ここまでフレイ様と共に行動してきた、その感想だが。隠密の旅をするには皆、頼もしい仲間たちだ」

十年以上、他国で潜伏しながら機会を窺ってきただけあって、敵の目をかいくぐりつつ、細々と動くすべに長(た)けているという。

この三月の道中でも、食料などの物資を調達する者、敵の動向を探る者や、金策に励む者もいた。フレイのために宿を取ったりと、様々な活躍を見せた。

「ただし、戦の経験はほとんどない。大きな戦場の経験は恐らく、国王弑逆(しぎゃく)事件の折、王都を目指して出兵し敗走した、その一度だけだろう」

「この辺で敵と遭遇して戦闘になった場合、彼らの活躍が期待できると思うか？」

「ここに来るまでに二度、敵に遭遇したことがある。一度目は敵の数も少なかったが、二度目は百名あまりの一個小隊が相手だった。逃げ延びることができたのは、彼らのおかげだ。ただ、その戦闘でガンド様の兵も半数になってしまった」

「忠義と精神力はある、と。小規模な戦闘なら、多少の物量差があっても勝てる見込みはあるな。けど、大きな戦争はどうだ？」

「……なぜ、そんなことを聞く」

わずかな間の後、訝しむ声が言った。月が雲に隠れ、周りはほとんど見えなかったが、肩が触れ合うほど隣り合わせになっているので、かろうじて相手の顔や仕草はわかった。

礼夜は軽く肩をすくめた。

「そりゃお前、生き延びるためだよ。みっともなく這いつくばっても、俺はとにかく生きたいの。あと、痛いのも苦しいのもごめんだし、できれば腹いっぱい飯食って酒も飲んで、いい男にも抱かれたい。……そんなに変な顔するなよ。とにかく俺は、明るく楽しく生きたいね。そうするにはどうすればいいか、常に考えてる」

元の世界でも、そうやって生きてきた。自分が楽しい人生を送るために、力と金が必要だったのだ。

国の再興なんて心底どうでもいいし、フレイに頼まれたのだって、ヴィダールたち最側近を生存させることだけで、アルヴ王国のことなんて、一言も頼まれていない。

そんな礼夜は、そもそも他国に助力を仰ぎ兵を起こす、という案に懐疑的だった。

ユーダリルまではまだまだ遠いようだし、遠方まで行って空手でまた引き返す、なんて無駄なことはしたくない。

では、どうすべきなのか。代案を出すにはまだ、礼夜はあまりにもこの世界のことを知らなかった。

ヴィダールは礼夜の言葉を聞いてしばし、沈黙していた。明け透けな物言いに呆れた顔を見せつつ、こちらの言っている内容を吟味しているようでもあった。

彼はやがて、ゆっくりと慎重に言葉を紡いだ。

「俺は元傭兵で、子供の頃から戦場を渡り歩いてきた。正規軍に交じって戦ったこともある。この国ではなく、異国の話だが。そうした経験から鑑みるに、この一団は大きな戦には不向きだ。そもそもが、十年ほど前までアルヴは平和だった。まともに戦場に出た経験のある者など、ほとんどいない国だったのだ」

イーヴァルディやガンドら、諸侯たちの自領の兵も、主に領内の野盗や暴動を制圧する、治安維持が本業だったという。

「仮に兵が増えたとしても、この面々で大軍を指揮するのは無理ゲーだな」

ヴィダールも、礼夜のこの意見には同意のようだった。

「ユーダリルから兵を借りて、その中によほど有能で協力的な将がいれば、話は別だが」

「そのユーダリルもさ。ぶっちゃけ、こっちが頼んで兵隊を貸してくれるわけ？　イーヴァルディのじいさんに聞いたら、濁されたけど」

これにはすぐに「難しいな」と、簡潔な答えが返ってきた。

「我々に力を貸す理由がない。フレイ様とユーダリルの王妃が血縁というだけだ。ガンド様はその情に訴えるおつもりだが、どうだろうな。カールヴィ政権下のアルヴとユーダリルは、仲が良くも悪くもない」

「わざわざ、争いの火種を作る理由はないもんな」

アルヴの周りの国々も、恐らく似たようなものだろう。十年も他国と戦争がなくクーデター政権が存続しているということは、周りの国が静観しているということだ。

後でイーヴァルディから地図を借りて確認しなければ、と礼夜は頭の中に予定を留めておいた。

「さすがに疲れたな。ここで寝るか」

狭いが、男二人がかろうじて横になるスペースはありそうだ。ごろりと転がると、岩が身体に当たって痛かった。

普段なら、とても寝られたものではない。しかしとにかく、今は疲れていた。

「おい。こんなところで寝るな」

礼夜がいきなり寝ころんだので、ヴィダールは迷惑そうな声を上げた。

「じゃあどこで寝るんだよ。洞穴の中はいっぱいだし、俺がいたらガンドたちがギスギスしそうだろ。お前もここで寝ろよ。一人じゃ寒いから、くっついて」

言いながら、ヴィダールに腕を絡めようとしたら、ゾッとしたように手を払われた。

「断る」

その反応はちょっと傷つく。礼夜は唇を突き出した。

「そんな言い方ないだろ。俺にも心はあるんだぜ」

悲しい声を作って言い、「一緒に寝てくれよ」と、懇願した。

「こんな岩場じゃ寒くて死んじまうよ。ヴァンとオーズだって、くっついて休んでるだろ」

ヴィダールはちらりと、離れた場所にいるヴァンとオーズに目をやった。ヴァンがオーズを抱える形で岩場に背を預け、体勢を安定させつつ、微睡(まどろ)んでいるようだった。

「なあ、頼むよ。頼むっていうか、命令な。お前、俺の家来だろ。昨日、そう約束したじゃん。フレイの名にかけてさ」

フレイの名を持ち出すと、奥歯をギリリと嚙(か)み締める音が聞こえた。

「怖いなあ」

ぼやいていると、ヴィダールが隣に寝ころび、礼夜の身体を背中から抱き締めた。

「やだ、意外と大胆」

「岩場から突き落とされたくなかったら、もう黙れ」

唸る声に、礼夜も口をつぐむ。本当に突き落とされそうな声音だった。

礼夜はヴィダールの腕の中でもぞもぞ身体を動かし、納まりのいい体勢を見つける。背中が温かく、これなら少しは寝られそうだった。

「貴様を殺してやりたい」

ものの数秒で眠りに落ちかけていたら、背後でつぶやきが聞こえた。

「フレイ様が生き返るなら、今すぐお前を殺してやりたい。フレイ様の代わりに、お前が死ねばよかった」

八つ当たりをされているのは、わかっていた。こちらもさんざん、煽(あお)るようなことを言った。でもやっぱり、そういう言葉を投げられるのは愉快ではない。

「母親にもよく言われた。母の恋人じゃなくて、お前が死ねばよかったって」

礼夜もつぶやく。答えはなかった。いや、少しして、ヴィダールが何か言った。

しかし、その頃にはもう、礼夜は眠りの中にいた。


お前なんか産むんじゃなかった、お前が私の人生を台なしにした、というのは、母に言われ続けた言葉だ。

幼い頃は、母の呪詛(じゅそ)が子守歌代わりだった。

母の何人目かの恋人が事故で急死してから、お前が死ねばよかった、というセリフが加わるようになった。

「あの人と結婚してたら、今頃はこんな暮らしをしてなかった。お前のせいだよ」

どうしてそこで、礼夜のせいになるのかわからない。

自分は悪くない。産んだのは母だし、貧乏なのも母の人生が上手くいかないのも、本人のせいで、礼夜は関係ない。

幸いにも、そうやって自分と母親を切り離すことができたから、曲がりなりにも裏社会で成り上がることができた。

母親が吐き続けた呪詛は、大人になった今も耳にこびりついていて離れることはなかったが、気にしないことにしていた。

心を鈍感にして、何も感じないようにする。

自分が傷つくことにも、他人を傷つけることにも、もう今は何も思わない。

干からびた礼夜の感情は、しかしまったく息絶えたわけではないらしい。

――フレイ様の代わりに、お前が死ねばよかった。

ヴィダールからかけられた言葉は、思いのほか礼夜の心の奥深くに潜り込んだようで、その夜は久しぶりに母親の夢を見た。

内容はよく覚えていないが、いつものように罵られている夢だろう。

おかげで、目覚めてからの気分は最悪だった。あまり寝た気がしない。連日の野宿と強行軍で疲労は頂点に達していて、寒気と頭痛がする。

こんなところ、さっさと立ち去りたい。とにかく暖かいところに行きたい。

ヴィダールに起こされた時には、すでに空が白みかけていた。

ヴァンとオーズ、それにどこにいたのか、ジェドとエインも合流し、みんな揃って洞穴へ戻る。寒くて、少しでも風のない場所に移動したかったからだ。

イーヴァルディは洞穴の中で一夜を明かしたらしい。礼夜が中に入った時には、ガンドと二人、洞穴の入り口で胡坐をかいていた。

ガンドの部下たちは交替で休みを取っているらしく、奥に雑魚寝をしている姿が見えた。

「で、話はついたのか？」

許可を得ることもなく、礼夜はイーヴァルディとガンドの前にどっかり腰を下ろした。

ガンドが、無礼な若者を見るように眉をひそめる。イーヴァルディは苦い顔をしつつ、ヴィダールが隣にいるのを見て、「そなたも座るがいい」と、礼夜の隣を勧めた。

それから、後に続いてきたオーズたちにも全員、中に入るように言った。ヴァンが手持ちの荷物からパンを取り出して配り、礼夜たちはパンを齧りながら、話し合うことになった。

「昨夜、イーヴァルディ様と話し合い、我々もレイヤ様にお供させていただくことになりました」

ガンドは言うが、恐らくはイーヴァルディに説得されたのだろう。礼夜を見る目がいまだに胡乱だ。

礼夜を心から信用したわけではなさそうだし、他に道がないからイーヴァルディの説得に応じた、というのが正直なところではないか。

もっとも、礼夜はイーヴァルディたちにも信用されているわけではない。みんな仕方なく、礼夜を頭に据えているのだ。

「お供するのはいいけど、ちゃんと俺のこと主人として扱ってくれる？　そうでなきゃ、俺としてはお前らと一緒にいる意味がないんだけど」

硬いパンを嚙みちぎりながら、礼夜は言った。イーヴァルディもガンドも、野蛮なものを見る目でそんな礼夜を見る。

それでもガンドはうなずいた。

「あなたがフレイ様の身代わりをしてくださるのなら、私も家臣として振る舞いましょう」

「交換条件ってわけだ。いいぜ。王子の所作なんぞわからないが、必要になったらそれらしく振る舞うよ。礼儀作法は今すぐこの場では不要だろう」

逃亡生活で、あえてしゃなりしゃなりとお上品に動く必要はない。言うとガンドは、「まあ、そうですが」と、渋々同意した。

「よし、交渉成立。じゃあガンド、今から俺がお前の主だ。お前の部下も俺の部下ってことだな」

ガンドの近くに控えていた部下に、「よろしくっ」と声をかけてみた。男は動揺し、ぎこちなくうなずく。

部下たちにも、礼夜をフレイの身代わりにすることは周知されているようだ。

「それで、これからどうする。まさかこのまま、岩場で籠城するわけじゃないよな」

ガンドとヴィダールは、互いに視線を合わせた後にうなずき、ガンドが口を開いた。

「むろん、まずは山を下りて集落を目指します。物資の補給をしなければ」

聞けば、ガンド隊はそろそろ食料が尽きそうだという。この山は幸い、水源が豊富で水に苦労はしなかったが、イーヴァルディたちも食料は乏しいだろう。

それに、山での生活が続き、皆の疲労が溜まっている。次に何をするにもまず、疲れを癒やす必要があった。

「里を目指すと言うが、あてはあるのか？　俺はこっちの世界の常識を知らないんだが、総勢四十名でゾロゾロ移動するのは目立つよな」

「むろん、目立たぬよう、何組かに分かれて行動します。ここに来るまでは、巡礼者に扮して参りました。山を下りたところに巡礼路がありますので、そちらを辿って隣国へ入ろうと考えております」

このような説明でわかりますか、と、ガンドに控えめに問われたので、大丈夫だと答える。

ちなみに、この大陸では広く、ブラ教という多神教が信仰されており、巡礼路も巡礼者も、このブラ教の教徒たちだという。

アルヴ王国では、月の神マーニを主神として崇めているが、実はこれもマーニ派という、ブラ教の一派なのだそうだ。

巡礼路は国境をまたいで、大陸の東西南北に伸びている。巡礼路の近辺の家や礼拝堂では、巡礼者のために宿を貸してくれるところもあった。この辺りは、礼夜の世界と変わらない。

「宿を借りられずとも、山を下りれば寒さもだいぶましになりましょう」

「それを聞いて安心した。こんなところにこれ以上留まってたら、健康な奴でも身体を壊すぜ。追手はまだ山ん中なんだろ。こっちがまだ泉にいると思わせてる間に、さっさとずらかろう」

ずらかる、という表現に軽く抵抗を示したものの、ガンドもイーヴァルディも、早く山を下りたい気持ちは同じようだった。

パンを食べ終え、巡礼路の説明も兼ねてイーヴァルディに地図を見せてもらう。

あまり精度に期待はしていなかったが、やはり縮尺の大きな大雑把な地図だった。大まかな場所と方角がわかる程度だ。

王都の場所と現在地、そして目的地とされるユーダリルの位置を教えてもらった。

「遠いな」

礼夜は地図を見ながらぼやく。

地図に書かれた異世界の文字を、礼夜はなぜか読むことができた。ただし、文字を見ただけでは発音の仕方しかわからない。それを頭の中でも口に出してでも発音すると、意味が自然にわかることがある。

地図にある「うるずふぉんてん」を発音すると、「ウルズの泉」だと理解できるのだ。今、礼夜が彼らと会話をしている言語も、日本語ではなかった。

どういう原理か知らないが、原理とか摂理とかを考えるのは面倒なのでやめた。

「三か月かけて、これっぽっちしか進めてないんだろ。こっちのユーダリルに着くのに、一年以上はかかるんじゃないの」

礼夜が指摘すると、イーヴァルディたちは困った顔になった。

「それは、まあ」

「これまでは、追手を撒きながら、フレイ様のご体調を見ながらの旅でした。アルヴを出るまでは引き続き、追手を警戒せねばなりませんが、レイヤ様の足ならば、そこまでかからないでしょう。アルヴを出ればさらにもう少し、旅がしやすくなります」

ガンドが言いにくそうにするのを、イーヴァルディが引き取って説明する。

確かに病人を連れての旅より、今後は速やかに動けるだろう。しかし、一年の旅が仮に半年に縮まったからと言って、事態が好転するとは思えない。

そう思ったが、今ここで異を唱えることはしなかった。

礼夜の中で、すでにユーダリルに行くという選択肢は消えていた。微々たる情報を繋ぎ合わせても、理にかなっているとは思えない。

ただ、ならばどうするのだと問われた時の対案がない。それに、標高が高く凍える山中でこれ以上、ぐずぐずしていたくなかった。

「んじゃまあ、さっさと出発しますか」

礼夜の言葉に、ガンドもイーヴァルディもホッとした表情を見せた。遠すぎると駄々をこねられると思っていたのかもしれない。

誰にも信用されていないこの一団に、さて自分の意見を通すことができるのだろうか。

考えて、朝起きてからの頭痛が、いっそうひどくなった気がした。


山を下りて巡礼路を南へ進むとすぐ、村があるという。

一団はその近郊で落ち合うことにして、ガンドたちとはいったん別れて山を下りることになった。

礼夜は岩場の洞穴まで下りてきた時と同様、ヴィダールら側近六名と山を下りた。

敵はフレイたちがウルズの泉を目指していたと察しているらしく、だいぶ高いところまで上ったまま、下りてくる気配がない。

おかげで礼夜たちは、ガンドと合流する前よりは緩やかに、休みながら歩を進めることができた。

「山で油断は禁物ですよ」

昨日より楽ちんだな、と言ったら、エインに厳しい口調でたしなめられた。

エインはジェドに言われて渋々従っているものの、ガンドらと別れて側近だけになると、礼夜に対する不信や不満は隠そうとしなくなった。

義憤に満ちた目で睨みつけられるたび、若さだねえ、とニヤついてしまうが、エインは礼夜より一つ年下なだけだった。

とはいえ、慣れない山歩きでは確かに、油断は禁物だ。

慎重を心がけつつ、それから礼夜は山を下りるまでの間、何度も側近たちにこの世界の常識やアルヴの情勢について質問した。

側近たちの説明によれば、アルヴはここ二百年ほど、大きな戦争もなく平和な時代が続いていたらしい。

ヴィダールが昨日言っていたように、諸侯らの軍備も大戦に備えたものではなくなり、国軍でさえ長い平和で装備も軽くなっていた。

これに、長い間国防を担ってきた軍部のカールヴィをはじめ、愛国派を自称する派閥の家臣らが、軍備の拡大を求めて以前から声を上げてきた。

しかし、周辺諸国との関係は良好で、民たちも戦の心配などしていない。

今の時代、いたずらに軍備を持つことは不要だと判断され、カールヴィら愛国派の訴えは退けられてきた。

カールヴィはそこで諦めなかった。長年をかけて軍部を掌握し、息子や身内を宮廷の要職に就けて手勢を増やし、利権や賄賂、その他後ろ暗い手段で資金を増やし、虎視眈々と機会を窺っていたそうである。

「ヤクザのやり口だな」

そういうやり方も、個人的には嫌いじゃないが……という感想は胸の内にしまっておく。

イーヴァルディは「左様、左様」と、何度もうなずいていた。

カールヴィとやらにも、彼なりの正義があるのだろう。いや、己の正義がなくてもいい。野心と欲望のためでもいい。欲しい物を手に入れた人間が勝者だ。礼夜の哲学ではそうなっている。

ただし、勝ち方があこぎであればあるほど、勝ちが続かないのも世の常だが。

「俺がフレイのふりして、カールヴィに色仕掛けをしたらどうなる？　籠絡（ろうらく）されてくれると思うか」

思いつきで言うと、イーヴァルディと、隣にいたヴィダールもギョッとしていた。他の四人は少し離れた場所を歩いていたので、その時の会話は聞こえていなかったようだ。

「なんということを」

「そんな顔すんなよ。俺はフレイじゃない。フレイの身代わりなんだから、汚れ仕事をしたところで、お前らの胸は痛まないだろ」

言うと、イーヴァルディが素直に視線を彷徨わせるので、礼夜は笑った。

「ずっと考えてたんだ。何が一番、この劣勢を覆すのに手っ取り早いかってな。俺ら、多勢に無勢にもほどがあんだろ。ユーダリルで兵を借りられたとしても、勝てるとは限らない。っつーか、それで負けたらユーダリルも国としてヤバい立場になるよな。そんな勝負、すると思うか？」

イーヴァルディも、その点は理解しているようだ。言葉に窮して「いや、しかし」と、口ごもった。

「ユーダリルには行かない。時間と労力の無駄。じゃあどうする？　それを考えなくちゃならない。じいさんも知恵を貸してくれよ。俺が思いついたのは、俺が単身敵地に乗り込んで、カールヴィって奴を籠絡するって案だ。どう？　使える？」

イーヴァルディが困惑しながら言葉を探す横で、ヴィダールが「無理だ」と、即座に答えた。

「カールヴィは、フレイ様をよく知っている。フレイ様が幽閉されていた屋敷を、彼は時折訪れていたからな。フレイ様に執着して、フレイ様のことをよく見ていた。お前が入れ替わっても、すぐに別人だとバレる」

「よく似た別人でも、絆されてくれない？」

食い下がったが、無理だ、と繰り返された。

「カールヴィは愚鈍な男ではない。フレイ様だけが唯一の例外なのだ」

長年、フレイのそばにいた男が言うのだ。やはり無理なのだろう。

「そっか。じゃあ、また別の手を考えなくちゃな」

歩きながら、礼夜は頭の中でぐるぐると情報を回していた。イーヴァルディが気がかりそうにこちらを窺っていた。ヴィダールは、こちらが聞かない限り何も言わない。

一行は歩き続け、一夜を山中で明かした後、さらに一日かけて山を下りた。

その間も、礼夜は何か策はないかと考え続けたが、妙案はそうすぐには思い浮かばなかった。

夕暮れ時、眼下に平坦な道が見えた時には、泣きたくなるほど安堵した。

ジェドが先に進んで集落を見つけてくれていて、一行はその集落にある礼拝堂に今夜の宿を得ることができた。

石積みの塀に土間、小さな祭壇があるだけの粗末な建物だったが、ちゃんと屋根のある場所で眠れるのがありがたかった。礼拝堂の前には井戸もある。

平地は山よりだいぶ暖かかったし、集落の外れにあるので気兼ねがない。

礼夜の服では目立つということで、山を下りて道に出たところで、ヴィダールが身に着けていた外套を借りて上からかぶっていた。

「やれやれ、やっとゆっくり休めるぜ」

もう一歩も動きたくない。礼拝堂の土間に座ろうとしたら、ヴィダールに腕を引かれた。

「ちょっと来い」

「俺、疲れてるんだけど」

軽く抵抗したが聞いてもらえず、外の井戸まで連れていかれた。

「靴を脱げ」

「え、何で」

急にどうした、と驚いていると、ヴィダールは苛立ったように軽く舌打ちして、礼夜を強引に井戸の前にある石の足場に座らせた。

自分は足元にひざまずくと、そのまま何も言わず、礼夜のスニーカーと靴下を脱がせる。

スニーカーは本来、登山には向かない。革靴よりはましだが、それでも連日の強行軍のせいで、礼夜の足は豆が潰れ、指の爪が浮いて剝がれかけていた。

ヴィダールは礼夜の足を見ると顔をしかめ、責める口調で言った。

「なぜ、こんなになるまで言わなかった」

「なぜっていうか、こんなになってるなんて、知らなかったよ。靴下脱いだの、一昨日だもん。どうりで痛いと思った」

足がどうにかなっていると思っていたが、やっぱりひどいことになっていた。ヴィダールは眉をひそめ、礼夜を見上げる。無言のままなのが責められているようで、居心地が悪い。

「実際に見たら余計に痛くなるから、見ないようにしてたんだよ。痛い、痛い」

ヴィダールは何の断りもなく、井戸の水を患部に掛けた。水がしみる。礼夜もさすがに声を上げた。

「こんなになるまで放っておくなんて、お前は馬鹿か」

「しょうがないだろ。俺は手当ての道具なんて持ってないんだ」

「そんなことは知っている。俺たちに言えば、ここまでひどくなる前に手当てできた」

「言ったところで、相手にされないと思ってたんだよ。俺はお前らに憎まれてるからな」

冷たく返すと、ヴィダールは虚を突かれたように押し黙った。

気まずそうに視線を外したところを見ると、礼夜に冷たく当たっていた自覚があるのだろう。

ガンドと合流した時点ですでに、足の感覚はなくなっていた。疲労困憊(ひろうこんぱい)していたし、翌朝はもう歩けないと思っていた。

それでも何も言わず足を動かしたのは、言っても無駄だと思っていたからだ。

フレイを失った側近たちの悲しみ、憤りが、憎悪となって生きている自分に注がれているのを、礼夜は嫌というほど感じていた。

「本音のところでは、お前らは俺に生きてほしくないんだろ」

お前が代わりに死ねばよかったと、ヴィダールは言った。たぶん、皆が同じように思っている。

そんな状況なのに、なぜ弱音を吐かないんだと責められるのは、不条理ではないか。

ヴィダールはしばらく、何も言わずに礼夜の足の手当てをしていた。患部を洗って清潔にした後、乾いた布を巻く。慣れた手つきだった。

「今後は、不調があれば俺に言え」

礼夜は答えず、相手を見た。ヴィダールも下から礼夜を覗き込む。

「お前に何かあれば、我々も困る。つらい時はつらいと言ってくれ。訴えを黙殺することはしない。約束する」

「……わかった。心に留めておく」

礼夜は軽くあごを引いて応じた。ヴィダールはそんな礼夜を見つめた後、不意に手を伸ばした。

額に、ひやりと冷たい手のひらが当てられる。思わず、びくりと身体が揺れた。

「少し、熱もあるな」

礼夜は答えなかったが、相手も返事を期待したわけではなさそうだ。

手当てを終えると立ち上がり、スニーカーと靴下を手に持った。これでは、礼夜の履くものがない。

「おい――」

礼夜が声を上げたところで、ヴィダールは再び礼夜の前にしゃがみ込んだ。かと思うと、礼夜の身体を軽々と抱き上げる。

それなりに身長差があるとはいえ、礼夜もそこそこの体格である。細身だが筋肉質だし、見かけほど軽くない。

「フレイより、ずっと重いだろ。無理すると腰痛になるぜ」

いちおう、ヴィダールのことを心配して言ったのだが、男は軽く眉をひそめた。

「お前はいちいち、言葉が余計だ」

ヴィダールの体勢は危なげがなかった。礼夜もそれきり黙って、相手に身をゆだねる。

美しく精悍な横顔が間近にあり、キスをしたくなったが、地面に放り出されそうなので大人しくしていた。

その後も、ヴィダールは礼夜に対して甲斐甲斐しかった。

ヴィダールは足の手当ての後、礼夜を抱えて礼拝堂に戻ると、自分のマントに礼夜を包み、荷物を枕にして土間に寝かせた。

「お前はそのまま寝てろ。明日も歩かなければならない。休めるうちに休んでおくんだ」

口調はぶっきらぼうだったが、眼差しは柔らかく、憎しみの色はどこかに消えていた。

それからヴィダールは、同じ背格好のジェドやエインにかけ合って、礼夜のための着替えを提供してもらうように頼んだ。

おかげで礼夜は、あまりにも目立つスーツから着替えることができた。

しばらくして、集落の女房やら手伝いの子供やらが、めいめいに食べ物を持ってきて一行に施しを与えてくれた。

その時も礼夜は横になっているよう言われ、イーヴァルディとオーズが主に彼らの相手をした。

「ええ、そうです。これは大甥でしてな。先の政変で私とこの子だけが唯一生き残り、王都から逃げ延びてきたのです。巡礼とは言いますが、もうこの国には戻って来ないかもしれません」

「あっちで寝てるのは、ええ、さっきの男の人の奥さんです。赤ん坊を亡くして、本人も弱ってるんですって」

オーズが言い、まあ気の毒に、という女房たちの声が聞こえる。礼夜は女で、ヴィダールの妻ということになっているらしかった。そのほうが都合がいいのだろう。

ジェドやエイン、ヴァンも、旅の途中で一緒になったという話になっていた。旅の道中は日本のそれのように安全ではないから、巡礼者同士が固まって行動をすることは珍しくないらしい。

みんな揃ったところで礼拝堂に車座になり、施された食べ物を食べた。

その時もヴィダールが食事を運んできてくれて、礼夜は痛んだ足で歩く必要がなかった。

人里に下りてホッとしたのか、一行は皆、穏やかな表情で言葉は少ない。礼夜も、黙々と椀(わん)の汁を啜り、パンを貪った。

女房たちが鍋ごと持ってきてくれた汁は、正体の知れない野菜くずや豆をドロドロに煮込んだもので、塩気がほとんどなく土の臭いがする。

日本にいた頃なら吐き出していただろう。今は温かい汁がただ嬉しかった。

腹がいっぱいになると、あとは寝るだけだ。今夜は天幕の布を上掛け代わりにできるし、暖かくてよく寝られそうだった。

「マントを返すよ。ありがとうな」

「いい。お前は怪我人だ。そのまま使え」

借りていたマントをヴィダールに返そうとしたら、押し戻された。さらにマントで身体を包み直され、隣にヴィダールが横たわる。

「小用の時は俺を起こせ。外まで運んでやる」

「えっ、いいよ。さすがにそこまでは」

礼夜は困惑した。足の怪我を見てから、ヴィダールが急に甲斐甲斐しくなったが、これは過保護にもほどがある。

「いいから起こせ。起こされなくても起きるからな。その足は、なるべく休ませたほうがいい」

「それはわかってるけどさ。小便について来られるの、恥ずかしいよ」

食い下がると、ヴィダールは横になってこちらを見つめたまま、ふっと笑いを漏らした。

「普段はふてぶてしいくせに、急に恥ずかしがるんだな」

そう言われると、余計に羞恥が募る。軽く睨むと、男はまた小さく笑った。

手のひらが伸びてきて、額に触れる。手が大きくて、額だけでなくまぶたにもかかった。

「まだ、熱が高い。寝ろ。起きた時にはもう少しましになってる」

礼夜の額と目を覆ったまま、ヴィダールの柔らかな声が言った。

「うん」

男のかさついた手のひらが心地いい。目をつぶると、甘酸っぱい感覚が込み上げてきた。

今夜はよく寝られそうだ。礼夜は考え、実際に珍しく深い眠りについた。

しばらくして目が覚めたのは、隣で寝ていたヴィダールが起き上がったからだ。

そっと寝床を離れるから、用を足しに行くのかと思った。一緒に連れていってくれと言うつもりで、まぶたを開いた。

彼は礼拝堂の奥へ向かっていた。礼夜は、首を伸ばして様子を窺う。

ヴィダールは小さな祭壇の前にひざまずき、祈る仕草をした後、しばらく黙って虚空を仰いでいた。

出会った時は、神など信じていない様子だったのに、やはり彼も神に祈るのか。

そんなことを考えながらウトウトしかけた時、小さなつぶやきが聞こえた。

「……レイ様」

彼は神に祈っていたのではなかった。フレイに語りかけていたのだ。

どんな言葉をかけているのだろう。小さくて頼りなげなその声は、一粒の涙のように礼夜の胸にぽつりと落ちた。

甘く温かな気持ちにほどけかけていた心が、再び硬く冷たく、干からびていくのを感じる。

何か、感じたくない感情が込み上げてきて、礼夜は再びまぶたを閉じた。

じわりと覚えかけた足の痛みを、遠くへ、うんと遠くへと押しやる。

しばらくすると何も感じなくなり、礼夜は安心して眠りについた。

誰かに大切にされるのは、どんな気分だろう。

子供の頃、たまに想像してみたことがある。

熱を出した時、額に手を当てて、熱があるね、と言ってもらう場面。母や母の恋人に暴力を振るわれ怪我をした時、「痛かったね」と、痛みに共感しながら手当てをしてもらう場面。

親から大事にされている子供たちは幸せそうで、羨ましかった。

自分がもしよその子供だったら、と考えてみたけれど、少しも想像がつかなかった。

やがて礼夜は、わからないことを考えるのをやめ、苦痛そのものを遠ざけてなかったことにする方法を見つけた。

愚にもつかないことをウジウジ想像するより、こちらのほうがより現実的で理にかなっている。礼夜は合理的な自分の思考や生き方が気に入っていた。

礼拝堂で一夜を明かした翌朝、熱はすっかり引いて気分も良くなっていた。

足はまだ痛むが、ヴィダールに手当てをしてもらって、だいぶ楽になった。

ヴィダールは朝起きると、再び礼夜を井戸に連れていき、足を洗って包帯を替え、しっかりと患部を固定した後、器用に即席の靴を作ってくれた。革の底敷きに布で覆いをしただけの簡単なものだが、紐(ひも)できっちり縛ってあるので履き心地は悪くない。

スニーカーも人に見られると目立つし、当分はこれで歩くことになった。

集落を出た一行は先へ進み、二日ほど野宿をした後、その先の村に着く手前で、ガンドと合流した。

ガンドが待っていたのは、かつて小さな集落があった場所で、今は人が絶えて朽ちた家があるばかりだった。

どうして集落が絶えたのかは知らないが、逃亡者がしばし身を隠すには、絶好の場所だ。

ガンドは数名の部下といた。他の部下たちは、それぞれがガンドの指示を受け、別行動をしているようだ。

その日は、途中の集落で恵んでもらった食料で腹を満たしながら、今後の進路を話し合うことになった。

「このまま巡礼路を進む予定でしたが、迂回したほうがいいかもしれません」

自分の地図を開いて、ガンドが言った。

狭い小屋の中には礼夜たち一行と、ガンドとその部下数名が揃っていた。二名ほどが常に交替で外へ見張りに出ているが、それでもいささか窮屈ではある。

けれど、暖炉には火が焚かれていて暖かい。井戸も使えたので、湯を沸かして飲むことができた。

「迂回はいいが、ずいぶんと遠回りではないかな。この先に何かあるのか」

ガンドが示した道筋を見て、イーヴァルディが唸った。確かに、道を迂回するどころか、この先の地域一帯を大きく避けるような経路だ。

「野伏せりが出没するのです。旅人がもう何人も死体で見つかっているとかで、ここ数年はこの先の巡礼路を通る者も少ないと聞きました」

「そういえば先の集落でも、野盗が多いという話を聞きましたね」

そう口を挟んだのはジェドだった。彼は集落では礼夜たちと離れて行動していて、積極的に集落の人々と話をしていた。そうやって情報収集をしていたのだろう。

ガンドもジェドの言葉にうなずいた。

「その先の山を根城にした首魁が、周囲の野盗たちを集め、今は相当に大きな集団になっているそうです。一帯の道はすべて、この野伏せりたちが見張っているのだとか」

「敵の数もわからぬし、迂回をするのが安全だろうな。しかし、この一帯は街道も通っている。それらが塞がれているのでは、民たちはさぞ困っているだろう」

礼夜は、彼らの話の腰を折らないよう、隣にいるヴィダールにこそっと尋ねた。

「この国の治安て、どんな感じ？ ここまで大規模な盗賊なら、普通は取り締まったりするんじゃないの」

ヴィダールは「普通はそうです」と応じる。ガンドたちがいる場では、態度はいちおう丁寧になる。

「以前であればこういう場合、領主が自分の兵を出して討伐にあたっていたはずです。ただ、粛清を受けて諸侯の数が減ったのと、彼らが持てる兵も数を制限されるようになって、手が回らなくなっているのでしょう。この十年で国内の治安は格段に悪くなっています」

「左様」

と、礼夜たちのやり取りを聞いて、イーヴァルディたちも話に加わってきた。

「先の大粛清により領主を失った土地は、天領となってその土地の地主などを代官に置くようになりました。このため、近年は地主が力をつけているのですが、彼らはもともと兵を持ちません。そこで多くがならず者を雇うようになったのですが……これが上手くいかず」

「今度はそのならず者が力をつけて、好き勝手する奴が増えてきたってわけか」

イーヴァルディの言葉を引き取って答えると、彼とガンドが同時にうなずいた。

人が取る行動というのは、大体どこでも決まっているらしい。

上から押さえつけられる力が弱くなったら、途端に好き勝手を始める連中が出てくる。

「根城まで建てて、この一帯でやりたい放題やってるってことは、賊は相当デカい集団なんだろうな」

礼夜の独り言のようなつぶやきに、ガンドが答えた。

「軍備の制限を受けて、仕事にあぶれた元兵士たちは相当な数に上ります。ここの野盗たちはそれなりに組織だっていると言いますから、首魁は元兵士なのかもしれませんな。彼らは雇い先を出る際、武器や武具を盗み出したりするそうです。ならず者の中には、そこらの兵士顔負けの装備を持つ集団もあると聞きます」

「そいつらは、旅人から物を奪って生活してるのか？」

「旅人ばかりではありません。村々を襲うことも頻繁にあります」

ガンドが答えた。いつ来るかわからない旅人を待ち伏せるより、定住している周辺の村を襲うほうが確実なのだろう。

中には、野盗の襲撃を恐れ、毎年一定の物品を納めている村もあるそうだ。供物の中には、食料だけでなく、若い娘も含まれているのだとか。

「先王の時代には、許されなかったことです。しかしカールヴィたちはこれを放置している。国を守るために軍備を調えると言うが、国内はこのありさまだ。役人たちの間では賄賂が横行し、結局は一部の者たちが暴利を貪る結果になっている」

イーヴァルディが声を怒りで震わせた。ガンドやその部下たちも同意するところを見ると、クーデター前のアルヴ王国は、もっとまともな法治国家だったようだ。

「それじゃ、カールヴィたちは国民から恨まれてるだろうな」

「どれほど恨んでも、声を上げることは叶いません。たとえ人を殺したとて、賄賂一つで罪が覆るような、そんな状況なのですから」

ガンドの部下の一人が声を上げた。彼ら一人一人が、カールヴィに対し恨みつらみを抱えているのだろう。

だが、恨むだけでは相手を取り殺すことはできない。呪詛など現実にはあり得ない。行動しなければ現状は変わらない。

「やっぱ、ユーダリルに行くのはなしだな」

礼夜は大きな独り言をつぶやいた。ガンドがぽかんとした顔をする。礼夜はそれに、にこっと笑いかけた。

「この廃村、ここを当座の拠点にしようぜ。そんで、まずは近所の野盗をぶっ潰す。物資も調達できて、周りの村人たちも大喜びだ。いい考えだろ」

ガンドは答えず、応援を頼むようにイーヴァルディを見た。イーヴァルディは黙ってかぶりを振った。


野盗を潰そうと言ったのは、ただの思いつきだ。だいたい礼夜はいつも、思いつきで行動する。

ただ、何も考えていないわけではなかった。常に自分が取り組むべき課題について考え、ひたすら考え続けて、閃(ひらめ)いたら行動する。それだけのことだ。

礼夜自身はじゅうぶんに検討したつもりで、それほど突拍子もないことを言っているつもりはなかった。

「何を考えている」

だから、こんなふうに非難するように詰問されるのは、ちょっと心外に思う。

礼夜は、怖い顔で追いかけてくるヴィダールを振り返った。

「生き延びることだ。何度も同じこと聞くなよ」

先ほど、ユーダリルには行かない、野盗を潰すと宣言をしたものの、やはりガンドたちの賛同は得られなかった。

冗談を言っているのかと取られたので、言い合いになる前に「ちょっと便所行ってくる」と、会議を抜けたのだ。

小屋を出ると、すぐさまヴィダールがついてきた。彼は小屋を出る前は無表情だったが、周りの目がなくなると途端に感情をぶつけてくる。

付き合いの長い他の仲間たちには、礼儀正しく紳士的な態度だったから、礼夜のことがよくよく気に食わないのだろう。

「野伏せりの集団を潰すことがか？　こちらの手勢はわずかなのだぞ。返り討ちに遭ったら、生き延びるどころではない」

ヴィダールの言葉に、礼夜は立ち止まった。

「そのわずかな手勢で、国に反逆しようってんだろ。野盗くらいでまごついてるようなら、よその国からいくら兵隊を借りてきたって役に立たねえよ」

そうだろ、と同意を求めると、ヴィダールも反論できなかったようで、ぐっと押し黙る。

礼夜は畳みかけた。

「お前も元傭兵、戦争のプロだったんだろ。なら、ガンドと手下のお坊ちゃんたちに、思うところがあるんじゃねえの。隣のそのまた隣のユーダリルから進軍しようなんて、はっきり言って無謀すぎる。兵站（へいたん）も何も考えてねえってな」

ヴィダールはそこで、待て、というように手を上げ、礼夜を制した。

ちらりと背後の小屋に目をやり、もう少し離れよう、と廃村の奥を示す。ガンドたちには聞かせたくないらしい。

二人は廃村の奥へと進み、古井戸がある広場で話を再開した。

「ユーダリルに行く案は、フレイが生きていてこそだろ。ここらで考え直すべきだ。ケツまくって逃げるか、戦うか。俺は逃げたほうがいいと思うけど」

「俺たちはそれでもいい。だが、ガンド様たちはそうはいかないだろう。十年以上、カールヴィに一矢報いるために泥を啜って生きてきたのだ。そしてガンド様の協力を得てここにいる以上、我々も彼らの意思を無視することはできない。フレイ様を逃がすために、多くの仲間が命を落としたのだ」

「ガンドたちもわかってフレイに手を貸したんだし、国に反旗を翻すんだから、いずれにしても無傷じゃすまなかっただろ。けど、じいさんは今さら裏切れないって言うだろうな。それはわかる。だからって、無謀な計画だとわかって進むのは間違ってるぞ」

「野盗を潰すのも、じゅうぶんに無謀だと思うが」

「そうでもないぜ。国を相手にするよりは、まだ勝機がある。というか、これで勝てないなら、それこそ逃げたほうがいい」

礼夜の話に合理性があると悟ったのか、ヴィダールは寄せていた眉根を解（ほど）いた。

「何か具体的な策があるのか」

「いや、まったく」

また眉間に皺が寄るので、「しょうがないだろ」と、反論する。

「両者の戦力がわからないんだから。お前が実際にどれくらい強いのか、それすらわからん。お前とジェドとエイン、この三人が戦力になるだろうってのは何となくわかるが、それだけだ。ヴィダールお前、どんくらい強いの？」

ヴィダールの返事は、身も蓋もなかった。

「大きな戦において、個人の強さはあまり関係がない」

「いや、それはそうなのかもしれないけど」

「三人の中で一番、護身に長けているのはジェドだ。目的を冷静に遂行できる。エインは身体能力が高く弓術にも剣術にも長けているが、人を殺すことにはまだ、あまり慣れていない。そういう点で言えば、俺がこの集団の中で一番、人殺しにも戦場にも慣れているんだろう。何しろ戦場で産声(うぶごえ)を上げて、それからフレイ様の護衛になるまで二十年以上、戦場から戦場を渡り歩いてきた」

その話に、礼夜は軽く目を瞠った。傭兵上がりだとは聞いていた。そこまで筋金入りだとは知らなかった。

黙っていれば、貴族だと言われても通るような気品と、堂々とした所作をしている。これらは、フレイとの生活の中で培われたのだろうか。

「そいつはすごいな。親も傭兵だったのか」

そうだ、とヴィダールはうなずいた。

「俺が戦場を離れる頃には、だいぶ様相も変わっていたが、昔の傭兵団は家族ごと馬車を引いて移動していた。俺の父は傭兵団の長だったんだ。母は産褥で亡くなったが、団の女たちが育ててくれた。その女たちも父も皆、十二年前の政変の際に死んだ。処刑されたんだ」

「処刑……？」

ヴィダールはそこで、唇の端を引き上げ、皮肉めいた笑いを浮かべた。

「当時、カールヴィと敵対する諸侯に雇われていたからな。敗軍の兵士は傭兵も皆殺しだ。俺は父が逃がしてくれて、一人だけ生き残った」

ならばカールヴィは、ヴィダールにとっても仇敵というわけだ。礼夜は思ったが、相手はこちらのそんな内心を読み取ったようだった。

「だからと言って、親の仇を取ろうとは思わない。傭兵をやっている以上、いつか戦争で死ぬのはわかっていたからな。俺はガンド様のように、カールヴィに格別の怨念を抱いてはいない。いや、いなかった。フレイ様が生きているうちは」

フレイさえ無事で、生きていればそれでよかった。だがフレイは死んだ。何もかもカールヴィのせいだ。

「今は、フレイ様の仇を討ちたいという気持ちがある」

「生き延びるより、死んでも相手をぶっ殺してやりたい、か？」

茶化すでもなく、真顔で尋ねると、ヴィダールは微かに笑って肩をすくめた。

「さあ。そこまでではないな。まだ今のところは、かもしれない。まだ信じられない」

フレイが死んだ事実を、受け止めきれない。だから誰かを恨む気持ちも、まだ身を焦がすほど強くはない。

「それはイーヴァルディ様も、他の者も同じだろう」

フレイの側近たちは、まだ主を失った悲しみの中にいる。生きろと言われたけれど、生きたいという気持ちより、悲しみのほうが今は大きいのだろう。

「俺がフレイに頼まれたのは、お前ら側近を生かせってことだ」

礼夜が言うと、ヴィダールはハッと我に返ったように瞬きをした。

「仇討ちも国盗(くにと)りも任されてない。今この状況で、どうやったら生き延びられるのか、そんだけ。そのことだけは、ずっと考えてる。考えて、今のところこれが最善だと判断した」

「お前の、これまでの経験から考えて、ということか？」

礼夜は「かもな」と、軽く肩をすくめた。

「これまでの経験による勘、かな。いや、もっと単純だ。俺は腹が減ってる」

言葉の真意を探るように、ヴィダールの目が細められた。礼夜は笑う。

「あるところから奪う。兵站の基本だろ」

真面目に聞くんじゃなかった、と怒られるかと思っていた。だがヴィダールは、軽く顔をしかめただけで視線を外した。

「そうやって、次はお前が野盗の首魁に納まるのか？　一帯の農民たちはすでに、略奪で疲弊している。物資を現地調達するばかりでは、つまり、略奪に頼ってばかりでは補給も不安定になる。そのあたりは考えているのか」

　意外にも、真面目に受け止めてくれていた。これがイーヴァルディやガンドたちだったら、自国の民から奪うなど、と一蹴されていたかもしれない。

「村人たちから奪うことは考えていない。今後の補給をどうするかは、また別に考えなきゃならない。だがまずは、目先のことだ。俺たちには金もない、食い物も武器もない。だから奪う。相手が野盗なら良心も痛まないだろう。近隣住民から感謝されるかもな。物資の補給と同時に、こちらの戦力を計る試金石にもなる」

「我々の手勢が今、どれだけの戦力があるか。もし野盗にも勝てないのなら、王位の奪還など夢のまた夢、ということか。ガンド様を説得する材料にはなるな」

　傭兵出身だけあって、ヴィダールの思考はガンドたちより現実的だ。戦の実践と基本を学んでいるし、恐らくは教養もある。彼が礼夜の話をきちんと聞いて、なおかつ、皆まで言わずとも、こちらの思惑を察してくれるのはありがたかった。

「俺はお前たちに信用されてない。じいさんたちフレイの側近はともかく、ガンド隊は俺の意見を受け入れてはくれないだろう。話をまとめるのに、お前に協力してほしい」

　ヴィダールはわずかな間、考え込む仕草をした後、短く「わかった」と言った。

　礼夜とヴィダールは、再び仲間のいる廃屋へ引き返した。

五日後、礼夜たちはまだ、廃村にいた。

礼夜の計画が受け入れられ、行動に移すための準備に入ったからだ。

あの後、ヴィダールがガンドたちとの間に入って、話し合いをまとめてくれた。

ヴィダールはフレイが最も頼りにしていた護衛騎士で、ガンドたちからの信頼も厚い。しかも傭兵上がりで、戦についてはこの場の誰より詳しい。

その彼が礼夜の案に賛同したことで、ガンドたちも計画を承諾したのである。

礼夜はその後、さらにガンドから、「ユーダリルへ助力を請いに行くことは諦める」という約束の言葉を引き出した。

これには、イーヴァルディもホッとしていた。

「よくやってくれた、ヴィダール」

話し合いの後、イーヴァルディがヴィダールを労うと、ヴィダールは直ちにかぶりを振って、礼夜とイーヴァルディの顔を見比べた。

「いえこれは、レイヤ様の発案です」

礼夜は別に、誰の発案ということでもよかった。思うとおりに事が運べば、それでいい。

その日のうちに、ガンドの部下たち数名が偵察のために廃村を出て行き、数日かけて野盗の情報を集めてきた。

報告によれば野盗の集団は、ここから歩いて二日ほどの距離にある山中に根城を築いているらしい。

その名を「灰色（はいいろ）の山犬団（やまいぬだん）」と言うのだとか。誰が呼んだか、自ら名乗ったか……恐らく後者だろう。地元の住民たちは単に、「山犬」と呼んでいるそうだ。

政変後に増え始めた野伏せりが、長く朽ちていた山城に棲みつくようになり、次第に大きくなって「灰色の山犬団」なる名を冠するようになった。

首魁の正体はよくわかっておらず、天を突くような大男だとも、ネズミのような小男だとも言われている。先の大粛清で生き残った貴族だという噂もあった。

実際に、首魁の姿を見た者はいないという。自らが動かずとも、手足となって動く部下たちが、それだけ大勢いるということだ。

「『山犬団』の兵は、三百とも五百とも言われておりますが、目撃されている集団の数や、襲撃の頻度から推測するに、実際は百ほどかと思われます。多くとも、二百には及ばないかと」

ガンドの部下が、行儀のいい態度で礼夜に報告をする。

廃屋には礼夜の他、側近たちとガンドが輪を作り座っていた。

五日前と顔ぶれは変わらないはずなのに、この「山犬団」襲撃の発案がガンドに受け入れられて以降、ガンドもその部下もなんとはなしに、礼夜に意見を仰ぐようになっている。

礼夜が他ならぬ発案者だから、ということなのかもしれない。ヴィダールが信じるなら信じてみようか、という気持ちになったのか。

彼らの真意はわからないが、最初に出会った頃の、「こいつは何者だ」というような胡乱な視線はなくなり、ためらいがちではあるものの、こちらを目上の者のように扱ってくれる。

そういうことならばと、礼夜も遠慮や謙遜はせず、自分が頭だという振る舞いを見せた。

「こっちの数は敵の二割程度だから、やっぱ真っ向勝負は厳しいな。奇襲しかないだろう」

礼夜が発言しても、もう苛立ちの視線が飛んでくることはない。皆が当然のように受け入れている。

「しかし、その奇襲も容易ではありません。『山犬団』が根城にしている山は、小さいながらも起伏が激しく、周りも切り立った岩場に囲まれております」

ガンドの部下が地図を示して言うのに、補足をしてくれたのはジェドだった。

「ただ相手の不意を突くのではなく、綿密に計画を立ててから襲撃するべきでしょう」

言いたいことを常に呑み込んでいるようだったジェドは、今は先回りして礼夜のために行動してくれる。

イーヴァルディの視線は以前よりやや、柔らかくなった気がするし、オーズとヴァンは、昔からの仲間のように身の回りの世話をしてくれる。

エインはまだ、ちょっと礼夜に対して素直になれないようだが、ムスッとしながらもいちおう、礼夜を頭と認めることにしたようだ。狩りにでかけたいとか、もっと廃屋を補強したほうがいいとか、行動の許可を取ったり、細かい意見を礼夜に直接伝えるようになった。良い傾向なのだろう。ただ、彼らの短期間の変わりように、礼夜は内心で少し戸惑っていた。


「急に素直になられると、それはそれで気持ちが悪いんだが」

上半身裸になって身体を拭きながら、礼夜は背後にいるヴィダールにぼやいた。

ガンド隊から「山犬団」についての報告を受けた後、その場は一旦、解散になった。ジェドの言うとおり、奇襲の計画を考えなくてはならないし、まだ情報も足りない。みんな疲弊もしているから、ガンド隊には交替で情報を集めてもらい、休める者は休んでもらうことにした。

というか、自分が休みたかった。風呂に入ってないから、身体も綺麗にしたい。それでてきぱきと指示し、ヴァンに井戸から水を運ばせて、使われていない小屋で身体を拭いている。

個人的な欲求を満たすためなのだが、皆が感心したように礼夜を見る。

「お前の一言で、集団に目的ができた。ガンド隊もうすうすは、ユーダリルへ行く意義に懐疑の念を抱いていたのだろう。わかっていても、自分たちを止めるすべがなかった。そこにお前が具体的な道筋を示したんだ。お前という存在に、希望を見出(みいだ)したんだろう」

こちらに背を向け、半裸になって身体を拭きながら、ヴィダールが言う。二人きりの時は相変わらず、態度も口調もぞんざいだ。だが、そちらのほうがありがたい。急にかしずかれても戸惑う。腹では何を考えているのかと勘ぐってしまう。

礼夜は背中合わせになっている騎士を、ちらりと振り返った。背中にも無駄のない筋肉が付いていて、逞しく美しい。彫像のようだが、無機質ではなく男の色気を感じた。ムラッとしかけて、慌てて目を逸らす。数日ここに停泊して体力が戻ったせいか、あっちも元気になってしまった。

せっかく場がまとまりかけているのに、ここで騎士に痴漢行為などしたら、また白い目で見られてしまう。

ヴィダールの半裸を頭から押しやり、代わりにイーヴァルディの裸を想像してみた。下半身はすぐさま、スン、と治まった。

「我々も、彼らを止めるすべを知らなかった。イーヴァルディ様は、フレイ様が幽閉された当初から国外への逃亡計画を進めていたが、十数年経って実際に手を貸してくれたのは、ガンド様とその手勢だけだ」

生き残った諸侯たちは、今さら旧王族に手を貸そうなどとは考えなくなった。

そんな中で、ガンド隊だけは過去の恨みの火を絶やすことなく抱え続け、フレイの脱出に協力してくれた。イーヴァルディたちも、今さら復讐などやめておけとは言えない。

しかし今、フレイという主君を失い、ガンド隊は行くも戻るも叶わなくなっていた。

そこに礼夜が現れ、一つの指針を示したのである。成功しても失敗しても、ここで一つの区切りとなる。もう、無駄かもしれないと思いながら、ユーダリルへの旅を続けなくてもいいのだ。

「野盗を一つ潰したからと言って、国を相手に戦えるかどうかは別の話だけどな」

まずは奇襲作戦を考えなくてはならない。身体を拭き終わった後も礼夜が考え込んでいると、ヴィダールは嫌そうに顔をしかめ、「早く服を着ろ」と言った。

あまりに嫌悪に満ちた表情だったので、礼夜はムッとする。そこまで嫌がらなくてもいいだろうと思う。

腹が立つと、意趣返しをしたくなるのが性分だ。礼夜はわざとヴィダールに身体を寄せた。

「そんなに嫌がらなくてもいいだろ。それとも、俺の裸を見ると勃っちゃうとか？」

もちろん、冗談だった。ヴィダールが憎しみに満ちた目でこちらを睨むのを期待していた。

しかし彼の反応は、何とも名状しがたいものだった。

無言のまま、じろりと礼夜を見る。そこに怒りや憎しみはなく、呆れの中に憐みが混じっていた。

馬鹿にされているのかと思ったが、続いてヴィダールが視線を下に落としたのにつられ、彼の下腹部を見て驚いた。ズボンの前が、はっきりわかるほど盛り上がっていたからだ。

まさか、本当に反応しているとは思わなかった。礼夜の裸を見たからか、それとも本当にたまたまなのか。

「マジ？」

礼夜が驚いていると、ヴィダールは不機嫌そうに鼻を鳴らし、礼夜に向き直った。美しくも逞しい半裸の男に、正面から見下ろされ、どきりとする。

返す言葉もなく相手を見上げると、ヴィダールは無言で礼夜の股間を握ってきた。

「お、おい」

戸惑いの声を上げたが、相手は答えない。大きな手で感触を確かめるようにそれをまさぐった後、今度は礼夜のあごを捕らえ、いきなりキスをした。

噛みつくような激しいキスだ。舌を絡め、口腔（こうこう）を犯す。相手の太ももが足の間に潜り込んで、礼夜の性器を刺激した。

「ん、んっ……」

先ほど、ヴィダールの裸に反応しかけた下半身が、強い刺激を受けてたちまち硬くなる。

相手が礼夜の性癖を知っていたとは思えないが、優しく丁寧な愛撫（あいぶ）より、犯すような乱暴な行為のほうがより感じる。

このまま奥にブチ込まれるのを想像して、礼夜は舌を絡めた。

「ん、ヴィダール……」

相手のズボンを脱がそうと、手を掛けたその時、ヴィダールの身体がすっと引いた。

あれほど濃厚なキスをしたのに、ヴィダールの表情は少しも乱れておらず、冷ややかなままだった。

「あ……え？」

呆然とする礼夜を見下ろしながら、ヴィダールは指の腹でぐい、と自分の唇を拭う。

「しまいだ」

短く言うと、さっさと服を着てしまう。快楽を引き出された礼夜は、途方に暮れた。

「そんな。これから本番じゃねえのかよ」

ヴィダールは、脱いであった礼夜の服を無造作に放った。早く着ろ、ということらしい。

「何だよ。キスしたくせに。人のちんちん揉んでおいて、それはないだろ」

「お前がからかうから、やり返したまでだ。お前はこの手の意趣返しが、自分だけの専売特許だと思っているようだからな」

その言葉に、礼夜はかあっと顔と身体が熱くなった。図星だ。

ヴィダールは、色事めいたからかいに乗る男ではないと思っていた。だがどうやら、違ったらしい。

先ほどのキスも愛撫も、じゅうぶんすぎるほど手馴れていた。男も女もうんざりするほど相手にしてきて知っている、そういう愛撫だ。

「お前だって、勃ってるじゃねえかよ」

悔しくて、ブツブツ言いながら相手を睨んだ。ヴィダールの意趣返しは成功だったわけだが、彼は大して嬉しくもなさそうに、礼夜を横目で見ただけだった。

「自然の摂理だ」

「その自然の摂理のまま、交尾しようぜ」

ヴィダールはもう、顔をしかめもしない。素っ気なく、「しない」と、答えた。

「俺がお前を抱くことはない。絶対に」

言い終えると、彼は小屋を出て行った。最後に、「ちゃんと服を着てから出ろよ」と、言い置いて。

「ふざけんな。馬鹿野郎」

一人残された礼夜は、朽ちた戸口に向かって叫ぶ。ヴィダールが歩き去るのが見えた。

彼はちらりとも背後を振り返ることはなかった。


ヴィダールはいつも、絶妙のタイミングで礼夜の気分を落ち込ませてくれる。

胸を抉る一言を発するのが、とても上手いと思う。

それとも、言ったのがヴィダールだから、これほど落ち込むのだろうか。

男とヤるなんて気持ち悪いとか、おっさんとヤるなんてごめんだとか、心ない言葉を吐きかけられたことはこれまでに何度もある。

そういう相手はボコボコにして、二度とイキった態度が取れないようにしてきたが、今、礼夜が感じているのは、そういう腹立ちではなかった。

落胆と悲しみ。その向こうにもっと何か、深刻な感情があるような気がして、礼夜はそのことについてそれ以上、考えるのをやめた。

今はそれより、重要なことがある。

ただ、やっぱり腹は立つので、服を着てヴィダールや他の仲間たちがいる小屋に戻ると、大声で言った。

「イーヴァルディ先生。ヴィダール君が俺に、やらしいことするんです」

イーヴァルディにめがけて報告すると、その時たまたまその場にいたガンドの部下の一人と、ヴァンとオーズが目を丸くした。

イーヴァルディは迷惑そうにこちらを一瞥した後、「どうなんだ」というように、隣にいるヴィダールを窺い見た。ヴィダールはうんざりしたため息をつく。

「くだらないことを言ってないで、この先の策を考えていただきたい」

慇懃(いんぎん)な口調に戻りつつ、礼夜の訴えを一蹴した。

ヴィダールの態度を見て、周りも気にしないことにしたようだ。礼夜の発言は、なかったことにされてしまった。

自分には味方などいないのだ。礼夜はますます、やさぐれた気持ちになった。

ヴァンが食事にと煮込んでくれた、オートミールの粥(かゆ)みたいなものを椀によそってくれたので、ひとまずそれを飲んで気分を紛らわせる。

ふと見ると、ガンドの部下が廃屋の床に、炭で何かを書きつけていた。地図のようだ。

メモ用紙なんてないから、暖炉から炭を拾ってきて、地面に描くしかないのだろう。

「『山犬団』の根城付近の地図です。私は道が二本通っていることは聞いていましたが、実際の位置はわかりません。把握している方を呼び、描いてもらっているのです」

礼夜が覗き込んでいるのに気づき、ヴィダールが教えてくれた。礼夜もそれ以上の悪ノリはやめて、地図を見る。

巡礼路の北側に、背の低い山々が連なっている。この山々のちょうど中心部分に建てられた屋敷が、元領主の城屋敷であり、今は「灰色の山犬団」の本拠地となっている場所だ。

四方を山に囲まれ、山を越えた南には巡礼路、北には街道が横たわっている。

城屋敷から北と南へ出る細い道が、それぞれ一本ずつ通っているそうだ。ヴィダールが言っていた細い道とは、このことだった。

「つまり、俺たちがいるこの南の巡礼路から、敵の根城に行く道は、一本だけってことね」

「そうです。しかも道は険しく、道を通る者を上から容易に狙える地形になっています」

地図を描き終え、手に付いた炭を払いながらガンドの部下が言った。

「城屋敷と街道は、けっこう離れてるんだな」

地図を見るに、北の街道まではかなりの距離があった。野盗たちが街道ではなく巡礼路に出没するのは、根城から行き来がしやすいからだろう。

「最近では商人などは、大きく迂回してこの街道を通る者が多いそうです。街道は領地ごとに通行税がかかりますから、よほど裕福な商家を除けば、大抵はこの税を免れるために街道を避けるものです」

それが、余分に金を払ってでも街道を通るようになった。それだけ野盗が脅威なのだろう。

「ただし、頻度が少ないだけで、街道でも『山犬団』は目撃されています。往復に時間はかかりますが、道は通っていますから」

「城屋敷から北の街道まで、往復でどれくらいかかる？」

まとまった人数が馬を伴って往復するのに、ざっと二日から三日はかかるとのことだった。

「ちょっとした遠征だな。相手の数は百程度、二百には及ばない。つまり、少数精鋭ってわけだ」

ふと脳裏をよぎった閃きに、礼夜は思わずニヤリと笑った。


思いついたその策を実行するのに、いささか日数がかかった。

礼夜たちの一団は、まず二手に分かれて行動を始めた。

一つは北の街道沿いの村や街へ潜伏する者たちだ。ガンドの部下のうち、半数ほどが北へ向かった。

残り半数とガンド、それに礼夜と側近たちが南に残り、廃村を拠点として必要な物資の調達などを進めた。

準備を始めてから半月ほど経って、「灰色の山犬団」の根城付近を偵察していた者が拠点に戻ってきた。

「『山犬団』が、北の街道へ向かっていきました。それも、かなりの数です。根城は今、最低限の見張りを除いて皆、出払っている様子」

廃村で報せを聞いたガンドやイーヴァルディたちは、快哉を叫んだ。

彼らも、これほど上手くいくとは思わなかったのだろう。他に策がないため、礼夜の発案を受け入れて動き始めたものの、実際に事が運ぶまでやきもきしていたに違いない。

それだけに、「山犬団」がこちらの思惑どおり動き出したと聞いた時の、彼らの喜びは大きかった。

「まだ喜ぶのは早いぞ。最初の取っ掛かりが成功しただけだ」

礼夜は釘を刺したが、内心では工作が上手くいったことにホッとしていた。

この半月の間、街道沿いの村や町で、ガンドの部下たちが一つの噂を流していた。

とある貴族の後家が、遠方の商家へ後妻に入るという噂だ。後家はたいそうな美人で、持参金をたんまり持ち、貴族の妻だった頃の宝石や衣装も携えて、後家ながらかなりの花嫁行列になるだろうというのだ。

巡礼路を辿るはずだったが、こちらは野盗が多いので、遠回りして街道を選ぶつもりだ、という設定である。

美女に金銀宝石ときたら、野盗が狙わない手はない。

ガンドたちの手勢はこうした工作活動には慣れているようで、きっちり噂を広めてくれた。

礼夜が考えたのは、偽の噂を流して「山犬団」の手勢を北へ向かわせ、手薄となった根城を襲うという作戦だった。

城屋敷へ続く道は、北も南も狭く急で、大勢の兵が一度に攻め込むことはできない。

これは「山犬団」にとっても例外ではない。北の街道で空振りし、戻って来た「山犬団」の兵たちを、礼夜たちが待ち伏せして叩く。

上手く事が運ぶかどうかは博打だが、国からの追手が掛かっている今、起死回生のために多少は賭けに出なければならなかった。

「山犬団」が動き出したとの報せを聞いてすぐ、礼夜たちは動き始めた。

ガンドと共に南に残った部下たちが、敵の根城へ一足先に向かう。礼夜たちは、少し遅れての出発だ。

礼夜は近隣の村で調達した、女物の服に着替えた。ぞろりとした裾の長いワンピースに、腰を紐で縛っただけの、簡素なものだ。

上から巡礼者がよく身に着けているというボロのマントを羽織る。布を頭巾代わりに頭部に巻いて、顔半分を隠した。

「すごい。ちゃんと女性に見えます。頭巾がなくても大丈夫なくらいですよ」

着替えを手伝ったオーズが、女装をした礼夜を見て興奮したように言った。ジェドも「確かに」と、唇の端を引き上げて同意する。

「薹が立った、後家さんらしい佇まいですな」

「薹が立ってるは余計だ」

ジェドの軽口に、礼夜はふん、と鼻を鳴らした。それから、後ろで四苦八苦しながら頭巾を巻いているエインを手伝ってやる。

彼も女物のワンピースを着せられていた。

「俺には、女役なんて無理です」

エインは当初から、この役に難色を示していた。この期に及んでも唇を尖らせて抗議するが、なかなか様になっている。

礼夜はニヤァ……と、意地の悪い笑いを浮かべた。

「いや、ちゃんと女に見えるぜ。俺の目に狂いはなかった」

「ああ。よく似合ってる。嫁さんにしたいぐらいだ」

こういうことには意外にノリのいいジェドが追随し、エインは顔を真っ赤にして「ジェドまで!」と、憤慨した。

イーヴァルディが苦笑しながらそれをなだめる。

「しかし実際、そなた以外に適任がいないのだ。レイヤ様を一人で行かせるわけにはいかんし、女の一人旅など逆に怪しまれる」

そう、礼夜とエインは女装をして、敵に捕まる役目なのだ。

礼夜が後家に、エインはその侍女に扮し、輿入れのためと称して巡礼路を進む。他の側近たちは身を潜めて礼夜たちを護衛する手はずになっていた。

「上手く攫ってくれればいいが、そうでなければ敵は排除する。それでいいな?」

二人の女装に側近たちがはしゃぐ中、ヴィダールだけが始終、苦い顔をしていた。

礼夜が囮になると最初に提案した時も、難色を示していたのだ。危険だ、というのが反対の理由だった。

結局、誰かが敵の本陣に潜入しなければいけないとイーヴァルディたちに諭され、渋々案を受け入れたが、心から納得したわけではなさそうだ。

「わかってる。俺だって死にたくないさ。向こうが俺たちを殺そうとしたら、その時は返り討ちにする。そのまま敵地に乗り込む」

作戦が常に予定どおりにいくとは限らない。この半月、噂が広まるのを待つ間に、残りの待機組は綿密に襲撃の計画について話し合った。

失敗した場合に備え、何通りもの計画を立て、訓練もしている。

「女装がバレたら、今度は男娼(だんしょう)のふりだ。そん時はエイン、俺を庇(かば)って敵にケツを差し出せよ」

「嫌です。レイヤ様を囮にします」

エインが不貞腐れた顔のまま言った。以前はツンケンしていたエインも、近頃はこうして軽口を叩くようになっている。

困難な作戦を遂行するためには、仲間の結束が必要だ。いい傾向だと礼夜は思っていた。

最初の頃の、憎しみが自分にすべて集まるような状況に比べると、格段に生存率が上がった気がする。

さらに、礼夜の計画が実際に動き始めてからというもの、ガンドたちにもイーヴァルディら側近たちにも、活気が生まれていた。

ヴィダールが話していたとおり、目的を見失っていた彼らが礼夜によって目指すべき道を見つけ、停滞していた空気が動き出したのだろう。

側近たちも目に光を取り戻したというのに、ヴィダールだけが浮かない表情のままだ。

彼は重要な戦力だ。ガンドたちも根城の周囲を固めているが、敵の根城に入り込んだ礼夜が生き残れるかどうかは、ヴィダールがどれほど早く駆けつけてくれるかにかかっている。全力で助けに来てくれないと、困る。

「おい、ヴィダール。何を一人でシケたツラしてんだ。ちょっと来いや」

側近たちが礼夜とエインの女装に盛り上がる中、苦い顔で考え込むヴィダールに、礼夜は声をかけた。胸を小突くと、ヴィダールは苦い顔のまま礼夜に従った。

二人は仲間たちの輪から離れ、声の届かない廃屋の裏へ回った。

「せっかくみんながやる気になってるってのに、いつまでも不貞腐れてんじゃねえよ」

裏に回った途端、噛みつくと、ヴィダールはいつものうんざりした表情を見せた。

「不貞腐れてない。命令はわかってる。他に手がないこともな。自分のやるべきことはまっとうするさ」

「じゃあ、何が気に入らないんだ」

すかさず言うと、ヴィダールはその言葉を揶揄するように軽く眉を引き上げ、皮肉っぽい笑みを浮かべてみせた。

「お前は俺が、常に恭順の表情や仕草を見せなければ納得しないのか？　常に恭しい態度で控えていろと命じるなら、そのとおりにするが」

「そういうこと言ってんじゃねえよ。わかってんだろ」

礼夜はムッとして、相手の胸を小突いた。礼夜が多少、乱暴に突き飛ばしたからといって、よろめくような相手ではない。

「その腑抜けたツラのまま、敵地に乗り込むのか？　適当にやられたら、こっちの命が危ういんだよ。そんな余裕はどこにもねえぞ」

睨むと、ヴィダールは疎ましそうに見返した。いつも彼は、こういう目で礼夜を見る。時にうんざりした、時に鬱陶しそうな目だ。

そのたびに、なぜフレイ様が死んでお前が生きているんだと聞かれている気分になる。だから、次にヴィダールが口にした言葉は、実に意外に感じられた。

「それほど命が大事なら、なぜ危険に自ら飛び込む真似をする？　最も危険な役割を担うのはお前とエインだ。エインはともかく、お前がそれほど戦闘に長けているとは思えない。他に策がないから？　それにしても無謀だ」

「心配してくれてるわけ？」

「心配？　ああ、そうだ。心配というより不安だな。お前は言っていることとやっていることが矛盾している。何を考えているのかわからない。皆がお前の策を受け入れてついていこうとしているが、果たしてそれでいいのか、疑問に思っている」

そういうことか、と礼夜は落胆した。なぜ落胆したのか、自分でもよくわからないが、ヴィダールは礼夜の身を案じているのではなく、相変わらず不審に思っているのだった。

このまま礼夜と行動して、自分たちは破滅に向かうのではないかと、逡巡しているのだ。

そりゃあそうだよな、と礼夜は心の中でつぶやいた。ヴィダールが礼夜を心配するはずがないのだ。

「安心してくれ、とは言えないな。ただ、俺自身はそれほど矛盾してるつもりはない。最優先すべきは自分自身の命だ。お前でも他の誰かでもない。それは一貫して変わっていない」

きっぱり言うと、ヴィダールは「わかっている」と、小さくうなずいた。

結局、こう言ったほうが、彼は安心するのだ。感情ではなく理詰めで訴えなくては、彼は動かせない。

お前たちのことが大切なんだ、と礼夜が言ったら、何を企んでいるかと疑われるだろう。互いの間にあるのは、利害関係の一致。ただそれだけ。

情などこれっぽっちもない。少なくとも、ヴィダールはそうだ。礼夜に対して、何ら好ましい感情を覚えてはいない。

「お前が先陣を切って動くのが、この場合は最も合理的なのだろう。それはわかっている。

だが、あまりに理を突き詰めすぎている」

「俺の感情が見えなくて不安、か？」

ヴィダールは、素直にうなずいた。

「どれほどその将が優れ、冷徹であっても、どこかに感情が入るものだ。恐れ、傲り、焦り……どこかで自分自身を安全な場所に置こうとする気持ちが、ほんのわずかなりとも混じる。だがお前にはそれがない。お前は、お前自身をも駒の一つとして考えている。そう見える」

「よく見てるんだな」

礼夜は笑った。上っ面だけの空虚な笑いだ。

ヴィダールは実によく、礼夜を観察している。嫌気が差すほど冷静に。

「確かにそうかもな。俺は俺自身のことも、なるべく俯瞰して見ようとしている。恐怖も痛みも、ずっと遠くに置いて、何も感じないように」

そうすることで、生き延びてきた。恐怖は思考を鈍らせる。当たり前の動作さえ、できなくなる。痛みも同様だ。だから感じないようにする。

「危ういな」

目をわずかに細め、ヴィダールはぽつりとつぶやいた。

「そのやり方は、恐怖や痛みを克服するのとは違う。誤魔化しているだけだ。恐怖を感じない者は無謀になる」

「じゃあ、どうすればいいんだ？」

冷静な相手の口調に、礼夜は苛立った。

「フレイを亡くして腑抜けていたお前らを奮い立たせて、ここまで来た。俺は常に最善を尽くしている。危うい？　それがどうした。危ないって言うならいつだってそうだったよ。生きるか死ぬかギリギリのところで、どうにか逃げ延びてきた。そうするしかなかったんだ。俺は護衛に囲まれてぬくぬく生きてきた、お前のお姫様とは違う」

フレイをお姫様と揶揄した時、わずかにヴィダールの眉間に皺が寄った。だがそれ以上、彼が感情を昂らせることはなかった。

怒っているのは礼夜だ。こっちが柄にもなく気合を入れて頑張っているというのに、つべこべ難癖をつけられて、腹を立てるなというほうがおかしい。

「これからの行動に水を差すつもりはなかった。すまなかった」

ヴィダールが存外に素直に謝るので、余計に腹が立った。まるで、礼夜ばかりが感情的になって、喚いているようではないか。

「それって、煽ってんの？　俺をわざと怒らせようとしてるのか？　この大事な時に？」

そろそろ出発しなければならない。神経を研ぎ澄まさなければならない時に、こんなふうに感情的になりたくない。

どうしてそんなことを言うのだと、ヴィダールを恨めしく思った。礼夜を煽って、失敗させたいのだろうか。

穿った考えに及んでいた礼夜だったが、ヴィダールは表情を変えず、ただ瞳にわずかな憐憫(びん)をたたえて礼夜を見下ろしていた。

「もう少し、仲間を頼ってほしい。部下を信頼して、もう何割か危険を預けてくれと言えば、通じるか?」

静かな口調でヴィダールは言った。

意味はわかる。しかし、礼夜にとっては意外な言葉だった。

「俺たちが生き延びるために、お前が必要だ。だから我々がお前を裏切ることはない。もう少し、背中を預けてほしい」

言ってから、ヴィダールはふう、と大きなため息をついて、言葉を探すように視線を揺らした。

「お前の策に乗ったのは我々だ。この期に及んで何を言うのかと、自分でも思うが。とにかく、無茶をするなと言いたかった。先ほどお前が言ったとおり、俺はお前を心配しているのかもしれない」

ここまで言い合っておいて、お前が心配だ、とは。肩透かしを食らった気分だった。

「ややこしい奴だな。心配なら心配って言えばいいだろ」

今さらそんな、相手に情をかけるようなセリフを言われても、素直に受け取れない。居心地が悪いだけだ。

礼夜が不貞腐れた声を上げると、ヴィダールも戸惑った顔で「悪かった」とつぶやいた。

「自分でもよくわからなかった。お前を見ていると、危なっかしくて不安になる。何を考えているか、何をしでかすかわからないからな。だがここまで、お前が我々を裏切ることはなかった。中途半端なことはしないのだろう。足を血まみれにしても黙々と歩き続ける忍耐力もある。だから、ある程度の信用はしている。ただ……そう、やっぱり心配なんだな」

彼は自分の中の感情を、真剣に言葉にしようとしているらしかった。

礼夜はそんな男の表情を、どこか呆然と眺める。

何かが身体の奥底から湧き上がるのを、本能が抑えていた。「何か」について、深く考えてはいけない。気づいてはいけない。

それに気づいたら自分は、痛みや苦しみを感じる人間になってしまう。

「無茶はしないよ」

おかしくなった空気を振り払うように、礼夜はサバサバとした口調で言った。こちらを見つめ返す男の顔を、下から覗き込む。

よくよく見ても美しい男だ。この男が自分を案じているのが、まだ信じられない気持ちだった。

「しないつもりだ。いや、少しはするかもしれないが。お前が助けに来てくれるなら、俺は生きて帰れる」

「必ず助けに行く」

射るような鋭い眼差しに、礼夜はぞくりと官能を覚えた。背伸びをして、男の唇にキスをする。

怪訝と不機嫌の混じった視線が返ってきて、礼夜は笑った。

「許してくれよ。験担ぎだ」

男はじろりとこちらを睨み、それから身を屈めた。礼夜のあごを捕らえ、唇を押し当てる。礼夜が仕掛けたより、深くて長いキスだった。相変わらず手慣れた仕草だ。相手の官能を引き出すのが上手い。

「誘ってんのかよ」

唇を離して、礼夜はぼやく。身体が反応してしまった。女物の服だから目立たないが、このままみんなのところに戻るのは、バツが悪い。

わずかに前屈みになると、礼夜がどういう状態なのかわかったのだろう、ヴィダールは愉快そうに唇を引き上げた。

「ただの験担ぎだ。これくらいで反応するとは、お前の身体は素直だな」

そう言うヴィダールには、変化がないようだった。

「くそったれ」

礼夜は悪態をついた。

「戻ったら覚えてろよ」

キス以上のこともしてやる。心の中で密かに誓いながら睨むと、ヴィダールは目を細めて笑みを深くした。

「ヴィダール様は、先の政変で家族を失ったんです。血の繋がった家族だけではなく、生まれ育った巣ごと」

スカートの裾をさばきながら、エインが言う。

女装をした礼夜とエインは、廃村を出発し、巡礼路を東へ進んでいた。

エイン以外の側近たちも時間を置かずに動き出し、今は姿は見えないが、ヴィダールとジェドが礼夜たちと付かず離れずの位置に寄り添っているはずだった。

イーヴァルディとオーズ、それにヴァンの三人は、直接の戦闘に加わるのは戦力的に心もとない。離れた場所で工作活動をするため、礼夜たちとはやや距離をあけて後に続いていた。

人気のない巡礼路を、二人でひた歩く。どちらも最初は無言だったが、エインはスカートに慣れてくると、やがてポツポツと声をかけてくるようになった。

狩人(かりうど)は寡黙なものだと思っていたが、エインはそうではないらしい。礼夜が指摘したら、相棒のジェドがお喋りだから、それにつられたのだと言っていた。

そこから、フレイの幽閉時代の話になり、自然とヴィダールの身の上に話が及んだ。

「王都で政変が起こった際、カールヴィの王位簒奪に反対する諸侯らが立ち上がり、王都奪還を目指して戦いました。ヴィダール様が所属していた傭兵団は、そうした諸侯のうちの一氏に雇われていたんです」

雇い主は王妃の実家で、当主が宰相を務めていた有力貴族の家門だ。

王とその家族を救わんと、自軍を動かして王都へ出陣した。と言っても、カールヴィ率いる

そこで、兵力を補うために雇われたのが、ヴィダールの父が率いていた傭兵団である。
アルヴには戦争らしい戦争がなかったため、傭兵団は長らく異国の戦地で活躍していたが、たまたまヴィダールの父、傭兵団団長がアルヴ人だったため、母国の有事を聞いて招集に応じてくれたのだった。

この傭兵団の働きにより、一時はカールヴィ率いる国軍も押され気味だった。
しかし、圧倒的な物量の差に、傭兵団は次第に疲弊していく。

「当時、輸送路はカールヴィの手勢に押さえられていて、物資の供給もままならなかったそうです。カールヴィ打倒に立ち上がった親王派の諸侯らは、大抵あっという間に敗退しましたが、ヴィダール様の傭兵団のおかげで、かの家門だけは最後まで戦えたんだそうです」

ジェドの受け売りですけど、とエインは言う。当時のエインはまだ十かそこらの少年で、イーヴァルディが治める領地にいた。

「でも結局、物の数では国軍に敵わなかったようです」

諸侯の軍は壊滅、傭兵団もヴィダールを除いて全員が戦死、あるいは投降後に処刑された。

「ヴィダール様が処刑されなかったのは、ひとえにその強さが敵軍にも名を馳せていたからです」

エインはそこで、ちょっと得意げな口調になった。仲間の武勇が、我が事のように嬉しいのだろう。彼の素直で素朴な性格が透けて見える。

「強いと聞いちゃいたが、そこまでとはな」

「戦場では常に、一騎当千の働きをして敵から恐れられていたそうです」

異国の戦場でも名を知られた傭兵は、国軍に敗れて捕虜となり、今度は国側に付いて働くことを要求された。

傭兵だから、戦場から戦場へ渡り歩き、昨日敵だった相手の味方に付くこともある。

しかしヴィダールは、国軍に付くことを拒んだ。

「国軍の将は、人質にした傭兵団の女性たちを盾に、従うことを強要したそうです。でもヴィダール様は、すでに人質の女性たちがこの世にいないことを知っていたのだとか」

ヴィダールがいた傭兵団は結束が固かった。団の女たちは夫や息子に帯同して戦場から戦場を移動する暮らしをしていたせいか、勇敢にして独特の矜持を持ち、捕虜となって敵に凌辱されたり利用されるよりは、潔く死ぬことを選んだ。

傭兵団が壊滅する時、それは女たちの死をも示している。自軍の全滅を知ったヴィダールは、生き残った傭兵団の女たちも自決していると理解していた。

強迫に屈しなかったヴィダールは、処刑された。

「処刑された？」

「と、いうことになっているそうです。公の記録では。当時は政変でバタバタしてましたし、どさくさに紛れてイーヴァルディ様が救い出したそうです」

政変の折、ヴィダールが収監されていた王都の牢獄は、囚人で寿司詰め状態だったようだし、処刑も毎日、何十人と大量に行われていた。

役人たちも、カールヴィに心から従う者は少なく、金次第でどうにでもなるところもあり、混沌としていたようだ。

イーヴァルディはその混沌に乗じて、ヴィダールとの接触を図った。

「恐らく、幼く病弱なフレイ様のために力を貸してくれと、涙ながらに懇願されたんでしょう。俺やジェドも同じように説得されましたから」

ヴィダールはイーヴァルディの説得を受け、仲間のもとへ行く代わりにフレイに仕えることになった。

表向きは、カールヴィの国軍に味方した地方の騎士の嫡流、という新たな身分を与えられ、フレイの護衛騎士として幽閉先の屋敷で暮らすようになった。

「じいさんは、ずっと前からフレイを逃がすことを考えてたらしいな。フレイが幽閉された当初から、カールヴィに従うふりして、準備をしていたわけだ」

エインはうなずく。

「俺は政変の戦のどさくさで、国軍の兵に家族を殺されました。ただ山で猟をしていただけなのに。オーズ様やジェドも似た境遇です。そうしてカールヴィに恨みを持つ者を集めて、逃げる機会を窺っていたんです」

フレイを決して裏切らない仲間たちを、イーヴァルディは何年もかけて育てていたのだ。

息子を殺され、一族を根絶やしにされながらも敵にこうべを垂れ、その下で粛々と準備を進めていた。イーヴァルディの我慢強さと執念には感心する。

「だから、屋敷に来た当時はみんな、暗くて殺伐としていました。誰も、王家に対する忠義なんかなかった。世の中をぜんぶ恨んでいた。ただ、憎いカールヴィよりは王家のほうがましってだけで。中でもヴィダール様は特に、ピリピリしていて怖かったな」

エインは昔を懐かしむ、優しく柔らかな声音で言った。

「そういう、みんなの暗い気持ちを変えたのが、フレイ様でした。まだ小さくて、あどけなくて、でも健気で。具合が悪くても悲しくても、一人でじっと耐えるような方でした」

フレイは当時、五、六歳だったはずだ。幼かったが、その身にはすでに王子としての品格や気風、家来を思いやる優しさが具わっていたと、エインは言う。

「自分は我慢しても、俺たちにお菓子をくれたりするんです。食べ物のことだけじゃなくて、何でもそうでした」

幼い主人の思いやりに、殺伐としていた家臣たちも絆されていく。皆の凝った内面も、徐々に変わっていった。

「いつもフレイ様の一番間近にいるせいか、ヴィダール様が特に顕著でしたね。無表情で怖かったのに、ちょっとだけ笑うようになりました」

「最初はムスッとしてたって、フレイも言ってたな」

礼夜が言うと、エインは「へえ」と、意外そうに礼夜を見た後、遠くへ視線を移した。

「楽しかったなあ。ずっと、あの屋敷での生活が続けばいいと思ってました。いつか終わるって、みんなわかっていたけど。あの屋敷で暮らせて、フレイ様も元気になって、いつまでも……って」

幽閉生活に自由はなかったが、平和だった。何よりフレイがいた。

エインたち側近は、ユーダリルに平和な暮らしの続きを見出そうとしていたのかもしれない。

カールヴィの力の及ばない異国の地で、また以前のようにフレイと平和に暮らす。

そのために、仲間たちは時に命を懸け、つらい放浪生活にも耐えた。

けれどフレイを失った今、かつての暮らしはもう二度と戻ってはこない。

「フレイ様が亡くなられて、俺たちはみんな絶望しました。あのままだったら、ウルズの泉でみんな死んでいたかもしれない。生きて山を下りられたのも、レイヤ様のおかげです。……やり方は、荒っぽかったけど」

エインは礼夜ではなく別の方向を見つめ、ちょっと早口に言った。照れ臭そうな顔を見て、礼夜も面映(おもは)ゆい気持ちになる。

「お前らのためじゃねえよ。俺が生き残るためだ」

「わかってます。今も大して楽観視できる状況じゃないってことも。でも、あの時みんな、心が折れてそのまま死んでもおかしくなかった。もう一度、生きようって思えたのは、あなたのおかげです」

照れた顔を引っ込め、エインは真面目な顔になって礼夜を見る。

「だから、あなたも死なせない。あなたが死んだら、今度こそ俺たちは立ち直れないでしょう。レイヤ様はもう、俺たちの主人なんです。頭がいなくなったら終わりでしょう。だからどうか、この先も危ないことがあったら自分の命を優先させてください」

エインからそんなことを言われるとは思わなくて、礼夜は思わず歩みを止めてしまった。

「ヴィダールからも言われたよ。俺はそんなに、危なっかしいかね」

「俺も、ヴィダール様に言われたんですよ。レイヤ様は生き急いでるって。命大事って言いながら、その命が軽々しい。平気で危険に飛び込んでいくって」

「そんなつもりはないんだけどなあ」

本当に、微塵も命を軽んじているつもりはない。誰しも命は一つ。礼夜の場合、致命傷を負ったはずが異世界に渡って一命をとりとめたのだが。

「俺もヴィダール様の言うことが、何となくわかります。あなたはフレイ様に似ている。姿形という意味ではなくて、いつも身近に自分の死を感じているような、なのに少しも死を恐れていないような、そんな危うさが」

エインの思わぬ鋭さに、礼夜は言葉もなく相手を見つめ返すしかない。

彼の言うとおり、死はいつも間近にあったし、それを恐れたことはなかった。

いつか自分も、それに呑み込まれるのだろうという予感だけがある。黙って呑まれるのは業腹だから、足搔いているだけだ。

「そうだな。死ぬのは怖くない。でも、黙って死ぬつもりもない。かっこ悪かろうが最後まで生き残るつもりだし、自決なんて死んでもごめんだね。今だって、いざとなったら、お前を盾に逃げるつもりだよ」

本気で言ったのだが、エインはそれを聞いて、少し安心したように微笑んだ。

「よかった」

「よくはねえだろ。お前も黙って盾にされてないで、逃げろよ」

礼夜がツッコむと、エインは口を開けて大きく笑った。

「やっぱり、顔だけじゃない。あなたはフレイ様に似てますね」

「気品とか、気高さがな」

軽口を返す。エインがまた笑う。

礼夜も気にした様子を見せずに足を進めたが、フレイに似ている、フレイのようだと言われることが不快だった。

フレイを嫌っているわけではない。嫌うほど長く交流を持たなかった。

フレイを慕う、人々の感情が不快なのだ。

清らかで聖なるものを見る時の、縋るような眼差し。生前の王子の、優しく思いやり深い人柄を称える柔らかな声色、それがフレイによく似た自分に向けられた時、ゾッとするような不快感と激しい苛立ちを覚える。

やめてくれ、と叫びたくなった。俺はフレイじゃない。顔以外、似ても似つかない。みんなそう思っていたはずだ。

自分に思いやりなんてない。考えているのはいつだって、自分自身のことだ。

清らかさとはほど遠い。あらゆる犯罪に手を染めてきたし、人だって殺した。身体だって使った。

お前たちを裏切らないなんて言ってない。今はまだ、利用価値があるから一緒にいるだけだ。

勝手に心を預けるな。どうせまた、勝手に失望して勝手に憎悪するのだ。

(ヴィダール、お前もそうなのか)

お前を見ていると、危なっかしくて不安になる、とヴィダールは言った。

礼夜自身を見てくれているのだと思っていた。心配だと口にした男に気持ちが高揚し、そんな自分が怖くなった。

でも、もしかしたらヴィダールもエインと同じように、無意識のうちに礼夜とフレイとを重ねていたのかもしれない。

たぶん、いや、きっとそうなのだ。

礼夜は、この場にいない男の顔を思い浮かべて落胆し、そうしてまた、そんな自分に嫌悪した。

その日の暮れ頃、礼夜とエインは巡礼路の近くにある村に辿り着いた。

宿などない、貧しい農村だったが、侍女を連れての二人旅だと知ると、赤ら顔の老人がうちに泊まるといいと、自分の家に誘った。

礼夜がちらりと、頭巾の下から顔を覗かせたのが、功を奏したのかもしれない。

老人は同じく年老いた女房と二人きりの生活で、女房は夫が突然、客を連れてきたことに文句を言いつつも、納戸に寝藁を用意し、麦と野菜くずの粥も振る舞ってくれた。

「この先の街の商家に、後妻に入るところです」

粗末な食卓を囲みながら、礼夜は楚々とした女の口調で老夫婦に説明した。

もともと低い声ではないので、気をつけて喋れば、男女の区別はつかない。年若い娘の声真似は無理があるが、ある程度年のいった女なら可能だ。

エインはまだ女装に慣れておらず、コソコソしている。それも明かりが暖炉の火だけだったから、どうにか誤魔化すことができた。

「旅の途中まで、若い衆が何人も付いていたのですが、野盗が出ると聞いて皆、逃げてしまったのです。嫁入りにと持参した道具も、彼らに奪われてしまって……」

後家の身の上を老夫婦は気の毒がっていたが、互いに目配せし合っていたのを礼夜は見逃さなかった。

その夜、礼夜とエインが納戸で寝た後、老人は家を出て行って翌朝になっても戻ってこなかった。

「仕事に出かけたんだよ」

女房は素っ気なく言い、礼夜とエインは礼を述べて家を出た。

「やはり、あの老人がそうだったんですね」

村を出て、再び巡礼路を歩きながら、エインがこそりと言った。

「たぶんな。まだわからないが」

「あんな夜更けに出かけて行ったということは、そうなんでしょう。レイヤ様は、わかっていて老人についてきたんでしょう？」

昨日、村に入ってすぐ老人に声をかけられた時、迷うエインに、「行こう」と言ったのは礼夜だった。

「確信があったわけじゃない。どのみち、この村の誰かは『山犬団』と通じてるんだろ。狭い村だから、噂はすぐ広がる」

近隣の村々も「山犬団」の仲間か、あるいは息のかかった者がいるらしいと、ガンドの部下から聞いていた。

村を通りかかった旅人の情報を、「山犬団」に流しているのではないか、というのだ。

村人は情報の対価をもらう。持ちつ持たれつというわけだ。あり得る話だし、これまでの野盗の被害状況から見ても、可能性は高いという。

そこで礼夜とエインは、野盗の根城に近い村にわざと入り、宿を借りて、自分たちが先の村へ輿入れに行く後家と侍女であると吹聴したのだった。

今頃は老人が、野盗に情報を持ち込んでいるところだろう。

しばらく歩き続け、太陽が真上に差しかかる頃、道端に小さな碑を見つけた。

道中にもいくつかあった。巡礼の途中で死んだ者を弔う石碑らしい。

これまでは、ちらりと横目で見て通り過ぎるだけだったが、エインが何かを見つけて近寄った。碑の前で身を折って小さく祈りの形を取る。

礼夜がエインの肩越しに碑を覗くと、その隣に石が積んであった。

「ジェドが残したものです。半里先の道端に男が二人。周りにもう二人、潜んでいるようです。恐らく野盗でしょう」

石の配置を眺めたが、どうしてそういう意味になるのかわからない。エインとジェドの間でのみ、通じる暗号の決まりがあるのだろう。

二人はさらに先へ進む。道が狭まり、山に面した勾配の多い地帯に入ったところで、道端に座り込む人影が見えた。その数は三人。ということは、もう一人がどこかに潜んでいるはずだ。

礼夜たちが近づくと、一人がゆらりと立ち上がった。礼夜たちを上から下まで眺め、ニヤニヤと笑う。礼夜とエインは顔を伏せ、足早に彼らの前を通り過ぎようとした。

「待てよお」

ダミ声がすぐ間近で聞こえて、背後から男の腕が回された。鼻先を酒臭い息がかすめる。

隣のエインにも、別の男が襲いかかっているところだった。

「大人しくしねえと、この場で叩っ斬るからな」

手の空いた一人が長剣をちらつかせる。もう一人はどこだろう。

そう思った時、エインが男の手から逃れた。走り出した行く手に、草むらから現れた最後の一人が立ち塞がる。

相手が長剣を手にしていたので、その場でエインが斬られないか、ひやりとした。

だが男はエインを女と見て侮っているのか、ニヤニヤ笑って抱き付いた。

「いやっ、やめてぇ」

下手くそな悲鳴を上げ、エインが身を捩る。男たちは下卑た笑い声を立てながら、礼夜とエインを担いで道を逸れ、山の中へと入って行く。

ここまでは、計画どおりだ。

(頼んだぜ、ヴィダール)

男たちに運ばれながら、礼夜は頭の中で美しい男の顔を描いていた。

担ぐのに飽きた男たちは、途中から礼夜とエインを下ろし、山道を歩かせた。

時折、すすり泣く真似をしながら急な勾配を上っていく。人の手が入っていない、ただの山のようだが、侵入者を防ぐための空堀が掘られていたり、人工の平坦地、日本の城でいうところの曲輪(くるわ)が設けられたりしていた。

なるほどこれは、立派な山城なのだと納得する。間もなく目の前に現れた屋敷も、四方をぐるりと背の低い石塀に囲まれていた。

屋敷もその周りの防壁も、久しく手入れはされていないようで、荒(すさ)みきっている。ただし、その役割はまだじゅうぶんに果たせているようだ。

麓(ふもと)の巡礼路から山中の屋敷まで、見張りの姿はほとんど見なかった。

要となる場所には兵が立っていたが、思っていたよりも数が少ない。見えない場所に潜んでいることも考えられるが、そうでなければやはり、「山犬団」は少数精鋭の集団なのかもしれない。

礼夜の隣で、エインも周囲の状況を観察していた。できる限り敵の詳細を把握し、ジェドたちに伝えるのがエインの役目だ。

礼夜たちは屋敷の表門をくぐった後、さらに奥にある重厚な木製の門扉をくぐった。

跳ね橋のような大掛かりな仕掛けは、この屋敷にはない。

石塀の他は、分厚い門扉があるばかりだが、破城槌(はじょうつい)のような大きな武器はこの山道では通れないから、この防備でもじゅうぶん役に立つのだろう。

見張りが二人立った内門をくぐると、そこにはちらほら人の姿があった。女もいる。

下働きらしい彼らは、一様に粗末な服を着て顔にも生気がなかった。おまけにひどくやせ細っている。

野盗ではなく、攫われて連れてこられた近隣の村人たちだろう。

やがて石塀と同じ色をした、石造りの屋敷の中に連れていかれた。屋敷の戸をくぐるとすぐ、一人の男が立ち塞がり、礼夜を連れて来た男たちに何事かと尋ねた。

「巡礼路で見つけた。たぶん、こいつが例の後家さんだ」

一人が説明すると、男は「お頭のところに連れていけ」と、無愛想に言い放った。

「偉そうにしやがって」

建物の奥へ進み、見張りの男から遠ざかると、礼夜の腕を引く男が吐き捨てた。

「お頭だってよ」

へっ、と馬鹿にしたように続ける。他の男たちは追従することはなく、黙っていた。

建物の奥にある階段を上り、最上階の三階まで着くとまた別の男が見張りに立っていた。

後家さんを連れて来たと男が言うと、礼夜とエインは残され、男たちは下がるように言われた。

「おいおい、俺たちが連れてきたんだぜ」

文句を言う男たちに、見張りが金を握らせる。金額が不満だったのか、男たちはなおもブツブツ言っていたが、それでも大人しく引き下がった。

そこから礼夜たちは見張りの男に連れられて、廊下の端にある部屋に通された。

お頭と呼ばれる男の部屋だと、入ってすぐに見当がついた。

かなりの広さで、天井からシャンデリアが吊るされ、蠟燭（ろうそく）のすべてに火が灯（とも）されている。奥に暖炉があって、火が燃え盛っていた。床には絨毯（じゅうたん）が敷かれ、石の壁には凝ったタペストリーが掛けられている。

暖炉の前のテーブルに男が一人座って、酒を飲み肉を食らっていた。

黒い巻き毛を無造作に伸ばした、背の低いやせ型の男だ。年の頃はよくわからないが、あまり若くはないようだ。突き出た前歯がげっ歯類を思わせる。

テーブルの上には刀身の湾曲した半月刀が置かれている。

「こいつが例の後家さんか?」

クチャクチャと音を立てて肉を食べながら、黒い巻き毛の男は言った。顔も手も肉の脂まみれで汚らしい。礼夜とエインの姿を代わる代わる舌なめずりするように眺める顔つきは、知性の欠片（かけら）も感じられなかった。

これが近隣に恐れられた「灰色の山犬団」の頭領なのだろうか。礼夜は訝しく思う。

「それじゃあ山羊（やぎ）の奴、街道で待ちぼうけを食らってるわけか。役に立たねえ野郎だなあ」

男はしゃがれた声で、愉快そうに笑った。礼夜の目論見（もくろみ）どおり、「山犬団」のメンバーは街道にいるらしい。

「誰か街道へやって、山羊を連れ戻してこい」

ひとしきり笑った後、礼夜たちを連れて来た男に横柄に言った。言われた相手は礼夜とエインへ視線をやる。すかさず黒髪の男が「ぐずぐずするんじゃねえ」と、どやした。

「こいつらは両方、俺が味見をしておいてやる。さっさと行け」

相手の顔に不満の色が走るのを、礼夜は横目で見ていた。しかしそれは一瞬で、部下の男はすぐさま部屋を出て行った。

「こっちに来い」

ドアが閉まるか閉まらないかのうちに、黒髪の男は礼夜たちに言って、あごをしゃくった。

エインが礼夜を庇うように前へ出ようとする。

「さっさと来い！　斬り殺すぞ！」

男はせっかちの癇癪(かんしゃく)持ちらしい。ほんの少しグズグズしているだけで、唾を飛ばして半月刀を振り回した。

礼夜はエインに短く、「俺に任せろ」と耳打ちして前に出た。

「レイ……お、奥様」

エインが慌てて前に出ようとするので、「いいから」と、目顔で制して男に近づく。

この手の男を、青臭いエインが相手にできるとは思えない。下手なことをすれば、その場で斬りかかられる。

「ご主人様、どうか命だけはお助けください」

礼夜は男の前まで小走りに近寄ると、足元にひざまずいて額を床にこすりつけた。

「何でも致します。なのでどうか、命だけは」

言いながら頭を上げる。顔を覆った頭巾をずらして顔を見せると、酒に濁った男の目が大きく見開かれた。

「こりゃあ……」

呆けたようにつぶやいて、ごくりと喉を鳴らす。

「わたくし、ご主人様をお慰めするすべを存じております。ですから……」

媚びた上目遣いで男と、男の股間とを見た。股間から目を離さずにいると、男は下卑た笑い声を上げる。

「このすべため。こいつが欲しいのか」

欲しいわけあるか、と胸の内でつぶやいたが、礼夜はしなを作って恥じらう素振りを見せる。

「ご主人様をお慰めして、よろしいでしょうか」

袖口からつと、指の先を出して男の股間を示す。男はだらしなく顔を緩め、足を大きく開いた。

「へ、へへ。綺麗な顔して、かなりの好きモノだな。後家さんは男日照りだもんな」

お前はかなりのアホだな、と礼夜は思う。相手の身体検査もせずに部屋に招き入れ、おまけに自分の急所を無防備に晒すのだから。

礼夜は男ににじり寄り、穿き物を脱がせて性器を取り出した。脈打つ性器を見るなり、顔をしかめそうになる。

不潔だし、明らかに何らかの感染症を患っていた。口でしゃぶろうと思っていたが、これはヤバいなと一目見て判断する。

「まあ素敵。逞しい」

大して逞しくもない一物を褒め、肉茎を軽く扱くと、「おっ、おほっ」と、喉をのけぞらせて喘いだ。さらに亀頭をこねるように刺激すると、呆気なく射精する。

「お前……ずいぶんと慣れてやがるな」

「店でたくさん、仕込まれましたから」

男が「店」と、つぶやく。礼夜は、射精したばかりで敏感になっている男の性器を強く扱いた。男は身震いをしながら、汚い声で喘ぐ。

「わたくし、後家ではございませんの」

「後家じゃねえだと？　娼婦か」

「身請けされた先の、商家の旦那様のところへ向かう途中でしたの」

礼夜は言い、頭巾を取って自身の喉元を見せた。男の目が大きく見開かれる。

「おま……男……」

「ご主人様は、男娼をご存知ありませんの？　女のアソコより、ずっと具合がいいって評判なのに。男同士、勘所もわかりますしね。ほら、ほら」

陰嚢を転がし、陰茎を扱いてやると、男はあっさりと二度目の精を噴き上げた。驚くほど早いが、こちらとしてはありがたい。

二度も手淫で追い詰められ、さすがに男はぜえぜえと息を切らしている。ここまでしておけば、今ここで尻を出せと言われることはないだろう。

男であることを打ち明けたのは、性技を用いる以上、いつまでも女のふりはしていられないと考えたからだった。

後々、男だと暴かれ相手の怒りと不審を買うより、早いうちにこちらから明かしておくほうがいい。

礼夜は汚れた手を服の裾で拭うと、立ち上がって男の顔を優しく撫でた。

「ねえ。お願いです、ご主人様。わたくしをここに置いてくださいませ。まだまだ、ご主人様をお慰めするすべを心得ております。そこらの女では味わえないようなすべを」

男が驚きと喜色が混じった目で、礼夜を見た。礼夜はにっこり微笑んで、愛おしそうに男の顔をなおも撫でる。

「ここに置いてくださいませ。わたくしと、あちらの子も」

「あいつも男娼なのか」

宝箱をもう一つ見つけた、というような声だった。エインがビクッと身体を揺らす。自分も奉仕をさせられるのかと、目に見えてモジモジし始めた。

「ええ。わたくしの弟分です。ですが、気の毒な子なんですの。お客に無体を働かれ、病気をうつされたあげくに、後ろが閉じなくなってしまったんです。オムツをしながら客を取らされてたんですが、もう病気が全身に回って長くないですし、気の毒に思って連れて参りました。それでも下働きぐらいはできますから、どうか屋敷の端にでも置いてやってくださいまし」

男がちらりとエインを見て難色を示したので、「その代わり」と、身体をずらして剝き出しになっている男の性器を撫でた。

「こちらは、わたくしが二人分の働きを致します。ね」

上目遣いに見ると、男はニヤニヤとだらしなく顔を緩めた。

「そうか。そうだな。お前の言うとおりだ。よし、二人ともここに置いてやる」

「嬉しい」

礼夜はきゃっ、とはしゃいだ声を上げて男に抱き付き、男は相好を崩す。

そんな礼夜たちを、エインが呆然とした眼差しで見ていた。

黒髪の男は、ネズミ、と呼ばれていた。突き出た前歯のせいだろう。

下働きの者たちは「旦那様」「ご主人様」という言い方をし、部下たちは表向き「ネズミのお頭」と彼を呼ぶ。陰では「ネズミの野郎」だ。

あの後、ネズミの命令で、礼夜とエインに食事が振る舞われた。

腹ごしらえをした後、礼夜は屋敷の一室に閉じ込められ、エインはどこかに連れていかれた。

彼の身が気がかりだったが、どうやら下働きをさせられていたらしい。夜になって、エインが食事を持って礼夜の部屋に来たので、ホッとした。

「よお。男たちにケツ掘られたりしてねえか？」

食事を持ってきたエインに、礼夜は言った。見張りがすぐそばにいたが、礼夜たちが男だということは、すでに野盗たちの知るところとなっていたので、しなを作る必要はなかった。

エインはしょぼくれた顔でうなずいた。

「こき使われてますけど、なんてことはありません」

尻の壊れた男娼で、病気を患って余命いくばくもないと礼夜が言ったので、皆、エインを遠巻きにしているようだ。

「でも、そのせいでレイヤ様が」

エインを庇って、ネズミの相手をしたのだと思っているらしい。エインがいてもいなくても、女装をして潜り込むからにはこの手を使うことになると覚悟していた。

「これくらい何ともねえ。いいから行けよ。グズグズしてるとドヤされるだろ」

戸口にいる見張りが苛立ちを見せ始めたので、礼夜はエインを促した。

計画は上手くいっている。礼夜は頭領の懐に入り込んだし、エインは下働きとして、比較的自由に動けている。

「油断すんなよ」

エインと抱擁するふりをして、彼に囁いた。エインは神妙な顔で小さくうなずき、部屋を出て行った。

食事をして、その夜にネズミに呼ばれた。もちろん夜伽をするためだ。

「ご主人様。高級娼館の遊びを致しましょう」

その夜も言葉巧みにネズミをそそのかし、おだてて酒を飲ませて、身体を交えることはせずに相手から話を聞き出した。

ネズミは単純な男だった。酔っ払って、礼夜に促されるまま、これまでの武勇伝を滔々と語った。

その武勇伝によれば、ネズミは単純だが残虐で小ずるく、悪知恵の働く男のようだ。

そしてどうやら、この「灰色の山犬団」を動かしているのが、ネズミではなく別の男だということも知れた。

最初にこの屋敷に来た時、ちらりとネズミが言っていた「山羊」と呼ばれる男である。

「あいつはな、もとはいっぱしの騎士様だったのよ。それが今じゃ、俺様にこき使われてるんだからな。落ちぶれたもんよ」

ネズミは笑う。従来の「山犬団」は、ケチな盗賊だったらしい。そこにどういうわけか、山羊とその部下が加わって、少数ながら統率の取れた軍団となり、近隣に恐れられその名を知られる盗賊団となったのだった。

しかし、なぜ山羊がネズミの下に付き、言いなりになっているのか、その点は礼夜がおだても明かしてはくれなかった。

そのうちネズミは酔い潰れてしまい、礼夜は見張りの部下によって元の部屋に戻された。見張りは酔って寝てしまったネズミを見て、忌々しそうに顔をしかめていた。どうもネズミは、頭領のくせに部下たちに嫌われているようだ。

明け方、見張りを撒いてエインが部屋にやってきたので、礼夜はネズミから聞いた話を伝えた。

「ネズミは虎の威を借る狐ならぬ、山羊の威を借るネズミなんじゃないか。山羊がネズミに手を出すなと言っているから、不満を持ちつつ部下たちもネズミを頭に据えている」

「山羊はなぜそこまでして、ネズミを守るのでしょう。何か、弱みを握られているとか？」

「ネズミが頑なに言いたがらないところを見ると、たぶんそうだろうな。お前のほうはどうなってる」

「内部の様子はすでに把握しています。先ほど、ジェドと連絡を取りました。イーヴァルディ様とヴァンは手はずどおりに。ガンド様へ伝令に向かったオーズ様がまだ、戻ってきません。ただヴィダール様は、ガンド様の兵が揃わずとも、突入を決行すると」

ガンドを待たずに突入するということは、戦力はジェドとヴィダールのみということになる。礼夜とエインが武器を持って応戦したとしても、やや厳しい。

だが、ぐずぐずしていては、せっかく街道沿いに追いやった山羊が戻ってきてしまう。城屋敷を占拠していなければ、「山犬団」の主力に勝つことはできない。

「わかったと伝えてくれ。できれば俺たちも武器が欲しいな」

礼夜の言葉に、エインはワンピースの裾から小型のナイフを一本、取り出した。

「ほんの気休め程度の武器ですが、服の下に隠すには便利かと思います。お使いください」

「さすが、仕事が早いな。けど、お前はどうするんだ」

礼夜に褒められて、ちょっと照れ臭そうにしたエインは、「俺は後で適当に調達します」と答えた。

「では、レイヤ様もどうかご無事で」

「心配すんな。俺は死んでも死なねえ男なんだよ」

偉そうに返してみたが、礼夜がこれまでどうやって生きてきたのか、エインは知らない。空元気だと思ったのか、逆に心配そうな顔をされてしまった。

ともかく、ジェドとヴィダールと意思疎通ができているという事実は、礼夜を安心させた。

本当は少し……いや、だいぶ不安だったのだ。

エインが一人で逃げてしまわないか、ヴィダールやジェドは本当に助けに来るのか、みんなして礼夜を置いていってしまうのではないか。

考え始めればきりがない。誰も信用していないというのは、そういうことだ。

礼夜は誰も信じていない。今は少し信じ始めているが、それでも心のすべてを預けるには至らない。

心から信じてしまったら、裏切られた時に立ち直れない。それでは生き延びることができない。だから誰も信じず、疑心暗鬼になる。ジレンマだ。

エインが去り再び一人になると、色々と取りとめもないことを考えてしまう。

答えの出ない事柄に延々と理屈をこねるのは、あまり建設的とは言えない。

寝台もない板の間にごろりと横になり、身体を休めることにした。目をつぶるとすぐ、ヴィダールの顔が思い浮かび、そんな自分にうんざりした。


翌日、礼夜は昼近くにようやく起き出したネズミに呼び出された。

寝起きは前日の酒が残ってイライラしており、周りに当たり散らしていた。

礼夜も呼び出されるなり、グズグズするなと特に理由もなく殴られ、ネズミが食事をしている間に性の奉仕を強いられた。

仕方なく手で済ませようとすると、また殴られた。

「今日も手コキで済ませようってのか？　ふざけやがって。男娼なら尻を使いやがれ」

寝起きで虫の居所が悪いらしい。しかも癇癪を起こすたび、むやみに半月刀を振り回すので、手に負えない。

どうにかなだめすかして酒を飲ませ、前戯と称して手淫を施した。そうして、ネズミは昨夜と同様、あっという間に射精したのだが、そこで賢者タイムに入ったのがよくなかったようだ。

「お高く止まりやがって、このすべたが！」

手で射精させられたことに怒り出し、またも半月刀を振り回して脅すと、礼夜を床に押し倒し、這いつくばらせた。

「ケツを出せってんだよ」

ネズミを叩きのめすのはそう、難しいことではない。しかし、ここで無理を通せば、後の計画に差し障りが出る。

それに予定どおりなら、そろそろヴィダールたちが動き出す時刻だった。

大人しく待っていれば、必ず時期が訪れる。そう信じ、ネズミに呼び出された時分から内心、じりじりしながら待っていた。

しかし、なかなかその時は訪れない。何かあったのかと、不安がふと過った。

「ちょっとばかしツラがいいからって、馬鹿にしやがって」

その間もネズミは、ガツガツと礼夜の頭を床に打ち付ける。半月刀の刃先がうなじをチリチリと刺し、そのまま衣服を切り裂いた。

背筋に軽い痛みが走る。布地と一緒に背中の皮一枚、切られてしまったらしい。

「へ、へ」

その傷に、ネズミが笑いながら舌を這わせたので、ゾッとした。

ヴィダールたちは、まだ来ないのか。このまま、この男の汚い性器を受け入れるしかないのだろうか。

前戯もなく尻を持ち上げられ、男の性器が窄まりに押し当てられる。礼夜は嫌悪と危機感に唇を噛んだ。

諦めて目を閉じた、その時だった。

どこからか指笛を鋭く鳴らす音が聞こえた。エインの合図だ。

「何の音だ」

ネズミの反応も早かった。素早く礼夜から身体を離し、半月刀を手にする。

ほとんど同時に、「火事だ！」という声が上がった。ジェドの声だった。

「火事だと！　どこだ！」

ネズミは刀を持ち、下半身を剝き出しにしたまま部屋の小さな窓を覗いた。

「見えねえ。どこだ！」

外では「火を消せ」「早くしろ」と、野盗たちの怒号が聞こえる。しかし、みんな対応に手一杯なのか、頭領であるネズミに報せに来る者はいなかった。

ほどなくして、複数の馬のいななきが聞こえてきたから、予定どおりことは運んでいるのだろう。

予定では、ヴァンとイーヴァルディが敵に見つからないよう、密かに森の木々を伐採して燃料を集め、巡礼路側の入り口と馬小屋で火事を起こすことになっていた。

ヴァンとイーヴァルディは火をつけた後、馬小屋から馬を逃がして野盗の足を奪う。その

POSTCARD

STAMP HERE

101-8405

東京都千代田区
神田三崎町2-18-11

二見書房
シャレード文庫愛読者 係

通販ご希望の方は、書籍リストをお送りしますのでお手数をおかけしてしまい恐縮ではございますが、**03-3515-2311までお電話くださいませ。**

<ご住所>

<お名前> 様

<メールアドレス>

＊誤送を防止するためアパート・マンション名は詳しくご記入ください。
＊これより下は発送の際には使用しません。

TEL		職業／学年
年齢　　代	お買い上げ書店	

Charade愛読者アンケート

この本を何でお知りになりましたか？

1. 店頭　2. WEB（　　　　）　3. その他（　　　　）

この本をお買い上げになった理由を教えてください（複数回答可）。

1. 作家が好きだから（小説家・イラストレーター・漫画家）

2. カバーが気に入ったから　3. 内容紹介を見て

4. その他（　　　　）

読みたいジャンルやカップリングはありますか？

最近読んで面白かったBL作品と作家名、その理由を教えてください（他社作品可）。

お読みいただいたご感想、またはご意見、ご要望をお聞かせください。

作品タイトル：

ご協力ありがとうございました。
お送りいただいたご感想がメルマガに掲載となった場合、オリジナルグッズをプレゼントいたします。
HPのご意見・ご感想フォームからもアンケートをご記入いただけます ➜

間に、ヴィダールとジェドは礼夜とエインの救出へ向かいつつ、野盗たちを排除する。

街道側に回り込んでいるはずのガンドと部下が、火事が起こったのと反対側の出入り口から攻め入って、残りの野盗を片付けるというのが、城屋敷奪取の計画だった。

ヴィダールたちが助けに来るまで、礼夜は無事にやり過ごせばいい。

もし本当に、助けが来るのなら。

「畜生！　どうなってやがる。何で誰も報告に来ねえんだ！」

キョロキョロと窓の外を見回し、うろたえていたネズミだったが、いつまでも状況がわからないことに苛立ったのか、窓枠を叩いて喚いた。

それからはたと、何かに気づいたようにこちらを振り返る。

「てめえだな。てめえの仲間が何かしやがったんだな」

「何のことだか……」

礼夜は戸惑った顔をしてみせたが、ネズミは今回は騙されてくれなかった。

「てめえみてえな小綺麗な男娼がこの辺をうろつくなんざ、おかしいと思ってたんだ。どいつの差し金だ。山羊が裏切ったのか」

とぼけたままでいるべきか、一瞬迷った。しかし、礼夜がどのような態度を取ろうとも、焦って追い詰められたネズミは、どのみち礼夜を攻撃するだろう。

そんなことを考えて、へらっと笑った。

「どいつのって、強いて言うなら、俺の差し金かな。いい城だなと思ってさ。金も食い物も、ずいぶん貯め込んでるんだろ？」

「てめえ！」

ネズミが唾を飛ばしながら刀を振り回すのを、礼夜はどうにか避けた。避けながら、部屋の戸口へ移動する。

屋敷の外の騒ぎはいっそう大きくなっていたが、最上階にあるここまで、誰かが上ってくる気配はなかった。どうやら、自力で逃げ出すしかないらしい。礼夜は、ヴィダールを待ち続けていた自分を笑った。

部屋の閂を外したところで、ネズミの半月刀に行く手を阻まれた。相手の攻撃を避け、服の前側に隠していたナイフを取り出す。

半月刀とナイフとでは、リーチに差がありすぎた。ネズミも、礼夜が構えた小さなナイフを見るなり、馬鹿にしたように笑って刀を振り上げた。

ネズミの剣の腕は、大したものではなかった。おまけに酒が残っているせいか、動きも緩慢だ。おかげで刀を避けることはできたが、反撃は容易ではなかった。部屋から出ようとすると、回り込まれる。

早くネズミを制圧して刀を奪うか、この部屋から逃げ出さなくては。もしネズミの仲間がやって来たら、そこで礼夜の死は確定する。

この小男の手にかかるのは業腹だな、と礼夜は考えた。

その時、階段を駆け上がる音が聞こえ、終わったと思った。足音は、ネズミの仲間だろうと考えたからだ。だが、そうではなかった。

「レイヤ！」

鋭い声は、ヴィダールのものだった。礼夜はそれを聞いて、信じられない気持ちになった。見捨てられたのではなかった。本当に、助けに来てくれた。

「レイヤ、どこだ！」

「ヴィダール！　一番奥の部屋！」

男の怒号のような叫びに、礼夜も叫び返した。

戸口へ走ろうとすると、ネズミが襲いかかる。すんでのところで避けたが、引き裂かれたワンピースの裾に足を取られて転んだ。

うっ、と呻く礼夜へ、ネズミがにやりと笑って刀を振り上げた。

「レイヤ！」

叫びと共に、扉が跳ねるように開く。

ヴィダールが肩で息をしながら飛び込んでくるのが見えて、礼夜はそちらに意識を持っていかれそうになった。

一瞬、ネズミもそちらに気を取られる。礼夜はその隙に身を捩り、再び戸口へ向かって走った。

「てめえっ」

ネズミの怒号と、ひやりとしたものが背中を撫でる。それでも構わず、ヴィダールのもとへ走った。

ヴィダールはさっと前に出ると、走ってくる礼夜を背後に滑り込ませた。

礼夜がヴィダールの背に回って後ろを振り返った時、大柄の彼の肩越しには、ネズミが振り上げた刀の切っ先しか見えなかった。

ネズミが小柄なので、ヴィダールが前に立つと姿が見えなくなるのだ。

「あっ」

と、妙に間の抜けたネズミの声が聞こえ、続いてゴトン、と大きなものが床に落ちる音が聞こえた。

それきり、静かになった。どさりとネズミの身体が倒れる。

最初に落ちたのは、ネズミの首だった。少し離れた場所に転がった彼の首は、数秒の間、反射運動によりまぶただけをピクピクさせ、やがて動かなくなった。

「レイヤ、怪我は」

ネズミの生首から目が離せなくなっていた礼夜は、ヴィダールの声に引き戻された。

男っぽい美貌が、心底心配でたまらない、というように礼夜を見つめている。何だか目の前に彼がいるのが信じられなくて、礼夜はパチパチと瞬きしてしまった。

「いや、大丈夫」

「嘘をつくな。さっき背中を斬られて……」

礼夜の肩を軽く抱き寄せ、背後を覗き込んだヴィダールが、途中でハッと息を呑んで黙り

込んだ。

切り裂かれ、尻まで剝き出しにされているのを見たからだろう。エインから、どういう扱いを受けているのか聞いていたのかもしれない。

「背中の傷は深くはなさそうだが、すぐに手当てをしよう」

ヴィダールは何でもない口調で言ったが、瞳が怒りに揺れている。

しかし、礼夜を見る眼差しには、嫌悪や侮蔑の色は見受けられない。ただ純粋に、相手の身を案じているようだった。

そのことに、礼夜は泣きたくなるほど安堵した。気づくと、へらっと笑っていた。

「そんな顔すんな。ケツは掘られてねえよ。あんな膿だらけのもんぶち込まれたら、ヤバそうだからな。手でご奉仕しただけ」

礼夜が手筒を作って扱く仕草をすると、ヴィダールも少しホッとした表情を見せた。

けれどすぐにまた、心配そうな顔になる。

「殴られたのか」

切れた唇の端に指で触れ、彼は言った。礼夜は軽く肩をすくめる。

「大したことじゃねえ。けど、あと一瞬遅れてたらヤバかった。助かったよ」

何でもない、と笑ってみせると、相手の顔がくしゃりと歪んだ。

そのままそっと、抱き寄せられる。

「……遅くなってすまなかった」

身体の芯の部分にある何かが、溶けそうになった。力を抜いて縋りつきそうになり、慌てて気持ちを押し戻す。

「いや。そっちも無事でよかったよ」

本当は不安だった。絶対に助けに来ると思っていたけれど、一方で助けに来ないかもしれないとも思っていた。

ここまできて、ヴィダールたちが礼夜を見限るはずがない。

冷静に考えればわかることなのに、ずっと不安でたまらなかった。声に出してそう言いたい。怖かったと。

「レイヤ……」

ヴィダールが、抱擁を解いて気がかりそうに礼夜を見た。軽く腕をさする。

そこで礼夜は初めて、自分が震えていたことに気づく。

信じられなかった。馬鹿な、と心の中で吐き捨てた。この俺が？

過去には、牛刀を持ったグループに追いかけられ、脅されたことだってある。死ぬ目になら何度だって遭った。今回はもう駄目かも、と思ったことも、一度や二度ではない。

なのに、ちょっと刃物で追い回されただけで、震えがくるなんて。

「これくらいでぶるっちまうなんて。どうかしてるな、俺は」

笑ったけれど、本当はわかっていた。これは、ネズミに追いかけ回されて怖かったからじゃない。

見放されたと思っていたのに、助けに来てくれた。ヴィダールが来るまでの不安と恐怖が今になって呼び起こされたからだ。

灰色の双眸(そうぼう)が近づいてきて、唇を塞がれた。

「んっ」

驚いてもがくと、一度離れ、また角度を変えてキスされた。

「平気な顔をするな」

やがて唇を離すと、ヴィダールは怒ったような、じれったそうな声で言った。それからきつい物言いだと思ったのか、礼夜の唇を労(いたわ)るように撫でる。

「俺の前で、演じる必要はない」

その時、自分はどんな顔をしていただろう。

ヴィダールは一瞬、ひどく痛ましそうな顔をしたが、すぐにまたキスで礼夜の唇を塞いだ。

「俺はこの数日間、レイヤのことを考えてずっと不安だった。お前が殺されてしまわないか、死なないまでも、ひどい目に遭わされるのではないかと考えて、眠れなかった」

キスの合間に、ヴィダールが吐露(とろ)した。

なぜヴィダールはここまで、礼夜を案じてくれるのだろう。フレイにそっくりだから？

たぶんそうだ。

貴重な身代わりだから。仲間たちの気持ちの拠(よ)り所として役に立つから。

そんなところだ。そうに決まっている。わかっている。

礼夜は心の中で自分に言い聞かせたが、押し寄せる感情の波は大きすぎて、そんな言い訳をあっという間に押し流していく。

もう何も考えられなかった。気づくと、ヴィダールの胸に縋っていた。

「俺も。……怖かったよ」

それだけ言葉にするのが精いっぱいだった。

ヴィダールは礼夜の頬を撫で、またキスをした。そうしながら、何度も礼夜の頬や髪を撫でた。優しく、労る手つきで。

礼夜はその愛撫を陶然と受けながら、頭の隅で考えている。

自分は将来きっと、この男のために命を落とすだろう。

破滅の予感に気づきながら、それでも礼夜は、男の甘い唇に酔いしれた。


ヴィダールとジェド、途中で加わったエインが屋敷内の敵を倒し、礼夜を無事に救出したのと時を同じくして、街道側からガンドたちが攻め入り、屋敷の外へ逃げ出した野盗たちも全滅した。

「レイヤ様！　よくぞご無事で」

イーヴァルディが半泣きの状態で合流してきた時には、礼夜も思わずホッとして、目が潤みそうになった。

イーヴァルディとヴァン、それにオーズは泥だらけの煤だらけだった。

ここ数日、敵の目を逃れながら森を這いずり回って燃料を集めていたし、オーズは伝令に走り続けた後、今度はイーヴァルディたちと合流し、起こした火事の火消しに奔走した。

ガンドたちも連日、山を回り込んで潜み、伝令を今か今かと待ち続けていたのだ。

おかげで誰も命を落とすことなく、城を制圧できた。

野盗の死体は、下働きの者たちに穴を掘らせ、その穴に放り込んで埋めさせた。

今回の制圧で殺されなかった彼らは、自分たちの行く末を案じてビクビクしていたが、やがて礼夜たちが、「山犬団」よりは理性的な集団だと理解したようだ。皆、主人が替わっても大人しく指示に従ってくれた。

屋敷には目算どおり、たくさんの食糧が備蓄してあった。すべて、周辺の村落から奪ったものだろう。

ネズミがいた屋敷の奥の部屋には、金貨や装飾品がしまわれていたが、思っていたよりうんと少なかった。

「まだ、どこかに隠しているのかもしれませんね」

ざっと中を捜索したエインが言っていた。

落ち着いたら、もっと屋敷をきちんと捜索する必要があるだろう。だが今はまだ、それより先にやることがある。

「みんな、疲れてるだろ。一休みしたいところだが、ここが正念場だ」

街道へ誘導した「山犬団」の主要戦力が、こちらに戻ってくる。あと一日も経たずに、ここは再び戦場になるだろう。

今度は先ほどのように、あっさりとは終わらないかもしれない。

礼夜が、死んだ頭領のネズミはお飾りで、街道にいる山羊と呼ばれる男が実質、兵を指揮しているのだと説明すると、ガンドたちは表情を硬くしつつ、納得したようだった。

「野盗たちとやりあった時、あまりに手ごたえがないので訝っておりました。ここにいたのは皆、ただの留守番役というわけですな」

ここからが本当の戦争だ。屋敷の制圧に緩んでいた空気がまた、張り詰めた。

「硬くなることはねえ。ここまで計画どおり、一人の死人も出さずに済んだ。お前らのおかげで、俺もケツを掘られずに済んだ。腹ごしらえをして、少し休んだら行動開始だ」

礼夜の下品な口上に、眉をひそめられるかと思ったが、今回は誰からも非難の眼差しを送られることはなかった。

皆、礼夜の言葉に素直にうなずき、気を引き締める。

「計画が一度上手くいったからって、みんな素直すぎんだろ」

屋敷にあった食べ物で久しぶりにまともな食事をしながら、礼夜はコソッとそばにいるヴイダールにぼやいた。

「ガンド様たちの信頼を得られたのだ。素直に喜べ。皆がお前を大将だと認めている」

「そいつはありがたいね」

皮肉っぽい口調で、礼夜は答えた。

ヴィダールに救われた後、しばらくは甘い抱擁とキスに浸っていた二人だったが、部屋を出てジェドとエインと合流すると、色っぽい空気を意識して押しやった。

それからの礼夜は今までどおりに振る舞っていたし、ヴィダールもことさら丁寧に礼夜を扱うことはなかった。

ただ、背中にできた傷を丁寧に葡萄酒で洗い流し、手当てをした後、どこからか比較的清潔な男物の衣服を持ってきて礼夜に与える時にもう一度、

「本当に、あの男に無体な真似をされなかったか」

と、優しく尋ねられたが。

「本当だって。手コキだけ。けど、本番させられたとしても、大したことじゃねえよ。前も後ろも、純潔なんてとっくの昔に捨ててるからな」

自分はフレイではない。純潔を散らされたのではないかとか、そんな心配をしているのなら無用だと言いたい。

ヘラヘラ笑いながら打ち明けると、ヴィダールは軽く眉根を寄せて礼夜を見た後、前触れもなくキスをした。

周りには下働きの者がいて、ギョッとしていた。遠くにガンドの部下たちもいるというのに。

「馬鹿。人前だぞ」

慌てて押し戻すと、ヴィダールは意地悪く笑った。

「お前でも、人の目など気にするんだな」

「俺じゃなくて、お前のためだっつーの」

ムッとして言い返したが、ヴィダールは薄笑いを浮かべ、また顔を近づけた。

「おい」

キスされるのかと思い、礼夜が手を前にやって避けようとすると、つと身をかわして耳元へ唇を寄せる。それから低く甘美な声で囁いた。

「今度また、お前が卑屈になったり強がったりしたら、唇で塞いでやる」

「はあっ？」

何言ってんだ、馬鹿野郎。そんな悪態をつこうとしたのに、咄嗟に言葉にならなかった。

「顔が赤い」

ヴィダールは含み笑いをしながら、また囁いた。

「うるせえ」

礼夜も顔が赤くなっている自覚はあった。このいたたまれないむず痒さを誤魔化すために、足を上げて相手を蹴飛ばすふりをする。

ヴィダールは笑ってそれを受け止め、その場を立ち去った。

それきり、ヴィダールが礼夜をからかうようなことはなかった。相手もこちらも次の作戦のために忙しかったから、個人的に話をする時間もない。

けれどヴィダールの姿を目にするたび、自分の胸の奥に甘酸っぱい感覚が湧き上がるのを、もはや止めることはできなかった。

自分はあの美しい男に恋をしている。

恋、などという可愛らしい感情が自分にあるとは思わなかったが、たぶんこれがそうなのだろう。

最初に一目見た時から、何て美しい男だろうと見惚れた。好みの男だと思っていた。用心していたのに、いつの間にこれほど深く囚われていたのか。

心を預けるのは危険だと、ブレーキを掛けた時からすでに、引き返せないところまで堕ちていたのかもしれない。

この先、恋に溺れて愚かな振る舞いをする時がくるだろう。気をつけていても、そうなるものだ。

礼夜は今まで、恋だの愛だので人生を狂わせる人間を嫌というほど見てきた。人とはそういうものなのだ。自分だけが例外で、俺なら大丈夫だなんて、思っていない。

これから自分は、その恋のために傷つき、絶望に打ちひしがれ、苦しむことになるのだろう。

恐怖がすぐ間近まで迫ってきて、礼夜は慌ててそれを振り払った。

何も感じないように、必死に心を遠くへ置きにやる。まだ、崩れるわけにはいかない。溺れてはならない。やるべきことが残っている。

柔らかく剝き出しになっていた心は、しばらく念じると再び凍って硬くなった。

大丈夫。まだ自分は、自分のままでいられる。

馴染みのある乾いた感覚が戻ったことに、礼夜は安堵した。


城を制圧したその日の夕方、哨戒に出ていたガンドの部下が、街道から引き返した山羊の一団が間近まで戻ってきたことを告げた。

思っていたより早い帰還である。その数は約五十。こちらは、想定より少なかった。

逆に言えば、山羊はこのわずかな手勢で、この一帯を蹂躙してきたことになる。自警団やこの地を支配する地主の抵抗もあったはずだ。

油断はできないと、礼夜は改めて部下たちに忠告した。

部下、と、そう呼んでももう、差し支えないだろう。

城屋敷で山羊の軍勢を迎え討つにあたって、細かい配置はガンドやヴィダールが考えるものの、礼夜が総指揮を執ることを皆が許し、皆が礼夜に従った。

屋敷を制圧後、生かしておいた一部の野盗から聞き出したところによれば、山羊は大変に用心深い人物だという。

もともとはどこかの領地で領軍の指揮官をしていた武人で、今、共に行動をしている五十の兵も、彼の部下だという。

ある時、どういう経緯でか、ネズミが彼らを連れてきて、「山犬団」に加えた。

それまでの「灰色の山犬団」は、本当にただのゴロツキの寄せ集めで、ネズミも首領などではなかった。首領は別にいて、ネズミはその腰ぎんちゃくといった役回りだったそうだ。

この城屋敷とて、たまたま見つけて寝床にしていたにすぎない。

ところが、ネズミは山羊とその部下を一団に加えるとすぐ、山羊に当時の首領を殺させ、自分が頭に成り代わった。

それからは山羊がネズミの手足となり、周辺を襲って食料や金品を奪い、「山犬団」は大きくなっていったという。

山羊が何者で、なぜネズミの言うことを聞いているのかは、野盗たちも知らなかった。

城屋敷をあらかた見て回り、生き残った野盗たちからの聴取を終えると、礼夜たちは暗くなる前にそれぞれの持ち場に移った。

山羊たちはもう、すぐそばまで戻って来ているという。哨戒からの報せを受け、皆の間に緊張が走った。

礼夜は山道の途中にある切り通しに登った。山道を見下ろす場所に陣取ったところで、エインに念を押された。

「ここから決して下りないように。奇襲が始まったらすぐ、ヴァンたちと城に戻ってください。いいですね」

「わかってるよ」

礼夜は応じたが、エインは疑わしそうだった。ネズミの一件で負い目を感じているのか、妙に過保護になっている。

もっとも、城屋敷に残っていろとは、全員から言われていたことだった。

礼夜とて、好きで前線に出るわけではない。大将とは後方でふんぞり返っているものだし、玄人の軍人相手に、半グレの喧嘩の腕がどこまで役に立つのか疑問だ。

ただ、奇襲の先鋒として切り通しから土砂を降らせるのに、人手が必要だった。

そこで、ヴァンとイーヴァルディ、オーズに加え、礼夜が工作を担うことになったのだ。

ジェドとヴィダールはすでに、奇襲に備えて切り通しの近くにガンドたちと共に潜んでいる。エインは弓の射手として、切り通しの上に立っていた。

間もなく、馬の蹄の音と大勢の人の気配と共に、真っ暗な山道に松明の灯りが見え始めた。山羊の一団だ。

ガチャガチャという金属音は、どうやら甲冑の音らしい。対するこちらの手勢は、ガンドたちを含め、防具らしき防具はほとんど装備していない。

現実に対峙してみると、甲冑姿の騎兵というのは、それだけで威圧感がある。

ただし、全員が騎兵ではない。馬に乗るのは先頭の十人ばかりで、あとは歩兵だった。先頭にいるひときわ立派な武具を纏う男が、山羊だろうか。

甲冑で顔が覆われているので、どんな男なのか確かめることはできない。

山羊はもう少しで、礼夜たちのいる切り通しを通過するところだった。ところがその山羊の歩みが突然、ぴたりと止まった。

気づかれた。そのことを感じ取ったのは、どうやらこの場で礼夜だけだったようだ。

それは礼夜にとっても山羊という男にとっても、咄嗟の判断だった。

山羊が手綱を引く。松明の灯りにぼんやりと浮き上がった馬の前脚を見て、礼夜は叫んでいた。

「罠を落とせ！」

「え、でも、まだ」

懸命に罠の端を支えていたヴァンが、オロオロする。礼夜は厳しい声を上げた。

「気づかれた。早く落とせ。エイン、合図だ！」

エインが間髪（かんはつ）を入れずに従ってくれたのは、ありがたかった。イーヴァルディも慌ててヴァンを促し、ヴァンが罠の端を手から離す。

礼夜の反応が一拍早く、山羊は部下たちに異変を知らせる間がなかった。

「全員――」

彼が部下たちに上げる声が聞こえる。だがそれは、上から降り注ぐ土砂と石礫（いしつぶて）にかき消された。

ワッ、と声を上げて谷と山の両脇から、一斉にガンドたちが襲いかかる。山羊の兵たちが応戦した。

ヴィダールがその巨軀からは想像もできない敏捷さで山羊へ太刀を浴びせるのを、礼夜は切り通しの上から見ていた。

山羊はヴィダールの一閃を馬上でどうにかかわしたものの、バランスを崩して馬から落ちた。馬がいななきを上げて暴れたおかげで、ヴィダールはすぐ次の攻撃へ移ることができない。その隙に、山羊が距離を取った。

甲冑が脱げ、その顔が露わになっている。暗いのではっきりとは見えないが、四、五十代くらいの険しい顔をした男だった。やせ型の三角顔で、なるほど風貌が山羊に似ていた。

口の周りの髭は綺麗に剃っているのに、あご髭だけが長く伸びていて、それがいっそう山羊を思わせる。

奇妙な髭だが、冷静で豪胆ではあるようだ。馬から落ちた後もすぐに体勢を整え、自分より大柄なヴィダールと対峙しながら、部下たちに檄を飛ばしている。

「奇襲だ！　数ではこちらが勝っている。動じるな！」

この男は、まずいかもしれない。相手の手ごわさを悟り、部下を引かせるべきか迷った。

すると、ヴァンの隣で罠の縄を次々に切っていたイーヴァルディが、にわかに慌て始めた。

「あ、あれは。レイヤ様！　あれを討ってはなりませぬ。皆の者、攻撃をやめるのだ」

咄嗟のことで、イーヴァルディはどうしたらいいのかわからないようだった。

ずんぐりした手足をばたつかせて叫び、切り通しから落ちそうになってオーズとヴァンに支えられていた。

「あれって、山羊のことか？」

礼夜が尋ねると、イーヴァルディは「そうです。いえ、あれは山羊ではありません」と、焦って言い募った。

どうにも要領を得ない。だが、山羊を殺してはいけないようだ。

礼夜は切り通しのギリギリに立つと、「ヴィダール！」と叫んだ。

「イーヴァルディが！　そいつを殺すなって言ってる！」

今にも山羊に襲いかかろうとしていたヴィダールは、それを聞いてぴたりと止まった。

そして、同時に山羊も止まった。イーヴァルディという名に、明らかに反応していた。

「その山羊って奴、イーヴァルディの知り合いらしい。そうだよな」

大声で叫ぶ。その声を聞いて、山羊の後方で混戦していた互いの兵たちが動きを緩めた。

イーヴァルディは礼夜の言葉に何度もうなずき、今度は山羊に向かって声を張り上げた。

「ヘイズルーン！　わしだ。イーヴァルディだ！　そのほうの軍勢と戦っているのは、ガンド殿の手勢だ！」

山羊の反応は早かった。

「全員やめ！　仲間だ！」

よく通る声に、山羊の仲間もガンドたちの部下も、一斉に動きを止めた。

山羊の本当の名は、ヘイズルーンというそうだ。

彼はイーヴァルディの息子に仕える、騎士隊の騎士隊長だった。もともとは領地にいる領軍の兵士だったが、指揮能力の高さをイーヴァルディの息子に買われて騎士隊長となり、イーヴァルディが隠居して息子が領主となった後は、宮廷に出仕する主人について王都で暮らした。

「そなたが生きておったとは」

イーヴァルディが驚いたのも無理はない。彼は政変の折、イーヴァルディの息子と共に粛清されたはずだったのだ。

「ヤルン様をお助けできず、我々だけがおめおめと生き永らえて申し訳ありません」

ヤルンというのは、イーヴァルディの息子のことだそうだ。

切り通しで再会を果たしたヘイズルーンとその部下は、主君の父を前に一同、平伏した。

「いや、いや、いいのだ。おめおめと、と言うのはわしのほうだ。よくぞ生き延びてくれた。最後に見た時より、ずいぶんやつれたな」

イーヴァルディがヘイズルーンの手を取って立たせ、そう言うと、ヘイズルーンは山羊によく似た細面をくしゃりと歪ませ、涙をこぼした。

「野盗に身を落とし、生きてまいりました」

絞り出すように言うと、部下たちも泣き咽ぶ。ガンド隊も、自分たちが過ごした苦汁の日々を思い出したのか、もらい泣きしていた。

ヘイズルーンによれば、政変が起こった当初、彼は王都の領軍を指揮してクーデターを阻止しようとしていたらしい。

イーヴァルディの息子、ヤルンが政変と同時にカールヴィたちに捕らえられたからだ。挙兵して主君を救おうとしたのだが、ヤルンの側近たちに止められた。わずかな手勢では、とても勝ち目がないというのだ。

側近たちの指示により、ヘイズルーンは部下を率いて領地へ戻った。隠居しているイーヴァルディを連れて王都に戻り、カールヴィと交渉してヤルンを解放させようというのが、側近たちの考えだった。

しかし、領地に戻る途中で、ヘイズルーンはヤルン処刑の報せを聞いた。

王族も処刑され、ただ一人残ったフレイ王子は王都の外れに幽閉された。イーヴァルディはそのフレイの養育係となり、王子と同様に幽閉されてしまった。

イーヴァルディの家は取り潰しとなり、領地は王領、カールヴィたちのものとなった。

主を失ったヘイズルーンは仕方なく、領地の城からわずかな武具を持ち出して、部下と共にあてどない流浪の旅へ出た。

王都にいても領地にいても、その身が危うい。粛清されたヤルンの家来だとわかれば、ヘイズルーンたちも処刑されるからだ。

それから十年余り、彼らがどのように生きてきたのかは、定かではない。

もしかしたら、「灰色の山犬団」になる前も、野盗のような真似をしていたかもしれない。

そうだとしても、誰も彼らを責めることはできない。

今は乱世なのだ。平和だった世をカールヴィ親子が引っ掻き回し、乱した。

「ともかく、感動の再会と相成ったわけだ。味方だとわかったんなら、こんなところで立ち話もなんだ。とりあえず屋敷に戻ろうぜ」

暗い山道で、男たちがグズグズといつまでも泣き咽ぶのを見かねて、礼夜が声を上げた。

ヘイズルーンが驚いたように礼夜を見る。戸惑いを隠しきれない様子で、こちらの姿をまじまじと眺めた。

「あの、このお方は……」

イーヴァルディとガンドが、互いに目を見合わせて口をつぐんだ。何と説明したものか、迷っているのだろう。礼夜が先に前に出た。

「おぬし、余の顔を見忘れたか……って、面識はないんだったか？　俺はアルヴの正統なる王子にして最後の王族、フレイ様だ」

自信満々に身分を詐称する。イーヴァルディとガンドが、諦めたようにうなずいた。ヘイズルーンは目を瞠り、改めて礼夜を見る。

「この方が……。しかし、私の記憶違いでしょうか。おぐしの色がだいぶ違うような？」

「これは染めてんの。ほら、つむじの辺りが伸びて、プリンになってんだろ。元はこの色。

子供の頃は黒髪だったけど、大人になってちょっと色が薄くなったわけ」

「プリ？　……はあ」

ヘイズルーンは戸惑ったような顔をしている。思っていた王子と違う、といった反応だ。

彼の部下たちもおおむね、似たような顔をしていた。あれが王子か？　と、互いに顔を見合わせたりしている。

「王子らしくないか？　イーヴァルディやその辺の側近たちの教育のおかげで、ここまで擦れちまったんだわ。苦労したおかげで、年より老けて見えるってよく言われる」

ぐるりとそばにいる側近たちを見回すと、ヴィダールが不本意そうに眉を引き上げ、ジェドは軽く肩をすくめていた。イーヴァルディはぐう、と呻いて、恨めしそうにこちらを睨む。

「お前らの希望の星なのに、下品に育っちまって悪かったな」

礼夜が言うと、ヘイズルーンの後ろにいる部下たちはますます困惑した表情を浮かべたが、ヘイズルーンだけは一人、「いえ」とかぶりを振って居住まいを正した。

「先ほどの一瞬のご采配（さいはい）、お見事でした。私が気づいたことに、フレイ様も気づいておられたのでしょう。少数ながら、各々の技量を考慮した配置も素晴らしい」

「兵の配置はヴィダール、俺の護衛騎士の采配だな。ともかく、込み入った話は屋敷に戻ってからにしないか」

礼夜が言うと、ヘイズルーンとその部下たちはハッと何かを思い出した顔になった。

「その……今、城屋敷は……」

留守番役のネズミたちがどうなったのか、当然、彼らは知りたいだろう。礼夜は簡潔に説明した。

「お前たちを街道におびき寄せてる間に、屋敷を襲撃した。下働きの連中を除いて野盗たちはほぼ全滅だ。一人、二人、情報を引き出すために生かしておいてるが。悪く思うなよ」

「では、ネズミ……頭領は」

「ネズミは死んだ」

恐る恐る、というヘイズルーンの問いかけに、礼夜はまたも端的に答える。部下たちの表情に喜色が浮かんだが、ヘイズルーンからは表情が抜け落ちた。

一人だけ絶望した様子が不可解だったが、ともかくも戦闘は終わった。

礼夜たちはヘイズルーンと共に屋敷に引き返した。

ネズミは、ヘイズルーンの妻子を人質に取り、ヘイズルーンとその部下たちを手足のように使っていたらしい。

そのことを、礼夜たちは屋敷に戻ってから聞かされた。

政変の後、ヘイズルーンとその部下たちは一時、傭兵団として、ここからそう遠くない領主のもとで働いていた。

粛清を免れた領主たちは自前の軍を持つことを許されず、自分たちの領地の治安維持にも苦労していた。

そこで、ヘイズルーンたちのような、いわば浪人となった元軍人たちが傭兵となり、雇われ自警団となっていたのである。

ヘイズルーンとその部下は優秀で、領地の治安向上に貢献していたようである。

しかしそれがかえって、ならず者たちの恨みを買い、目を付けられることになった。

ヘイズルーンの妻と娘が、野盗に誘拐されてしまったのである。誘拐犯はヘイズルーンに、自警団を辞して、自分たちの家来となるように要求してきた。

「従うしかありませんでした。その時、まだ娘は生きていたのです。泣き叫ぶ娘を前にして、私は相手の……ネズミの下に付くことを誓わされました」

ネズミはそうして、誘拐された娘が無事であることを示し、ヘイズルーンがじゅうぶんな働きを見せている間は、妻子を生かしておくと約束した。

ヘイズルーンは野盗となり、ネズミが満足するような働きをするしかなかった。

部下たちも不承不承に従った。部下たちはヘイズルーンを慕っていたし、ヘイズルーンがどれほど妻子を大切にしているか知っていたからだ。

ネズミの意のままに、当時の「山犬団」の頭領を殺害し、周辺の集落を襲っては金品や食料を集めた。

その間にも、密かに妻子の行方(ゆくえ)を捜したが、ネズミは二人をどこへやったのか、手がかりは摑めなかった。

屋敷に戻った後、ヘイズルーンからその話を聞いた礼夜たちはまず、牢屋に入れた野盗の残党を詰問した。

しかし、彼らは人質の居場所はおろか、その存在すら知らなかった。ネズミは誰にも秘密を明かしていなかったのである。

そこで今度は、生かしておいた下働きの者たちを全員、一人ずつ聴取した。詳しい話は知らされずとも、野盗たちと共に生活する中で、何か気づいたことがあるかもしれない。

一番、古株の下働きの男が、ネズミに命じられて二つの遺体を土に埋めたと打ち明けた。ちょうど、ヘイズルーンが仲間に加わる少し前のことだった。

ネズミから、このことを決して口外するなと言われ、野盗たちの報復がいかに残酷であるか知っていた男は、決して誰にも打ち明けることはなく、この秘密を守っていた。

礼夜たちはすぐさま、死体を埋めたという場所に案内させ、掘り返した。

男の言ったとおり、土の下からは二つの遺体が発見された。すでに骨になっていたが、衣服は朽ちていなかった。

ヘイズルーンの妻子だった。二人はすでに、ネズミに殺害されていたのだ。

「心のどこかで、二人はもう生きていないのではと思っていました。でも、諦めきれなかった。妻子のためだと言い訳をして、ネズミに言われるまま多くの人を殺めた。これは天罰かもしれません」

土を掘り返し、泥だらけになった顔で、ヘイズルーンは言った。彼の部下たちも悄然としていた。

「天罰なんかねえよ」

礼夜は素っ気なくつぶやく。ヘイズルーンが光のない目で、不思議そうにこちらを見た。

「お前がそう思うのは勝手だがな。お前もお前の部下たちも、大事なもののために戦ったんだろう。誇りを捨てて手を汚したのは、私利私欲のためじゃない。誰かを守るためだ。そこは否定するな。お前についてきてくれた、部下たちの気持ちも否定することになる」

ヘイズルーンはその言葉に、我に返った様子で顔を上げた。

周りにいる部下たちを、呆けた顔で見回す。そこで何か込み上げるものがあったのか、うっと嗚咽を上げて顔を歪ませた。

「悪かった。お前たちにも、申し訳ないことをした……」

ヘイズルーンの一番近くにいた若い男が、激しくかぶりを振った。けれど言葉は見つからなかったようで、上官と共に涙を流した。

嗚咽が周囲に広がり、男たちはしばらく無言のまま、さめざめと泣いていた。

礼夜はしばらくそれらを黙って見守った後、頃合いを計って立ち上がった。

「とにかく、ネズミは死んで『山犬団』はなくなった。お前たちはもう、誰かの言いなりになる必要はない。だが、今はとにかく、飯を食って休もう。何をするにも休息が必要だ」

湿っぽい空気に優しい顔をして割って入ると、泣いていた男たちがふと顔を上げる。

こちらを見つめてうなずく彼らの瞳に、恭順の色が宿っているのを見て、礼夜は満足した。

埋まっていた遺骨を丁寧に拾い上げ、屋敷に戻った。

倉庫にあった食料で腹を満たす。屋敷の部屋をそれぞれに割り振って、今日のところは休むことにした。

下働きの者たちがいるので、礼夜の身の回りの世話をしようとするオーズやヴァンにも、休むように言った。彼らもずっと、働き詰めだったのだ。

「ひとまず野盗を討伐し、屋敷を奪うこともできましたが。しかし、これからどうしたものですかな」

それぞれの部屋に別れる途中、イーヴァルディが声を潜めて礼夜に言った。

部屋は、三階建ての一階部分はヘイズルーンたち、二階をガンドたちに割り振り、礼夜と側近たちは三階部分だ。定住するならもう少し、部屋割りを考える必要があるが、細かいことはまた後だ。

礼夜も、今はとにかく休みたい。

作戦はひとまず成功した。これまで住まいすら持たず、あてどもない生活をしていたのが、城屋敷とじゅうぶんな備蓄を得ることができた。

皆、ホッとしていることだろう。先ほど、一階にある大広間でみんなで食事をした時も、礼夜の側近たちをはじめ、ガンド隊にも安堵の色が広がっているのが見て取れた。

もう、雨を気にしたり、寒さに震えながら眠らなくて済む。足を豆だらけにしながら歩き続けなくてもいい。残量を気にしながら、ちびちびとカビたパンを齧る生活は終わった。

イーヴァルディとて、今は何も考えずに身体を休めたいはずだ。それでも次の行動を考えようとする。小さく老いた身体で、しかしその精神は強靱だった。

「これからか。まず、二、三日はゆっくり休んで何もしない」

「それは私も賛成です。ですが」

「そう焦るなよ。俺たちにもだが、あのヘイズルーンたちにも休息は必要だ。立ち止まって考えるための時間がな。俺はできれば、彼らを仲間に引き入れたい」

奇襲作戦の折、ほんの一瞬だったが、彼らの能力を見た。あの咄嗟の判断力と機動力、あのまま戦いを続けていたら、こちらは全滅していただろう。

これからどうするにせよ、彼らは重要な戦力になる。

「けど、あいつらが辿ってきた道を考えると、主人を替えてまた戦えるかは、微妙なところだ。嫌々戦わせても思うような戦果は出ないし、お前だって、あのネズミと同じことはしたくないだろう?」

「それは……むろんです」

イーヴァルディは先ほどの慟哭を思い出したのか、太い眉を下げて悲しそうな顔をした。

この老人は精神が強靱で、頭も切れる。大切なもののために、ある程度の冷徹な判断も下すことができる。けれど、根っこのところは善良だ。人がよすぎる。

それを言うなら、ガンドもヘイズルーンも同様だった。それぞれに目を瞠るほど秀でた能力があるが、正義感が強く、どこか一本気で融通が利かない。

何より情に脆い。身内に甘すぎる。先ほども旧知の仲間だからと、すぐにお互いを信じて戦闘を中断した。

お互いが善良だったからこそ、今こうして無事でいられるのだということを、どれだけの人間が自覚しているのか。

ヴィダールは礼夜を危ういと形容したが、礼夜から言わせれば、これほど呑気な連中が、政変を越えてよく十年以上も生き延びることができたと驚嘆せざるを得ない。

強運だったのだろう。しかし、これからも運が続くとは限らない。舵取りが必要だった。

「まずは休もう。今後のことを考えるのは、それからだ。じいさんだって、健康を過信すると身体を壊すぞ。なんてったって若くないんだからな」

礼夜が軽口を叩くと、イーヴァルディはムッとするのではなく、ぽかんと呆けた顔になった。それから、じわりと目に涙を溜める。

こちらが驚いていると、「相すみませぬ」と、そっと目元を拭った。

「フレイ様にもよく、健康を過信するなと、小言を言われたのです」

同じことを言う礼夜の中に、死んだ主君を見たのだろう。やっぱり、このじいさんは甘いよなあ、と、礼夜は内心で嘆息した。

「ほら、疲れてるんだよ。主君の言うことはちゃんと聞け。あったかくして寝ろ」

礼夜が追い立てると、イーヴァルディはまた、めそっとしながら何度かうなずき、オーズたちのいる部屋に入っていった。

イーヴァルディが去り、廊下にはヴィダールと礼夜が残った。

ヴィダールが無言で、割り振られた部屋の扉を開ける。

礼夜とヴィダールは同じ部屋だ。礼夜はたまには一人で眠りたかったのだが、部屋割りを決める際、周りもヴィダールも、はなから二人一緒だと決めてかかっていた。

一人で寝たいんだけど、と意見してみたが、ヴィダールから、「護衛は必要です」と、即座に返されてしまった。

「本当に、この部屋でいいのか」

扉に手をかけたまま、ヴィダールが言った。

「何で？　一番いい部屋だろ」

礼夜は返して、中に入る。ネズミがいた部屋だ。頭領に相応しい豪華な部屋で、礼夜が選んだ。ネズミの遺体は運び出され、血に濡れた敷物も取り払われていた。

今は、別の敷物が敷かれてある。どこからか奪ってきたものだろう。ペルシャ絨毯にも似た、複雑で重厚な柄の厚手の敷物だった。

赤々と燃える暖炉の火を目にした一瞬、あのネズミの生臭い息と、饐（す）えた体臭を嗅いだ気がした。

しかし、もう一度ゆっくり深呼吸すると、それは気のせいだとわかる。

ヴィダールか、あるいはこういうことによく気のつくヴァンが、部屋の換気をして調度を替えさせたのだろう。

ネズミが使っていたテーブルもどこかへ片付けられていて、寝台はないが毛布が数枚、暖炉から少し離れた場所に延べられていた。

「お前を凌辱した男の部屋だ。おまけに死体が転がっていた。気分が悪いだろう」

ヴィダールが気遣うように言う。礼夜はちょっと笑った。

フレイなら、きっとこの部屋で寝ることをためらうだろう。ネズミを思い出して青ざめ、それでも気丈に振る舞って大丈夫だと言う。

だが自分は、フレイではない。部屋の中が血なまぐさいままだったとしても、構わず寝られる。

「俺はお前の王子様じゃねえよ。凌辱ったって、ちょっと触られただけだ。それより早く寝ようぜ。疲れた」

相手の気遣いを振り払うように、礼夜は言った。

今夜は暖かい部屋で、何にも警戒することなくゆっくり眠れるのだ。そう思ったら、どっと疲れが押し寄せてきた。

ごろりと毛布の上に横になる。ヴィダールもそれに倣ったが、広い部屋だというのにぴったりと礼夜の背中に寄り添ってくるので、「おいおい」と、思わず背後を振り返った。

「ここは山のてっぺんでも廃屋でもないんだぞ。何だってそんなにくっつくんだ」

暖炉の火は赤々と燃えていて、熱いくらいなのだ。

しかしヴィダールは、何を咎められているのかわからない、というように怪訝そうな顔をしてみせた。

「くっついて寝たほうが、お互い落ち着くからだ」

「お互い？　俺は落ち着かない」

「最初だけだ。戦いの後は、人肌があったほうが気持ちが休まる」

さあ寝ろ、と、ヴィダールは子供でもあやすみたいに礼夜の肩をポンポンと叩いた。

仕方なく礼夜が寝ころぶと、その背中を抱き寄せる。

「おい」

身じろぎしようとしたら、がっちりと抱え込まれて身動きが取れなくなった。礼夜は嘆息した。

それでもヴィダールの言うとおり、大きな腕に包まれて温もりを感じていると、ほっと身体が弛緩する。

「お前は、人を殺したことはあるか」

すぐに眠れそうだと思ったその時、背後から不意に質問されて、身体が強張った。

それを聞いてどうしようというのだろう。

「答えたくないならいい」

礼夜の警戒に気づいたのか、ヴィダールはすぐさま言って「寝ろ」と、礼夜の腕をさすった。

しばらく沈黙が続いた。相手の呼吸は浅いままだ。ヴィダールは眠っていない。礼夜はゆっくり口を開いた。

「直接、手に掛けたことはない。後遺症が残るくらい、ボコボコに殴ったことはあるけどな。相手を罠にはめて、人に殺させたり自分で死ぬように仕掛けたことなら、何度もある」

それでも礼夜のいた社会なら、殺人罪だ。人殺しだと言われたし、恐れられ軽蔑された。

この世界とは価値観が違う。ヴィダールは「そうか」とだけ、つぶやいた。

「俺は、数えきれないくらい人を殺めた。何人殺したのか、覚えていない。だが、最初に人を殺した時のことはよく覚えている」

今度は礼夜が「そうか」と、答えた。何となく、そうしたほうがいい気がして、自分の胸の辺りに回った相手の手の甲をさすった。

くすりと笑う声がして、強く抱き締められる。それから、眠りにつく前のように、深呼吸するのが聞こえた。

「初陣は八つの時だ。大人の男たちに交じって戦場に立ち、剣を振るった。戦闘中の光景は、よく覚えてない。ただ怖かったことしか」

当然だ。大人だって戦場ではすくみ上がるだろう。八つで初陣なんて、壮絶すぎる。

「どういう流れでか、敵の男の一人に目を付けられて襲われた。逃げ回って、最後の最後にたまたま、俺の剣が男の喉を貫いた。勝った、やってやった、という胸のすく快感と、相手の肉を抉る感覚、それに男の恨みのこもった目が忘れられない」

何とも言えない気持ちだったと、ヴィダールは漏らした。

初陣はヴィダールのいた軍が勝利して終わり、敵を倒したヴィダールは、仲間の男たちからよくやったと褒められ、労われた。

「さすが大将の息子だと称えられ、得意な気持ちだった。もう、戦も怖くないと思った」

しかし、その夜は目が冴(さ)えて眠れなかった。目をつぶると戦場の光景が、臭いさえ蘇(よみがえ)る。

「母が気づいて、自分の寝床に招いてくれた。俺を抱き締めて、怖いと思うのは恥ずかしいことじゃない、大の男だって戦は怖いのだと言い聞かせた」

「優しいお袋さんだったんだな」

礼夜は素直な気持ちで言った。ヴィダールはやや笑いを含んだ声で「いや」と、否定する。

「厳しい人だった。甘やかされたのは、記憶にある限りその夜が最初で最後だ。あとは、笑っているところさえ見たことがない」

「親父(おやじ)さんは？」

傭兵団を束ねる団長だったと聞いた。すぐさま、「彼も厳しかった」と返ってきた。

「俺にとって父は、親というより上司だった。物心ついた頃から、戦い方を嫌というほど叩き込まれた。たぶんそれも、戦場で生き残れるようにという親心だったんだろうが。子供の頃はわからなかったし、ひたすら父が怖かった。放浪暮らしも嫌で、農民の子供に憧れていたな」

それでも、ヴィダールの親は親だった。生きるすべを教え、震える子供を抱き締めて慰める愛情を持っていた。

「いい親御さんだと思うよ。少なくとも、俺んとこよりはうんとマシだな」

「お前の親は、お前を可愛がってはくれなかったのか」

ヴィダールの吐息が、耳元にかかる。性的な愛撫ではなく、慰められているように感じられた。

「父親は誰だかわからない。母親は……綺麗な女だった。見てくれだけは」

母親の顔なんて思い出したくもないのに、なぜか鮮明に覚えている。特に、礼夜が子供の頃の、抜群の美貌とプロポーションを保持していた頃の母を。

たったの一度か二度、気まぐれに微笑みかけてくれた母、大好きだよと言ってくれたその声の調子を、何度も反芻してしまう。

「あの女に育てられた覚えはない。ゴミ溜めみたいな部屋で、女と、女が気まぐれに連れてくる男に怯えて育った。子供の頃は大人から殴られたり、汚く罵られたりした記憶しかないね。たまに優しいことを言ってくる奴もいたが、そいつらは一人も漏らさず幼い俺の身体が目当てだった」

自分の身体の上を通り過ぎた、男たちの顔がまぶたに浮かぶ。知らずのうちに身体に力が入っていたらしい。

背後から強く抱擁されて、そのことに気がついた。

「もういい。嫌なことを思い出させて、悪かった」

心から後悔している口調だったので、大丈夫だと鼻先で笑ってみせた。

「別に。なんてことはない。こういう話、お前の周りでもあっただろ」

よくある話だ。礼夜だって、知り合いの男から女から、この手の生い立ちは何度も聞いた。

「ああ、そうだな。珍しくはない。俺の生い立ちも、お前の親の話も。だが、よくある話だからといって、本人がつらくないわけじゃない。俺は苦しかったし悲しかった。初めて人を殺した時、それから家族や仲間を一度に失った時も」

優しい声音が心地よく、そんなふうに感じる自分が気持ち悪い。

もうやめてくれ、と思うのに、背中を抱き締める腕が温かくて振り払えない。

「どうして急に、そんな話をするんだ？」

相手の手を振り払う代わりに、礼夜は尋ねた。

「さあ、どうしてだろうな。お前のことをもっと深く知りたいと思ったし、お前にも俺自身のことを知ってほしかった」

礼夜は「はっ」と、嘲笑を漏らした。

「最初とえらく態度が違うじゃないか。主人が死んだら、よく似た俺に鞍替え（くらがえ）か？　現金な奴だな。そんなにフレイとヤリたいなら……っ」

憎まれ口を叩いている途中で、乱暴にあごを摑まれ、首を捻られた。その上に、ヴィダールがかぶさるようにして強引に唇を重ねてくる。

唇を塞がれ、礼夜は苦しさにジタバタともがいた。しばらくして、ヴィダールは澄ました顔で礼夜を解放した。

「何しやがる。ふざけんなよ」

口が自由になった途端、礼夜は喚いた。

「俺はお前を抱かない」

ヴィダールは、礼夜を床に組み敷く形で見下ろし、真顔で言った。

「ああ、そうかよ」

また抱かない宣言か。礼夜は白けた気持ちで相手を睨みつけたが、ヴィダールの目はこちらを見据えたまま動かなかった。

「お前は、俺がお前にフレイ様を重ねていると言う。俺はそんなふうにフレイ様を見たことはない。お前に対する感情と、フレイ様に対する感情は根本から違う」

それで？　というふうに、礼夜は肩をすくめた。

そんなこと、はなからわかっている。ヴィダールがどれほどフレイを大切に思っていたか。

唯一無二の存在で、フレイを失った時には誰か……誰でもいいからその場にいた都合のいい人間に当たり散らさなければ、自分を保てなかった。

フレイによく似た礼夜が、中身に汚泥の詰まった泥袋だとわかっていても、縋らずにはいられなかった。

皮肉っぽくそんなことを考えていたら、ヴィダールがそれを見透かすように言った。

「俺がフレイ様とお前を比べたり、重ねたりしていると、お前は思っている。だが、いちいちフレイ様を気にしているのはお前自身だ、レイヤ」

「……喧嘩を売りたいのか？　俺は眠りたいんだがな」

はぐらかしたが、ヴィダールは乗ってくれなかった。どこか痛ましそうにこちらを見るのが、癇に障る。

ヴィダールは礼夜の隣に再び横になり、また背中を抱き締めた。

「放せよ。そんな気分じゃない」

もがいたが、どうせヴィダールは礼夜の気持ちなど考えてくれないのだ。

「お前は俺の気持ちを知らない。俺もまた、お前について知っているのはほんのわずかだ。理解し合う前に、身体だけ重ねたくない。快楽のためだけにお前を抱きたくない。こう言えば、少しは俺の気持ちを理解してもらえるか」

「っつーか、そろそろ寝かしてくれないかな」

礼夜は相手におもねるつもりはなかった。突っぱねると、ヴィダールのため息が聞こえた。そうか、と、低い声が小さくつぶやく。相手もさすがに呆れたのか、礼夜の態度にうんざりしたのか、それきり何も言わなくなった。

礼夜は突っぱねた相手に背中を抱かれたまま、しばらく居心地の悪い思いで横になってい

た。

今さら何だよ、と思う。ヴィダールに対しても苛立つし、心の底でヴィダールの言葉を喜んでいる自分にも腹が立つ。

交錯する思いに、このまま朝まで眠れないような気がしたが、疲労と、ひと仕事終えた後の安堵感がそれらを押し流してくれた。

いつしか礼夜は、逞しい男の腕の中で深い眠りについていた。


ヴィダールはしかし、礼夜が素っ気なくしたくらいで、めげることはなかった。

「今夜は政変の時の話をしよう。傭兵団の仲間すべてを失った戦の話だ」

翌日の夜、彼は礼夜と向かい合わせになって床につき、自分語りを始めた。

「普通に眠りたいんだがな」

礼夜はうんざりした声で言ったのに、相手は何ら気にする様子はない。

「眠かったら、寝てくれていい」

「だから、隣でブツブツブツブツつぶやかれたら、寝るに寝れねえんだよ」

「できるだけ耳に心地よく、お前が眠りやすいように話そう」

何が何でも話を続けるつもりらしい。礼夜がため息をついて横になると、ヴィダールは母親が幼子にするように礼夜の身体をさすったり、あやすように叩きながら、話を始めた。

政変で仲間を失った経緯については、礼夜も以前聞いて知っていたが、ヴィダールがその時どう感じ何を思っていたのかは、もちろん知る由もなかった。

「傭兵団が壊滅し、仲間のほとんどが死んだと聞いた。両親も、親しかった仲間たちも、その家族もみんな死んだ。自分だけが生き残った時、これからどうやって生きていけばいいのかわからなかった」

生まれた時から定まった家を持たず、仲間と共に、仲間のために生きてきた。

国も宗教も関係なく、傭兵団だけがヴィダールの居場所だったのだ。

「両親はアルヴ人だったが、自分がアルヴ人だと思ったことはない。団の仲間たちは、だいたいそうだ。戦場で生まれて戦場で死ぬ。根無し草だった」

その居場所を突然、奪われた。死ぬことを許されず、アルヴに帰属させられることになり、さらに幽閉された王子の護衛騎士にさせられた。

すべて、ヴィダールの預かり知らないところで決められてしまった。当然、本人は不満だった。

クーデターも、誰が王であるかも、どうでもいい話だ。戦場に戻りたかった。死ぬならそこがいい。

「王族だか貴族だかの屋敷に閉じ込められて過ごすなんて、考えるだけで窒息しそうだ。自分にそんな処遇を与えたイーヴァルディ様を恨んだし、自分の新しい主人だというフレイ様にも、良い感情は持てなかった」

ヴィダールが、ぽつりぽつりと語る。最初に言いきったとおり、低くて耳に心地よい声音だった。

礼夜ははじめ、彼の話を無視し、目をつぶって眠ったふりをしていた。付き合ってやる義理はない。

その日の昼も、「山犬団」を乗っ取った後の雑務で忙しかったし、まだ連日の疲れも残っている。

ヴィダールの声にうとうとしかけるのだが、どうにも話の続きが気になって、素直に眠れずにいるのだった。

「フレイ様もまだ小さな子供で、仏頂面の俺に怯えていた。それでも、幼いなりに自分の置かれた状況をうっすらと理解していたのだろう。周りの者たちに気に入られようと、必死の様子だった。嫌われたら生きていけないと思ったのかもしれないな。自分の食べ物やおやつを俺や使用人たちに捧げようとしたり、それでいて怯えていたり。卑屈な態度が苛立たしくて、それでもいじらしくて、不憫でならなかった」

どんなに幼くても、人は生きていくために知恵を絞る。礼夜は束の間、フレイの幼少期と自分のそれとを重ねた。

「目の前の子供も自分と同じ、すべてを失ったのだと気づいたら、自分の境遇に不貞腐れているのが馬鹿らしくなった。そして、俺が歩み寄ると、フレイ様は素直に嬉しそうにする。

自分に子供がいたら、こんなふうなのかと考えた。実際、俺の年でフレイ様と同じくらいの子供がいる仲間もいたしな」

傭兵団は性に関する風紀は緩やかで、ごく早いうちに夫婦になって、子供をもうける少年少女もいたそうだ。明日の生死もわからない傭兵たちにとっては、それが普通なのだろう。

「お前には、子供を作るような相手はいなかったのかよ」

いないはずがない、という語調で礼夜は口を挟んだ。ヴィダールはそれに一瞬、驚いたように瞬きをした。だがすぐ、わずかに目を細めて微笑むような表情を見せた。

「決まった相手はいなかった。相手が女でも男でも、人肌に不自由したことはないが、一人に決めるのが面倒だったんでな」

「クズの発言だな」

自分のことは棚に上げて、礼夜は断じた。ヴィダールはそれさえおかしそうに、「そうか？」と、笑いを含んで言う。

「自分のことをまっとうな人間だとは思わないが、人は誰しも完璧ではない。聖人に見えても、中身はわからないものだ。フレイ様も例外ではない」

男の口からフレイの名前が出て、礼夜は胸の中にもやもやとした思いが湧き出るのを感じた。表情に出したつもりはなかったが、ヴィダールは気づいたらしい。

甘い微笑みを浮かべ、礼夜に手を伸ばした。優しく髪を撫でる。

「お前が常から指摘するとおり、フレイ様は俺にとって特別な方だ。息子のように、弟のように思っていた。仲間が死んで一人だけ生き残った後、俺に新しく生きる意味を与えてくれた。この方を、この子を守り育て、幸せにすることが自分の人生だと思った」

ヴィダールの甘やかな声の中には、まだ生々しい悲しみがある。

俺が死んだら、と礼夜は思った。自分が死んだらヴィダールは、フレイの百分の一くらいは、悲しんでくれるだろうか。

便利な駒が死んだことを残念がるのではなく、仲間の死として受け止めてくれるだろうか。

「お前は時折、そういう目をするな。レイヤ」

ヴィダールが髪を撫でながら、優しく甘く、少しだけ心配そうに礼夜を見る。

「そういうって、どんな目」

口を開くのが億劫で、ぶっきらぼうに返した。眠さもあるが、身体がすっかり弛緩していて、再び力を入れるのに努力がいる。

「あどけない目だ。こちらの言葉がわかっているようでわかっていないような、子供のような目をする。何か別のことを考えているんだろう」

いたずらっぽく覗き込んでくるから、軽く眉をひそめた。

「そうだな。お前の話が長いなって思ってるな」

こちらの嫌味を、ヴィダールは怒ったりはしなかった。それも想定内、というように「悪かったな」と、笑う。

「何の話だったか。フレイ様のことだったな」

話が長いと文句を言ったのに、いっこうに眠る気配はない。礼夜は諦めて、黙って話を聞くことにした。そうしないと、ヴィダールが解放してくれないことがわかったからだ。

「お前は、お前のほうこそフレイ様を神聖視している。確かにフレイ様は古い王族の血を引くだけあって、不思議な力を持っておられた。ウルズの泉で奇跡を起こしたのもそうだ。だが、それ以外は普通の少年だったよ」

けれどその、普通の少年をヴィダールは愛したのだ。礼夜が当初考えていたような、性欲を含んだ愛ではないのかもしれない。

でも、愛しているのは確かだ。誰よりも深く、ヴィダールはフレイを愛した。

家族愛でも兄弟愛でも友愛でも、名前はどうでもいい。その思いの深さが礼夜の心をざわめかせる。

自分でもわかっているから、懸命にはぐらかそうとした。ヴィダールと出会って生まれた気持ちを自覚していないふりをしたし、その感情や感覚を遠ざける努力をしていた。痛みを遠くに置いて感じなくする時のように。

なのにヴィダールは夜毎、遠ざけていた感情を無理やり礼夜の目の前に突きつける。

「俺は、俺たちは、フレイ様を神のように崇めていたわけではなかった。本当の家族のように愛していたんだ。だが、長くつらい逃亡生活の中で、フレイ様を心の拠り所とするあまり、あの方にもご負担をかけてしまった」

ヴィダールは少し目を伏せ、悲しい顔をする。

「屋敷に幽閉されていた時のあの方は、もっと明るくて、年相応の自意識を持ち、我儘だった。旅に出てからだ。フレイ様を逃がすために、多くの兵が死んだ。それからあの方は、体調の悪さも足の痛みも押し隠し、穏やかに微笑むようになってしまった」

目の前で死んだ兵だけではない。イーヴァルディやヴィダールたち側近も、ガンドとその部下たちも、彼らすべてが己の人生をフレイに懸けていた。

その事実を目の当たりにした時、フレイはたぶん、恐ろしかったのではないだろうか。十六、七の少年が一人で抱えるには、あまりに大きな荷物だった。

「フレイ様があの泉で死なず、お前と共に旅を続けていたら。時々そう考える。お前がそばで励まし、いつものはすっぱな口調で叱りつけ罵倒したら、フレイ様も救われただろう。もとのいたずら好きの少年に戻ったかもしれない」

「フレイが生きてたら、お前たちは俺を邪魔に思ったままだったよ。フレイが死んだから、お前たちは俺に縋ったんだ」

礼夜はただ事実を指摘したつもりだったが、ヴィダールはそこで、大きく目を見開いた。そうしてすぐ、自分の重大な過ちに気づいたかのように、顔を歪ませる。

「すまない。身勝手なことを言った。そうだな。最初に出会った時、俺はお前を警戒していた。フレイ様とあまりに似すぎていて、それでいて……」

「胡散臭かった？」

ヴィダールの歪んだ表情が、少し寂しげに変わった。

「ああ。お前の存在を訝った。実際、泉の底から人間が出てくるなんておかしいだろう」

「そりゃあ、まあ」

「顔かたちはフレイ様にそっくりで、それでいて妙に艶めかしかった。目を逸らそうとして逸らせない。お前が恐ろしかった。今も少し、恐ろしい」

そう言った男の表情は、ちっとも恐ろしそうではなく、口調も淡々としていた。

「お前を見ていると、魂まで奪われてしまいそうで恐ろしい。お前に言われたら、何もかも捧げてしまうかもしれない。いつか命さえ落とすような、そんな予感がする」

礼夜は軽く目を瞠った。同じことを、自分もヴィダールに感じたことがあったからだ。

こちらの反応を、ヴィダールはどう受け取ったのかわからない。安心させるように優しく微笑み、また礼夜の髪や頬を撫でた。

「俺もそう簡単には、お前に操られたりしないさ。お互いにどう思っているのか、どれほど相手を意識しているのか、相手を窺いながら駆け引きをするのも楽しい。身体を繋げるのは、駆け引きを堪能してからでじゅうぶんだ」

「まるで俺を抱くのが決定事項、みたいに言うんだな」

礼夜があえて軽蔑するような眼差しを送ると、男は愉快そうに笑った。

「俺はお前を、じゅうぶん楽しませてやれると思うぞ。ただ乱暴に突っ込む男たちとは違う」

「下手くそな男はだいたい、みんなそう言うよな」

「言うじゃないか」

ヴィダールは甘く睨んで、礼夜の身体をくすぐった。礼夜は「うぜえ」「ガキかよ」と、悪態をついたけれど、我慢しきれず笑ってしまった。

笑う礼夜の身体をさらにくすぐりながらまさぐって、しまいにはキスをする。性的な欲望を喚起させる、唇を嬲（なぶ）るようなキスだった。

礼夜は自分の下半身に血が集まるのを感じた。身体の奥が疼（うず）く。たぶん、ヴィダールも同じはずだ。

「これでもヤらねえの？」

唇が離れた時、礼夜は請うように相手を見た。ヴィダールは目を細め、無言のまままた唇を塞ぐ。しかしすぐに顔を離して、「抱かない」と、言いきった。

「ああそうかよ」

結局、礼夜を抱く気なんかないのだ。不貞腐れて、礼夜はごろりと寝返りを打ち、ヴィダールに背を向けた。

くすりと笑いが聞こえ、「レイヤ」という甘い囁きが追いかけてくる。馴染みのある温もりが礼夜の背中を抱き締めた。

「レイヤ。怒らないでくれ。お前は知らないかもしれないが、お前を抱くというのは、ここに俺の一物を受け入れるということだ」

礼夜の尻のあわいに、硬い物が押し付けられる。体温が上がり、息が浅くなった。

「知ってるよ」

かろうじて、不貞腐れた声を出す。ヴィダールが「そうか？」と、とぼけた声を上げた。

「あまりに反応が初心(うぶ)だから、経験がないのかと思った」

「喧嘩を売るつもりか？　今なら買うぞ」

男は声を立てて笑い、礼夜を抱き締める腕に力を込めた。

「それならわかっていると思うが、性交にはそれなりに体力を使う。おまけに俺のは普通の男の物より大きいし」

「一物自慢か」

「事実だ。ついでに、精も強いらしい。一人では相手を抱き潰してしまうので、戦の後はよく二、三人同時に相手をしてもらっていた」

今度は性豪自慢だ。礼夜は呆れたが、ヴィダールの言うとおり事実なのだろう。

「そんなわけだから、お前を抱く時は慎重にしなくてはならない。限られた時間で、手早く適当に、というわけにはいかないんだ」

「わかった、わかった。理解した。もうご自慢はじゅうぶんだ」

「我々の放浪に区切りがついたら、お前を抱く。その時、国を奪還しているかどうか、わからない。失敗し、逃亡先で落ち着いた頃かもしれない」

真面目な声が囁いて、礼夜はハッとした。身を捩って背後を振り返る。ヴィダールの灰色の瞳が静かにこちらを見ていた。

「この先、お前がどこに行っても、何をしても、俺はついていく。国を奪還するためでも、世直しをするためでもない。ただ生きたい。できれば、お前と共に」

不意を突かれ、礼夜は言葉を失った。ただ相手を見つめていると、ヴィダールは正面から礼夜を抱き締めた。

「お前が俺に、生き続ける希望を与えてくれた。――ありがとう、レイヤ」

ありがとう。その短いフレーズに、全身が震えた。嗚咽が漏れそうになり、身を硬くする。

ヴィダールの言葉が、礼夜の心を覆う硬い殻を剝がしていく。柔らかい部分を剝き出しにしてしまう。

やめてくれ、と心のなかで悲鳴を上げた。

(怖いんだ)

喜びと恐怖に、身体が震えた。ヴィダールはそんな礼夜を黙って抱き締める。

男の胸に縋りつきながらしばらく、嗚咽と震えを堪えていた。それは時間と共に収まっていき、いつしか礼夜は深く安らかな眠りについていた。


城屋敷を「山犬団」から奪って、五日が経った。

礼夜たちの旅の疲れもだいぶ癒え、ネズミの死で自由になったヘイズルーンたちも、いくらか気力が戻ったように見える。

その間、皆ぼんやりしていたわけではなかった。下働きの者たちも含めて全員で手分けして、食料備蓄の棚卸しをしたり、壊れた屋敷の屋根や馬屋の柵などを修繕した。

屋敷の周りの土塁や、山中の曲輪などは、おいおい補強していく必要があるだろう。

そうした屋敷外郭の調査も行った。途中、エインが山中に隠されていた財宝を発見した。

険しい斜面を下りきった木の根元に、宝箱が埋めてあったのだ。ちょっと見た限りではわからないよう、埋めた場所は落ち葉などで覆われていた。

木の幹に目印となる切り傷がなければ、エインも気づかなかったと言っていた。

宝箱の中には、金貨銀貨、宝石や貴金属がぎっしり詰まっていた。

屋敷の宝物庫の中身がやけに少ないと思ったのは、一部の財宝をここに隠していたからだった。

「ネズミの仕業でしょう。あいつはそういう、用心深いところがありましたから」

ヘイズルーンが侮蔑と憎悪のこもった声で言った。

かつての「山犬団」では、奪ってきたものの半分は頭領のもので、残りの半分を下のもので分配するシステムだったらしい。

働きによって分け前が与えられたのだが、ヘイズルーンが来てからはもっぱら、ネズミがヘイズルーンをあごで使い、持ち帰った食料も財宝もネズミが大半を奪っていた。

見張りをする仲間たちにもほんのわずかばかり、分け前を与えていたけれど、ヘイズルーンとその部下は下働きの者と同様、粗末な食べ物を恵んでもらうだけだ。

そうして得た財宝を、誰にも盗られてはならぬと、ネズミが山中に隠したのではないかとヘイズルーンは言うのだった。

出所はどうでも、資金が増えたのはありがたい。礼夜は宝箱の中身を屋敷の宝物庫に運ばせ、さらにイーヴァルディに、棚卸しした食料の記録と、財宝の目録を作るように命じた。

「現状の把握ってのが、何事においても重要だ。最初は把握していても、時間が経つと不明瞭になる」

イーヴァルディはさすが元領主だけあって、礼夜の意図をすぐに理解してくれた。

「記録は大切ですからな。もし私に人選をお任せいただけるのでしたら、文官を三人ばかり任命しましょう。二人に記録を任せ、もう一人を監査役にするのです。確か、ガンド殿の部下に、優秀な監査役がおりました」

「側近が優能だと助かるぜ」

礼夜がにやりと笑うと、イーヴァルディは顔をくしゃくしゃにして笑った。

そうして五日間、休息と言いながらも、みんながそれなりに忙しく過ごした。五日目の夜、礼夜は三階の自分の部屋に、主要な人物を集めた。

六人の側近とガンド、それにヘイズルーンである。

「せっかく手に入れた山城だ。俺はここを拠点にしたい」

礼夜は暖炉の火を背に、テーブルを囲む男たちを見回した。

この広間も、五日の間に掃除と模様替えを済ませ、長テーブルが持ち込まれた。幹部たちが会議を開くのに、じゅうぶんすぎる空間である。

文官を任命して作らせた書類もここに保管し、礼夜はここを自分たちの集団の中枢にするつもりだった。

寝床はこの部屋と間続きになっている、隣の宝物庫に移した。

そこにはネズミが使っていた、天蓋付きの寝台があったので、寝具を替えて使うことになった。できれば寝台も取り替えたかったが、物資が限られた中で贅沢は言えない。

「当面の食料もあるし、土地もあるから畑を作ってもいいかもな。もしもの籠城にも、多少は役に立つ。下働きの連中は、みんなここに残ることになったんだよな？」

ヘイズルーンを見ると、彼は弾かれたように目を瞬き、山羊に似た面差しを縦に振った。

「はい。もとは『山犬団』に攫われてきた者たちですが、解放されても戻る場所はないようです。できればこのまま、ここで働きたいと」

女たちの多くは野盗に凌辱され、家に戻っても肩身の狭い思いをするだけだ。男たちもまた、野盗の仲間ではないかと白い目で見られる。家族から拒絶され、最悪の場合は村ぐるみで私刑に遭うことも考えられた。

それならいっそ、囚われたままでいいと言うのだ。ヘイズルーンが礼夜たちを味方と認めたことも、大きいだろう。

ヘイズルーンとその部下は、「山犬団」の連中と違って紳士的だったので、下働きの者たちからも慕われていた。

「それならしばらく、労働力には困らないな。そのうち彼らも組に分けて、これを監督する係を作ろう。ある程度の人数になったら、系統だった組織作りをしたほうが効率的だ」

礼夜は一同を見回す。側近たちは黙ってうなずいたが、ガンドの中には、賛同と同時に戸惑いの色があった。

「それは良いお考えだと思いますが。レイヤ様は今後、ここに留まってどうなさるおつもりで？」

ガンドが気がかりそうに声を上げた。彼の悲願は、カールヴィ政権を打倒することだ。ガンド自身の個人的な気持ちを聞いたことはないが、彼も部下も、その目的で動いている。首都から離れたこの地で、礼夜たちがこれから何をするつもりなのか、一番気を揉んでいるのは彼だろう。

「それは、お前ら次第だな。ガンド。お前はどうしたい？」

礼夜が質問で返すと、ガンドは困惑した表情になり、周りを見回した。

「それはむろん、カールヴィ親子を討ち、王家を再興することが悲願ですが……」

声が尻すぼみになったのは、後半の願いが、絶対に叶わないとわかっているからだろう。

フレイ亡き今、真の意味での再興は叶わない。

「つまり、カールヴィ親子に復讐したい、ってことだよな」

礼夜が言い直すと、ガンドは「左様です」と、うなずいた。

「自分たちに、できると思うか?」

えっ、とガンドは声を上げた。「それは……」と、言い淀む。

「即答できないってことは、成し遂げる自信がないってことだ。安心したよ。お前はちゃんと、現実が見えてる」

礼夜がニカッと笑いかけると、ガンドは困惑顔で「はあ」とうなずいた。

「これからどうするかは、お前たちにかかってる。で、ヘイズルーン。お前はどうしたい。この城の主に成り代わりたいって話なら、また一戦、俺たちと交えないといけなくなるが」

微笑みながら睨んでみせると、ヘイズルーンは滅相もない、という態度でかぶりを振った。

それから居住まいを正し、礼夜を正面から見据える。

「この五日、部下たちとも話し合いました。フレイ様。どうか我々も、フレイ様の配下に加えていただけませんか」

礼夜はにっこりうなずいた。ヘイズルーンたちが礼夜の傘下に入ると決めたことは、すでにジェドとオーズから聞いている。

ジェドはもとより諜報(ちょうほう)に長けているし、あどけなさの残る少年オーズは、大人たちの間に入っても警戒されにくい。

この五日、二人にはそれとなく、ガンドとヘイズルーン、それぞれの部下たちを含めた動向を窺うように命じていた。

同じ派閥であっても、人はそれぞれ考えることが違う。それらを把握しなければ、全体をコントロールすることはできないからだ。

ガンドもヘイズルーンも、彼らの反応はおおむね、礼夜の予想どおりだった。

「ヘイズルーンが仲間になってくれるなら、心強い。とはいえ、今聞いていたとおり、こっちはこっちで、王位奪還だの政権打倒だのと、物騒なことを言ってる最中だ。この城で毎日、ぬくぬくゴロゴロしてはいられないぜ。場合によっては、『山犬団』の奴隷をやってたほうが楽だと思う日が来るかもしれない」

ヘイズルーンはすぐさま、「もとより」と答えた。間を置かずに即決できるところが、彼の強みだ。

「我々も一度は誇りを失い、奴隷に落ちた身の上です。主君の大願を叶えるために命を落とすならば本望。泥水も啜る覚悟でおります。部下一人一人にも、意向を尋ねました。去る者は引き留めない所存でしたが、全員がフレイ様にお仕えしたいと申しております」

「ありがたい言葉だ。イーヴァルディ、ガンド、異論はないよな」

イーヴァルディはヘイズルーンと部下の覚悟を聞いて、目を潤ませてうなずく。ガンドもうなずいたが、やはり集団の行く末が気になるようだった。

「そういうわけでヘイズルーンも、今後は俺たちの仲間だ。よろしく頼む。頼もしい仲間が加わって百人力だが、それでも、国家権力を相手にするにはまだまだ力が足りない。お前らもそれはわかってるよな?」

一同がうなずく。礼夜はテンポよくまくし立てた。

「人、武器、馬、戦うには何もかも足りない。それらを調達、維持するのに金が必要だ。食料もいる。さて、どうやって集める？　農家を一軒ずつ回って寄付を募るか？　自分たちで畑を耕し、少ない実りを売って日銭を稼ぐか。チマチマそんなことやってたら、大願成就の前に寿命が尽きるわな」

言葉を切って、彼らを見回す。不安や期待の混じった眼差しが、礼夜を見返した。

「もっと手っ取り早い方法がある。お前たちもよく知る方法だ。ヘイズルーンはそういう意味じゃ、俺たちの先輩だ。おいおい、ヘイズルーン。そんな顔すんなよ。さっき、泥水啜って言ったばかりじゃないか。……そうだよ、ガンド君。もうわかったよな。略奪、鹵獲。すでにあるところから、ちょうだいするんだ」

「そ、それは」

ガンドは困惑し、ヘイズルーンも真意を探るように礼夜を見る。

側近たちは半ば、こうなることを予想していたようだった。イーヴァルディは苦い顔をしながらも黙っていたし、ジェドは面白そうに眉を引き上げていた。

ヴァンとオーズは少し不安そうだったが、エインは期待に満ちた光をその目にたたえていた。

ヴィダールだけが、静かに礼夜を見守っている。

この先、どこまでもお前についていくと、彼は言った。その言葉をすべて、丸ごと信じて気を許すことは、まだできない。

誰かにすっかり心を預けるのは、礼夜にとって死ぬより恐ろしいことだった。

それでもあの夜、ヴィダールの誓いを聞き、「ありがとう」という言葉に涙を流してから、心を覆っていた硬い外皮が一枚、剝がれたような気がする。

いつかこの信頼が、身を滅ぼすことになるかもしれない。けれども、再び心に鎧を纏う気にはなれなかった。

自分は確かにヴィダールと出会って、変化している。

ヴィダールだけではない。この世界に来てから、自分を主君と仰ぐ側近たち、どこかで不安に思いながらも心の拠り所に思うガンド、ヘイズルーン、そしてその部下ら……礼夜を信じたい、信じようとする彼らの眼差しが、屈折した礼夜の心を徐々に変化させている。

善人になるつもりなど毛頭ないが、彼らに情が湧いているのも確かだった。

それに、と礼夜は思う。

フレイに仲間たちを託された。彼がいなければ自分は元の世界で死んでいた。つまり、一度は死んだ身なのだ。

それならもう、誰かに裏切られ殺されることを、今さら恐れることはないのではないか。

捨て鉢とは違う、命を張る覚悟を決めて、仲間に背中を預けてみるのもいいかもしれない。

こんな覚悟は、以前の、元の世界にいた自分だったら絶対にしなかった。

自分は確かに変わった。以前の自分に戻れないなら、今のまま先に進むしかない。

「俺は、ただの野盗で終わるつもりはねえよ。真の目的は、アルヴ王国の王になること。それからカールヴィたちを倒すことだ。そのための手段として、盗賊になる。ネズミと違って、ヘイズルーンだけを働かせることもない。汚れ仕事はみんなでやる」

ヘイズルーンを見ると、小さくうなずいた。イーヴァルディは覚悟を決めたようだが、ガンドは迷っている目をしていた。礼夜はその不安そうな男の眼差しを見据えた。

「野盗などできないと言うなら、抜ければいい。強制はしない。だが、考えろ。おとぎ話の英雄みたいに、綺麗ごとだけで、国の政権を奪取することができるのか。お前たちはアルヴ王家の最後の王子を、輝かしく一点の曇りもない、聖職者みたいな存在にしておきたいのかもしれないが、優しく正しい者が乱世を生き抜けるのか？　飢えて理性を失った民を導けるものなのか」

怯んで揺れたガンドの目を、礼夜はさらに見つめる。それから頃合いを見て視線を外し、全員と目を合わせた。

「残るなら、ここで腹を決めてくれ。俺と一緒に手を汚し、泥水を啜る覚悟を。その代わり俺は、必ずアルヴの王になる。約束する」

視界の端で、ガンドがぐっと息を詰めるのが見えた。彼はわずかな間、最後の決断をするように下を向いていたが、すぐに顔を上げた。

「私も腹を括りました。どうかこれからも、あなた様と共に戦うことをお許しください」

礼夜は鷹揚に承諾の意を示し、次にヘイズルーンを見る。

「私も同じく」

その返事を聞いて、最後にイーヴァルディへ視線を移した。彼も真っすぐに礼夜を見据えた。

「私は生涯、アルヴ王家と、そしてあなたの家臣です。主君が悪路を選ぼうと、家臣はついていくのみ。しかし、主が愚行を犯した際には、家臣として命を賭しても諫める覚悟でございます」

礼夜は思わず目を細めた。アルヴ王家と、そしてあなたの、と彼は言った。

イーヴァルディはフレイの身代わりとしてではなく、礼夜自身を主君と認めたのである。その上で、どこまでも共に行き、間違っていると思えば命を張ってでも止めると言いきった。

ヴィダールとイーヴァルディは、誰よりフレイを大切に思っていた。そんな二人が今、礼夜自身を見て、礼夜が選んだ道についていくと言ってくれる。

内から熱いものが込み上げるのを、礼夜は律した。

「お前の忠義に報いるよう、俺も努めよう」

老侍従は小さくうなずいた。彼が潤んだ目を誤魔化すようにしょぼしょぼさせたのを見て、思わず破顔する。

重苦しい雰囲気は苦手だ。礼夜は顔を上げていつもの調子に戻った。

「それじゃあ、新生『山犬団』の発足だ。『灰色』とか『山犬』は俺らに似合わねえな。新しい名前を付けようぜ。『月華（げっか）の山猫団（やまねこだん）』はどうだ。カッコいいだろう」

その場の思いつきではない。実は前々から考えていたのだ。

我ながら最高にクールな名前だと思ったのだが、家臣たちはそこで、全員が微妙な顔になった。


それから一年ほどして、山城があるアルヴの東南地方で、とある義賊の集団が名を轟かせるようになった。

その名を「月華の山猫団」という。

山城周辺を荒らしていた「灰色の山犬団」がぱたりとなりを潜めた直後から、この「山猫団」を名乗る集団が、山城周辺の商家や地主の家を襲撃していった。

同じ盗賊だが、「山犬団」が誰かれ構わず襲っていたのに対し、「山猫団」は金持ちばかりを狙う。

襲撃の際に、いたずらに人を殺めることも、家の女性たちが辱められることもなかった。

しかも、その直後には決まって、襲われた家の周りの貧しい者たちに、金品が投げ込まれる。

銀貨や銅貨の時もあれば、干し肉や麦の袋が家の前に置かれることもあった。いずれにせよ、その日食べるものにも困っている家々にとっては、嬉しい出来事だったに違いない。

カールヴィの圧政のおかげで、今は国中が疲弊し、民は貧しくなっている。

そんな中、金持ちだけを襲い、貧しい者たちに施しをする「山猫団」は、次第にその名を広めていった。

とはいえ礼夜も、慈善事業のつもりで盗賊稼業を始めたわけではない。

第一の目的は、「山猫団」を維持拡大するための資金調達だ。貧乏人から奪うより、金持ちからぶん盗ったほうが効率がいい。

ただ、盗人稼業を続けるだけでは、家臣たちの士気も下がる。被害者たちの恨みが大きくなり、いずれ討伐の対象となるだろう。

そこで、得た成果からほんのわずかばかりを喜捨することにした。

義賊になれば、人々に感謝され、圧政に苦しむ者たちの味方、という体裁を取れる。これは後々の展開でも、有利に働くはずである。

礼夜が「月華の山猫団」という名前にしたのも、かっこいいから、というのもあるが、よくよく意味を考えてのことだった。家臣たちからの反応はよくなかったが。

「なるほど。私めにもようやく『月華の山猫団』という名の真意が、わかってきたように思えます」

イーヴァルディはテーブルの上に広げられた旗を眺めながら言い、最後にぼそっと付け加えた。

「最初は、軽薄ではしゃいだ名前だと思っておりましたが」

他の二人の幹部、それに側近たちも、興味深そうに旗を眺めている。

「そろそろ、俺たちにもこいつが必要な頃だと思ってな」

礼夜もまた、旗の布地を見て、その予想以上の出来栄えに満足していた。

この山城を手中に収めてから、一年が経った。目まぐるしい一年だった。

昼間は屋敷とその周りの防備を改良改築し、夜は盗賊となって資金を調達する。

合間に、近隣の村も手中に収めた。暴力で従わせるのではなく、庇護（ひご）と金品をちらつかせて懐柔したのである。

物資の調達は、ただ金持ちから金目の物を奪うだけでは足りない。

今後も永続的に山城を維持するのに、食料や家畜を調達しやすい周辺の集落を押さえておく必要があった。

今までも、「山犬団」に情報を流して小遣いを得ていた村人たちがいただろう。今度は村ぐるみでの協力を仰いだのだ。

この山に盗賊の根城があることは、見て見ぬふりをする。その盗賊がたびたび村に買い付けに来ることにも目をつぶる。そうすれば村は襲わないこと、周辺のならず者から襲撃を受けた時に助けてやると、約束した。

すんなり言うことを聞いてくれた集落もあったが、協力的な村ばかりではなかった。村の権力者の中には、礼夜たちに協力するふりをして、その土地の代官に密告しようとした者もあった。

そういう者たちを闇に葬り、生き残った人々に褒美と恐怖とを交互に与え、村々を傘下に収めていった。

近隣の金持ちを襲った後は、徐々に輪を広め、少し遠くまで足を延ばすようになった。「山猫団」が活動の範囲を広げるにつれ、その一帯は他の野盗が減り、目に見えて治安が向上した。

貧しい家や旅人を襲う野盗たちを、「山猫団」が遠征の過程で討伐していったからである。礼夜は実行犯役の部下たちに、他の野盗やならず者に襲われている人を見つけたら、助けられる範囲で救出するよう、指示を出していた。

実際は、それほど多くの野盗を倒したわけではなかった。「山猫団」が盗みを働いた数に比べれば、微々たるものである。

しかし、「山猫団」に命を助けられ、妻や娘を凌辱から救われた人々は、「山猫団」に感謝する。そして自分が体験した出来事を、出会う人に繰り返し何度でも話す。

こうして「月華の山猫団」はこの一年の間に、弱者を助け貧しい者に施しをする、義賊としてその名を馳せるようになった。

際どい仕事もあったが、危険に見合う成果はじゅうぶんに得られた。

「この地方のお代官様も、今じゃ俺たちの協力者だ。ここまでトントン拍子だったよな。けど、これからは違う。俺たちは目立ちすぎた。そろそろ周辺の領主様たちも、俺たちを無視できなくなってきたんじゃないかな」

村や集落の長を協力者に置くのと同様に、山城があるこの地方の代官も今や「山猫団」と通じている。

ここは王領で、王の代行を務める代官は役人である。任期が終われば王都へ帰る。歴任の誰もが、自分の任期中は大きな問題もなく過ごしたいと思っているし、賄賂などで懐が潤えば言うことはない。

その点、「山猫団」は治安維持にも一役買っているし、目こぼしをした分、分け前をもらえる。強奪に遭った金持ちの被害者たちをなだめることができれば、何も問題はない。

彼ら役人を引き込むのは、比較的簡単だった。

しかし、相手が領主となれば、また話は別だ。代官や村の人々のように、上手く事は運ぶまい。

少し前までは、地方の一角で義賊を名乗る盗人が、幅を利かせているに過ぎなかった。

けれど「山猫団」は、瞬く間に近隣の村を傘下に置き、代官までも引き込んでしまった。さらに活動の輪を徐々に広げており、近くの諸侯たちもそろそろ看過できない状況になってきた。

「実際に、諸侯たちにも動きがあるようですな」

イーヴァルディが礼夜の言葉を受けて、向かいに座るガンドへ水を向ける。ガンドが「左様」とうなずいてこちらを見たので、礼夜は首肯して発言を許した。

「部下たちからの報告によれば、周辺の諸侯たちが、それぞれの間諜（かんちょう）を王領内に派遣した様子。中には代官と通じている者もあるようです。つまり、今の代官は、我々『山猫団』と諸侯との二重間諜というわけですな」

「山猫団」も組織だってきて、それぞれの役割が確立されつつある。

ガンドとその部下たちは、情報収集と工作が主な仕事だ。際どい仕事……誘拐や暗殺といった裏の仕事には、ジェドとエイン、それにヴィダールが加わることもある。

ヘイズルーン部隊は、襲撃の実動隊だが、時と場合によってはガンド隊、礼夜と側近たちも参加した。

実戦に最も多く参加していたのは、ジェドとヴィダールだろう。ジェドは誰より隠密行動に長けていたし、ヴィダールは一騎当千の戦闘能力に加え、部隊を指揮する将としての能力にも秀でていた。

人手の不足を、あらゆる局面に対応できるこの二人が補っていたのである。

非戦闘員であるイーヴァルディは、ガンド隊から選抜した文官を教育し、全体の統制と管理に当たっている。

彼のおかげで、この山城に小さな官庁が築かれつつあった。

ヴァンは使用人たちを管理する、いわば執事の役割だ。きちんと部下たちをまとめなければという責任感からか、以前は身体ばかり大きくて気弱だった青年も、近頃は厳しさを見せるようになっている。

オーズはイーヴァルディの下で彼の仕事を覚えつつ、部署間の折衝(せっしょう)役として活躍していた。物柔らかで朗らかなオーズの態度は、相手の警戒心を解くのに役立つし、彼は交渉に長けていた。政治家向きだというのは、イーヴァルディの評だ。

「山猫団」はまだまだ人手も少なく、組織としても小さい。しかし、組織力ではそこらの領主にも負けてはいなかった。

「具体的には、王領を囲む三つの領地の諸侯たちです」

ガンドはテーブルに旗と並べて広げられた地図を示して続けた。

その場にいる皆が、旗から地図へと視線を移す。礼夜も地図を見た。

その地図によれば、この山城がある王領ミズガルズをぐるりと囲む土地は、三つの領に分かれていた。

「北のスヴァルトゥヴィドと西のヤルンエルヴ、そして南と東に横たわるアスガルズ」

「北と西は、同盟を結んでいて仲がいいんだよな？」

礼夜が確認のつもりで付け加えると、ガンドはできのいい生徒を褒めるように、にこりとした。

この一年、礼夜もイーヴァルディやガンドから、アルヴの歴史や情勢を学んできた。

北のスヴァルトゥヴィドと西のヤルンエルヴを治める二つの家は、もとを正せば同じ家、先祖を同じくする、いわば本家と分家の関係だった。

二家に別れて別々の領地になってからも、特に目立った争いもなくやってきた。先の政変の折には、いち早く協力関係を築いてカールヴィに抗戦したそうだ。

もっとも、カールヴィの圧倒的な戦力を目にして、どちらもすぐに降参したそうで、多くの財産を差し出し、領地も割譲したおかげで粛清を免れた。

礼夜たちが今いる王領ミズガルズは、以前は北のスヴァルトゥヴィドの一部だったそうだ。

「ミズガルズから北と西へ向かう方面は、地形が比較的緩やかだ。行き来に障害となる険しい山だの深い谷や大河なんかが存在しない」

ガンドに先を促され、礼夜は言葉を続けた。

「つまり、両方から攻め込まれたら、俺たちみたいなケチな盗賊団は、ひとたまりもないってわけだ。もっとも、王領にいきなり攻め込んでくることもあるまいが」

「王都……カールヴィから野盗討伐の許可を与えられれば、大手を振ってやってくるでしょう」

ガンドが慎重な口ぶりで言い、これにイーヴァルディが言葉を挟んだ。

「カールヴィの王権もいまだ不安定だ。あの用心深く猜疑心(さいぎしん)の強い男が、王領への派兵を許すとも思えんが」

「『山猫団』が今以上の脅威となれば、許すでしょう。王領が人手不足なのもまた、事実ですから。息子のニーノは父親よりは慎重でない。カールヴィも年を取って、重要な局面でニーノが採決を下すことも多くなってきたと聞きます」

ガンドは、そしてイーヴァルディも、ここから遠く離れた王都の情勢に詳しい。彼らが王都を離れてだいぶ経つというのに、である。

言うまでもなく、彼らは自分たち独自の情報網を王都にも巡らせている。王都に協力者がいるのだ。

「三人の諸侯が『山猫団』に注目してるのは確かだ。俺たちが今以上に目立ったら、彼らも黙っちゃいないだろうな」

これには全員がうなずいた。それまで黙っていたヘイズルーンが、地図を見つめながら口を開く。

「南東のアスガルズも油断なりません。あちらは兵の数こそ少ないが、鉄の国です。装備は潤沢で、彼らに攻め入られれば勝ち目がない」

ヘイズルーンの言うとおり、アスガルズは大きな鉄鉱山を有し、領主の家門はこの鉱山で諸侯としての地位を築き、政変の折にはカールヴィ側に付いて武器を供与した。

農地は乏しいが、鉄鋼で領地は潤っている。

「アスガルズの城は、いずれ欲しいな」

礼夜はぽつりとつぶやいた。皆がハッとした表情でこちらを振り返る。

「あ、思いつきね。ただの思いつき。けど、アスガルズの居城は言ってみれば、俺たちがいるこの山城の上位互換だろ。地形が入り組んでいて、堅牢(けんろう)で、攻め入るのが難しい。おまけにここより広いだろうし。ここも手狭になってきたよな」

この一年で、兵士も下働きの数も増えた。みんなそろそろ、もう少し広い場所が欲しいと思っているはずだ。

そういう現状を踏まえ、礼夜は軽い口調で言ったのだが、皆の視線は真剣にこちらを見据えていた。

「いよいよ、他領へ打って出るのでしょうか」

そう問いかけたガンドの声と瞳は、期待に満ちていた。

山城を得て一年。王領ミズガルズでは盗り尽くした。贅沢をするために、略奪行為を繰り返したのではない。

皆が、その先にある真の目的へ進むことを願っている。そろそろではないか、と。

「そうだな。そろそろ次の段階に進む頃合いだ」

資金はじゅうぶんに得た。そのぶん、注目も浴びるようになった。

「ぼやぼやしてたら、周りの領主様たちが盗賊退治にやってくるだろう。受け身で防衛に回るのは悪手だ。じっとしてたら、いずれ周りから寄ってたかって叩かれる」

「その前に、こちらから攻撃に打って出る、と。いずれかの諸侯の領地へ、攻め込むおつもりで？」

ガンドの言葉に、「そ」と気安く返し、礼夜はテーブルの旗に視線を向けた。

「ただ攻め込むんじゃない。城を奪って、ここは俺たちのもんだと宣言する。強い者が力づくで奪うのが正義だって、カールヴィが証明したんだ。同じことを俺たちもしてやるのさ。奪った土地は俺たちのもの。そこにこの旗が閃く。月を描いたこの意匠がな」

トン、と旗の端を指で叩く。礼夜が近くの村の工房で作らせた旗は、鮮やかな赤地に、三日月と星の印が染め抜いてあった。

元の世界の人間が見れば、実在する国の国旗だとすぐわかるだろう。かつて、オスマン帝国でも使われた意匠だ。

この国旗を拝借したことに、思想的な意図はない。

月が象徴的なデザインなら、何でもよかったのだ。礼夜にはオリジナルのデザインを考案する能力がなかったので、丸パクリさせてもらった。どうせ、この世界で気づく人間などいないだろう。

「この旗を見た奴は、『もしかして』と思うんじゃないか。何がしか、意味を感じ取るはずだ。この月の旗印はもしかして……と」

アルヴ王国は、月の神マーニを信仰している。フレイたち旧王家はもともと、マーニを祀る宗教的な役割を担っていた。いわばマーニの巫覡、シャーマンだ。

そうした背景は、アルヴの国民ならば誰でも知っている。政変から十年以上が経ち、幼い子供たちはひょっとすると知らないかもしれないが、大人たちはまだ忘れていない。

カールヴィの圧政と治安の悪化に苦しむ人々は、平和だった旧王家の御代を懐かしんでいることだろう。

そんな時、「月華の山猫団」と、月を冠し、月の旗を背負った義賊が活躍する。悪政を敷いていた領主を倒して民を救う。

もしや……と、民衆は思う。もしや、かの義賊たちは、暴君カールヴィに滅ぼされたはずのアルヴ王家ゆかりの者たちではあるまいか。

物語としては、民衆がもっとも好む展開だ。

「民衆の期待に応えてやろう。俺たちは暴動を起こす反乱分子じゃない。領主の圧政から民を解放する、正義の味方だ。今の統治者が悪で、それを打倒する俺たちが正義。それを広く知らしめるために、この旗が役に立つ」

絶対的な自信と確信に満ちた声で、表情で、礼夜は仲間たちに言った。

本当は、自信も確信もありはしない。この一年、結果を見れば順調に進んできたと言えるが、もう駄目かもしれないと思うことが何度もあった。

「月華の山猫団」の行動はいつだって、死と隣り合わせだ。だが、だからこそ、礼夜はほんのわずかなためらいや不安も見せない。

これが最善だと、虚勢ではなく自ら確信して行動する。

もし、途中で命を散らすことがあっても、それでも自分は間違っていないのだと、自らの行動を肯定し続けることが、頭を張る者の務めだと思っている。究極のポジティブ・シンキングだ。

だから今、絶対の自信を込めて語る礼夜に、家臣たちも異を唱えたりしない。不安な顔をすることもない。

賢明な彼らは、礼夜を妄信しているわけではない。

礼夜がどんな状況でも自己肯定を続けるように、彼らもまた、礼夜の勝算と真意を理解した上で、主君の自信を肯定し続けるのだ。

元の世界では持ち得なかった仲間、連帯と信頼が、礼夜を支えている。

このまま、行けるところまで突き進むつもりだ。

その先には自分の死があるのかもしれないが、それならそれで構わなかった。フレイから託された仲間たちを導いて、派手に暴れて人生を終えるのなら、上等ではないか。

「では、フレイ様。いよいよアルヴの王として名乗りを上げられるので？」

ヘイズルーンの問いに、礼夜はうなずく。途中から仲間に加わったこの男は、礼夜が偽のフレイであることを、すでに気づいている。

恐らくは、イーヴァルディが真実を打ち明けたに違いない。いつ頃からか、礼夜の側近たちが「レイヤ様」と呼ぶのを聞いても、訝しげな顔をしなくなった。

しかし、ヘイズルーン自身は知っているともいないとも言わず、今も礼夜を「フレイ様」と呼んでいる。

「そうだ。まだ今のままの俺たちじゃ、王都に攻め込む力はないからな。まずは地方の領主からだ。こいつらをぶっ潰して、城に俺たちの旗を掲げる。そこが俺たちの場所、俺たちの王国だ」

言葉の意味を正確に理解して、家臣たちは一瞬、息を詰めた。やがて、イーヴァルディが低く笑いを漏らす。

「アルヴの正統なる王が、この地に真正アルヴ王国を建国するのですな」

領主たちを倒せば、礼夜たちは反乱分子、野蛮なテロリストだ。

王を名乗る大言壮語のテロリストのまま終わるか、名実共に君主となって歴史に名を刻むかは、その後の展開による。

「そうだ。それにはまず、周辺の諸侯たちを倒さなければならない。簡単なことじゃないが、今の俺たちにならできるはずだ。大衆に希望を、体制に畏怖を与えよう」

礼夜の言葉を受けて、家臣たちの表情に興奮が広がる。それを見た礼夜も、心が奮い立つのを感じる。

脳裏にはっきりと、勝利する自分たちの姿が見えた。

「お前の語り口は、相変わらず軽妙だな。人を惹きつける」

背後で低く、つぶやくように言うヴィダールの声に、束の間、うとうとしていた礼夜は眠りから引き戻された。

幹部会議を行ったその日の夜、会議に使われていた広間の暖炉の前で、沐浴をしているところだった。

この城には風呂場などないから、たらいに湯を張ってもらって、その中で身体を洗うだけだ。

それでも、毎日のように沐浴ができるのは礼夜だけだった。贅沢だと思いつつ、それでもここは譲れねえぞ、と、特権にあずかっている。

ヴィダールがその沐浴を手伝うのは、この一年で半ば習慣となっていた。

最初は気恥ずかしいし煩わしいと思ったが、ヴィダールが執拗に手伝おうとするので、根負けした。

男は毎夜、戦士とは思えない繊細な手つきで、礼夜の髪を梳き、肌を丁寧に拭う。

その手が心地よく、そしてもどかしい。

ヴィダールの指先は優しく礼夜の肌を辿るが、決してそれ以上のことはしないからだ。

「昼間に俺が、幹部会で講釈垂れたことか？」

ああ、と耳元で低く囁く唇は、戯れに礼夜の唇を奪うことはあるものの、大抵は優しく頬や額をかすめるだけだった。

夜、ヴィダールと二人きりでいると、身体の奥が疼く。肌が粟立つ。

彼にもっと触れられたいと思うし、男のいきり立ったもので最奥を抉られたい欲望に駆られる。

礼夜が言えば、ヴィダールは愛撫をしてくれる。巧みな手で礼夜の性器を射精に導き、終わった後も虚しさを感じないよう、抱き締めてくれる。時には二人で果てることもある。

そこまでしているのに、いまだヴィダールは礼夜を抱こうとしなかった。

いい加減、してくれてもいいんじゃねえの、と礼夜は思う。最初のうちは、声に出して言ったりもした。

それでもヴィダールは頑なに抱こうとしないので、最近では礼夜も、もう絶対に俺からは抱いてくれなんて言わないからな、と半ば意地になっていた。

日本にいた頃だったら、その辺の男で気を紛らわせていたところだが、ここで男遊びなどしたら全体の士気にかかわる。

おかげで、禁欲生活とまではいかないが、礼夜にしては大人しい、清らかな私生活を送っていた。

「このままだと、処女に戻っちまいそうだぜ」

ヴィダールの吐息に身体が疼き、そんな自分に低く呻いていると、つと背後から股間に手が回った。

「するか？」

礼夜はその手をぺしっと叩き、「やらねえよ」と不貞腐れた声を上げた。ヴィダールはくすっと笑い、「ご機嫌斜めだな」などと言う。

察しのいい男だ。礼夜の不満に気づいていないわけがない。こちらが何を求めているのかわかっていて、しれっと笑っている。

お互いを理解しないうちは抱かない、と彼は言っていた。もういい加減、理解を深めた頃じゃないかと思うが、手を出してこないところを見ると、ヴィダールの中ではまだ、互いの理解は深まっていないのだろう。

それともそれは口実で、礼夜みたいな薹の立った男を抱く気にならないのか。

いじけた気分でそんなことを考えていたら、ヴィダールが不意に礼夜の背中を抱き、肩にあごを乗せてきた。

「お前は魅力的だぞ、レイヤ」

いたずらっぽい声で言い、首筋に軽くキスをする。こちらの心を読んだような、絶妙のタイミングだったので、腹が立った。

「うるせえ」

「美しいし、この身体は俺の好みだ」

それならどうして、という言葉が喉まで出かかった。ヴィダールはそんな逡巡さえ見透かした様子で、「本当だ」と、付け加える。

「欲望を抑えてきたつもりもない。お前の身体をじゅうぶんに味わってきた。それはお前も知っているだろう?」

蠱惑的な声が、心に滑り込む。身体を捻ってじろりと相手を睨むと、ヴィダールは艶めいた微笑を浮かべ、礼夜の唇をついばんだ。

「お前を勢いや欲望のまま、抱きたくなかった。それは最初に言ったとおりだ。理解を深め、気持ちを重ねて、それから事に及びたかった。普通の、若い恋人同士がするみたいにな」

「そんなん、したことねえよ」

礼夜が不貞腐れて言うと、ヴィダールは「俺もだ」と、しれっと返す。それからまた、礼夜にキスをした。

「だからだ。初々しい十代の恋人みたいに愛し合って、お前を抱きたかった。あれから一年、ずっとお前のそばにいて、気持ちは確認し合ったつもりだ。じゅうぶんすぎるくらいな。それで、頃合いを見て抱こうと思っていた。一日や二日、お前が起き上がれなくなっても、支障が出ないくらいに状況が落ち着いたらと考えていたんだが、そういう日はやってこない。まだ当分は忙しいだろう」

それは確かに、ヴィダールの言うとおりだ。山城に拠点を持って「山猫団」を名乗ってから、目まぐるしく時間が過ぎた。

毎日が忙しかったし、今も忙しい。これからもっと大変になる。

ヴィダールが時期を見計らっていたと言うのは本当だろうし、その気持ちも嬉しい。でも何となく、上手く言いくるめられたような気がした。礼夜を抱かない理由が、他にある気がするのだ。

「それなら、国盗りが終わるまで、抱かない気かよ?」

疑問を掘り下げるべきか、言いくるめられたふりをするべきか迷って、とりあえずそんな質問をしてみる。

それから身体の向きを変え、ヴィダールを正面から見た。ヴィダールは答えに迷うように瞳を揺らす。礼夜は彼の唇に軽くキスをして、濡れそぼったシャツを脱がした。

ヴィダールは抵抗しなかった。立ち上がり、自らズボンを脱いで下穿きも取り去る。それを見ながら、礼夜もたらいから出た。

濡れた身体を逞しい男の裸体にすり寄せる。ヴィダールの一物は、ズボンを脱いだ時から緩く勃ち上がっていた。

礼夜が自分の性器を擦りつけると、男はたまらないというように大きく息を吐き、礼夜の唇にかぶりつくようなキスをした。

礼夜の尻を鷲掴み(わしづか)みにしたかと思うと、軽く腰を振って性器を刺激する。口づけは深く、やや乱暴だった。

「ん……」

キスが苦しくて離れようとすると、両手で頬を挟まれた。力づくで礼夜を拘束し、口腔を犯すように舐(ねぶ)る。

礼夜はこうして、ヴィダールに欲望のまま蹂躙されるのが好きだった。丁寧な愛撫もいいが、欲望を叩きつけられるほうが興奮する。

ヴィダールも、そうした礼夜の性癖を理解しているのだろう。優しく甘やかに愛撫を施す日もあるが、礼夜がうっ憤を感じている時は、その心を読んだように行為は乱暴になる。

だが今夜は、いつものそうした趣向とはまた、様子が違っていた。

長く蹂躙するようなキスの後、ヴィダールは頬を固定する手を下ろし、再び礼夜の尻を掴んだ。こねるように揉みしだき、指先で窄まりを撫でる。

「……っ」

長く放っておかれたそこは、軽く触れられただけでひくりと物欲しそうに動いた。礼夜は濡れた目で男を見上げ、もっと、とねだるように腰を揺らした。ヴィダールは目を細め、射るような鋭い眼差しで礼夜を見つめる。

「あ、あ……」

髪を撫でていた指が、つぷりと奥へもぐり込んだ。

太く節くれだった指が、会陰の裏を押し上げる。待ちに待った刺激に、礼夜は我を忘れて喘いだ。

「は……ぁ……」

「熱いな。それにきつくて、食いちぎられそうだ。こんなところに……俺のを挿れられるのか？」

ヴィダールも興奮している。二人の腹の間で、男の巨根がビクビクとうごめいていた。大量の先走りが溢れ、礼夜の腹や太もも、性器を濡らしている。

「あ、あ……もっと、奥……」

ねだると、ぐっと奥へ指を突き立てられた。たまらず、礼夜は精を噴き上げる。絶頂に震える身体をヴィダールは片腕で抱き締めた。しかし、後ろへの愛撫はやめない。

「あ、だめ……イッて……」

「ここに、挿れたい」

執拗に指を出し入れしながら、たまりかねたようにヴィダールは声を吐き出した。

「俺の物をぶち込んで、思うさま犯してやりたい。お前がもうやめてくれと言っても、一晩中……」

「挿れろよ。ずっと、待ってるのに」

礼夜は悲しげな表情を作って、相手を見た。薄く唇を開く。ヴィダールは吸い寄せられるように、陶然とした眼差しでその唇を見つめた。

そのまま顔を近づけ、口づけようとする。落ちたと思ったのに、男はすんでのところで我に返ったようだった。

「挿れない」

ぐっと唇を噛み、不貞腐れたような声で言う。誘惑した礼夜を一睨みすると、くるりと礼夜の身体を回転させ、背中を向かせた。

「てめえはなんだって、そんなに頑ななんだよ」

こちらもムッとして睨み返すと、後ろからあごを取られ、無言のままキスをされた。

大人しくされるがままになっていたら、手が伸びて両の乳首をつままれる。コリコリといじられて乳首が勃ち上がり、身体の奥が再び熱くなった。

「おい」

「お前はここが好きだよな」

笑いを含んだ声が耳を嬲り、弄られたそこから快感が湧き上がる。触れられていない性器が切なく震えた。

「誤魔化すなよ。俺を抱きたくないんなら、そう言――」

「抱きたい」

礼夜の足の間に、ヴィダールがずるりと自身の性器を割り込ませた。

腰を揺すり、礼夜の内ももで自身を扱く。礼夜は陰嚢を擦られ熱い塊が足の間で前後するのに、高揚を覚えて身震いした。

「ちょっと、待て……おい、くそったれ」

「お前を抱きたい。抱きたくてたまらない」

ヴィダールは腰を打ちつけながら、繰り返し囁く。その声は熱を帯びて真剣だった。

官能的な囁きに、肌が粟立つ。その間もヴィダールの指は、痛いくらい乱暴に礼夜の敏感な乳首をこね、会陰と陰嚢を性器でこすり上げていた。

「レイヤ」

掠れた声が耳朶をくすぐる。同時に、強く首筋を吸われた。ヴィダールは欲望のまま激しく腰を打ちつけ、やがて息を詰める。

礼夜の内ももの間で、ヴィダールの性器が震え、鈴口から大量の精液が吐き出されるのが見えた。

「……っ、う……」

ヴィダールは吐精の快楽に呻きながら、礼夜の首筋を吸う。乳首を捻り上げられて、礼夜は性器に直接刺激を受けないまま、二度目の射精を果たしていた。

「何なんだよ、まったく。お前はよ」

事が終わって、礼夜は文句を言った。自分の身体を拭うヴィダールの金髪を、ぺしっと叩く。男は軽く顔をしかめたものの、黙々と礼夜の身体を拭き清めた。

「身体で誤魔化しやがって」

肝心なことを、はぐらかされた。少なくとも礼夜はそう感じていた。愛撫で誤魔化すなんて卑怯だとも思う。

「誤魔化してない。お前を抱きたいと言っただろう。抱かない理由も答えた」

「忙しいからってだけじゃねえだろ。ああ?」

礼夜は片方の足を上げ、足の甲で裸のままの男の股間を弄った。陰嚢をぐりぐり刺激すると、ヴィダールはしばらく黙って耐えていたが、やがてひょいと礼夜を抱え上げた。

そのまま、隣の寝室へ向かい、寝台の上に礼夜を下ろす。また誤魔化すつもりかと睨み上げると、ヴィダールもむっつりとした顔でこちらを睨んでいた。

「俺がどれほどお前を愛しているか、お前はわかっていない」

突然、重い言葉が降ってきて、礼夜は面食らった。

愛してる。そんなセリフ、今まで一度だってヴィダールの口から聞いたことがない。

お前についていくとは言われた。この一年、信頼と忠誠の言葉は幾度となく耳にしたが、愛とか好きとか、甘ったるい告白をされたことはなかった。

「そこで驚くのか。やっぱりわかってないんだな」

怒ったように言うから、礼夜もムッとした。

「わかるわけねえだろ。愛してるなんて、今まで言われたことねえぞ」

「言わなくてもわかるだろう」

ヴィダールも、ムスッとした顔で返してくる。礼夜は乾いた笑い声を発した。

「ハッ。言わなくてもわかるだあ？　言葉にしなくても伝わってるだろうとか、自分に都合よく考えてんじゃねえぞ。大事なことなら、ちゃんと言葉にして言えよ。お前の愛ってのは、ずいぶん雑じゃねえか」

「その言葉、そっくりお前に返すぞ、レイヤ」

こちらの挑発に乗ることなく冷ややかに、ヴィダールは言った。その冷たい声音が、礼夜の心に突き刺さる。我知らず、心が怯んでしまう。

相手に嫌われたらどうしよう……などと考える弱さは、礼夜がもっとも忌み嫌うものなのに、いつの間にか恋愛脳になってしまった自分が腹立たしい。

「俺が何だって？　いや、もういいよ。くだらねえ」

自分の思考が制御できない方向に行っていることはわかったので、礼夜はとりあえず話を終わらせようとした。三十六計逃げるに如かず、ヤバいと思ったらすぐ逃げたほうがいい。

しかしヴィダールは、それで誤魔化されてはくれなかった。

背を向けて横になろうとした礼夜の肩を摑み、強引に自分のほうへと向ける。頰を両手で包み、退路を塞いでしまった。

「言葉にしないことが不満なら、何度でも言ってやるさ。レイヤ、お前を愛している」

「わかった、わかった」

軽くいなそうとしたが、ヴィダールはその唇にキスをして言葉を続けた。

「愛してる。お前は太陽だ」

「臭いセリフだ」

「愛してる。お前に恋焦がれている。お前は太陽だ。フレイ様のような、静かで慈悲深い月じゃない。人々の頭上を照らし、恵みを与え、時に焦がして命を奪う。美しく奔放な、太陽の神だ。主を亡くして絶望していた俺の魂を力づくで蘇らせ、忠誠と同時に強く焦がれるような恋情を植えつけた」

真っすぐに礼夜を見据えて言葉を続けるから、こちらはいたたまれなくなって目を逸らした。

「わかったよ。降参」

「これは勝ち負けじゃない。お前を愛してるんだ。たとえお前が俺を愛さなくても、俺はお前を愛し続けるだろう。そういう意味では、俺はとっくにお前に敗北してる。お前にすべてを、魂までも捧げている」

「どうしちまったんだ、今夜は」

「俺がお前を抱かない理由を勝手にでっちあげて、俺の愛を疑うからだ」

そう、もともとこの言い合いの発端はそれがきっかけだったのだ。

「言葉にしないのが不安なら、何度でも言うぞ。態度でも示してやる。お前は小さな子供みたいに不安症だからな」

「うるせえ」

「愛してる」

どんな悪態をついても、愛の言葉が返ってくる。礼夜は不貞腐れて、ヴィダールを睨んだ。男はそれに甘く微笑み、優しいキスをする。肉厚の唇は礼夜をあやすように、唇から頬へ、額やまぶたに愛撫を施していった。

「忙しい以外に、理由があるんじゃねえの？　俺を抱かない理由」

とうとう礼夜は、本当に聞きたかったことを口にした。ヴィダールもそれ以上、誤魔化すことはせず、礼夜の言葉を肯定するようにゆっくり瞬きした。

「お前を満たすのが、怖い」

よくわからなかった。眉根を寄せて訝しむ態度を示すと、ヴィダールは口を開きかけて言い淀んだ。

「言葉にするのが難しい。漠然と、お前を抱いて満たしてしまうことに不安を感じている」

「一度寝たら、俺が満足して浮気するかもって？」

ヴィダールは苦笑した。

「そのほうが、まだましだ。俺が最も恐怖することは、お前の浮気でも心変わりでもない。自分の死でもなければ、この『山猫団』が壊滅することでもない。俺の恐怖は、お前を失うことだ、レイヤ」

離れることを恐れるように、ヴィダールは手に力を込め、キスを繰り返した。

「お前を失いたくない。お前が死んだら俺も死ぬ」

「そう簡単に、死ぬつもりはねえけど」

ヴィダールの唇がわななくので、礼夜は思わず手を伸ばして男の頬を撫でた。

「わかっている。俺だってお前を死なせるつもりはないし、お前の悪運の強さを確信しているさ。我々の行動が常に危険を伴うことも、その困難さも理解している。それでもきっと、お前はやり遂げるだろう。お前は暴力と知略で茨の道を切り開く。乱世に相応しい男だよ」

誰より多くの戦場を駆け抜けてきたヴィダールは、礼夜がこの一年でしてきたこと、これからしようとしていることの困難さと危険の大きさを正しく理解している。

それでも礼夜は目的を果たすと、信じてもいた。

「なのに、不安なのか？」

ヴィダールの髪や頬を撫でていると、彼は小さく応え、礼夜の背に腕を回した。抱き締める腕は強く逞しい。礼夜の身体はヴィダールの腕の中にすっぽり収まったが、なぜだか縋りつかれているように感じられた。

「お前は母親にも愛されたことがないと、言っていたな。出会った頃のお前は、常に周りを警戒して、しばらく経っても誰も信じていなかった。お前が愛に餓えているのだと、やがて理解した。極限まで餓えて渇いて、何も感じなくなった。苦しみも痛みも、不安も恐怖も。だからお前は、誰より強いんだ」

そのとおりだった。誰にも見つからないよう隠していた秘密を暴かれた気がして、礼夜は密かに息を詰めた。

そんな礼夜に気づいたのだろう、ヴィダールは優しく礼夜の背中を撫でる。

「だがお前は、俺や仲間の信頼を受け入れた。出会った頃よりずっと、俺がお前を愛していることだって、言葉にしなくても本当は気づいていただろう?」

そうだと答えるのは癪で……というより、どうにも照れ臭くて、礼夜は低く唸り、ヴィダールの脇腹を叩いた。

ヴィダールはクスッとおかしそうに笑い、また礼夜を抱き締める。

「お前の渇いた心に愛情が加わっても、お前は弱くはならなかったよ。さらにしなやかに力強く、俺たちを導いてくれた」

お前は弱くならない。その言葉は、礼夜を心から安心させた。

「ん……」

甘酸っぱい感情に支配されて、礼夜は頭を相手の肩口にもたせかける。一年前、ヴィダールは信頼と愛情、それに忠誠を誓って、礼夜の凝った心を溶かした。

彼の言葉や態度が、礼夜の心をもっと柔らかくしていく。それは生まれて初めて覚える、心地よい感覚だったが、同時に自分が弱くなっていくような気もして不安だった。

でも今また、ヴィダールの言葉はその不安を打ち消してくれた。

「俺は死なねえよ。そりゃあ、絶対とは言えないけどな」

わかってる、という小さなつぶやきが聞こえた。

「お前の生命力は素晴らしい。だがそれでも、俺は不安なんだ。お前を抱いて、それでももお前の心が満たされてしまったら……お前は貪欲さを捨てて、誰かのために死んでしまいそうで……不安になる」

礼夜は、すぐには声が上げられなかった。彼の言わんとしていることが、よく理解できたからだ。

「愛を知って、弱くなるという話じゃない。お前は強い。でもどこか、いつも儚いところがある。我ながら、矛盾した言葉だと思うが……」

「言いたいことは、わかるよ。よくわかる」

礼夜は言って、ヴィダールの背中を撫でた。こんなふうに、誰かと互いの気持ちを口にし合うのは、初めてだった。深く、自身の考えや想いを伝え合うのは。

まるで、普通の恋人同士みたいだ。そう言ったら、ヴィダールはそのとおりだと返すだろう。俺たちは普通の恋人同士だと。

「お前は、俺のことをよく理解してるよ。俺はこれまでの人生、自分のためだけに生きてきた。自分だけが生き延びるために頭を使ってきたんだ。他人のことなんて、これっぽっちも考えたことはなかった」

自分以外に守るものがないから、いくらでも強くなれた。貪欲だった。

「でも今、手下を持って、そいつらが俺を心から信頼して慕ってくれてる。俺なんかを愛してるとか太陽だとか言う恋人もできた。——確かにな。お前の言うとおり、満たされてるよ。お前に抱かれて、心の芯まで餓えが満たされたら、優先順位が変わっちまうよな。自分の命より、仲間を大事にしようって」

本当を言えば、優先順位はすでに入れ替わっている。

今の礼夜はたぶん、目の前の男を見捨てることができない。ヴィダールが死ぬくらいなら、自分の命を捨てるだろう。

本当に、自分は変わってしまった。以前は変わること、弱くなること、痛みを感じることを恐れていた。でも今は、弱くても痛くてもいいと思う。

愛する人と、それに仲間と共にいる心地よさが何物にも代えがたい。

「大事にしなくていい。頼むから、これからも自分のために生きてくれ」

ヴィダールが泣くような声で言って、礼夜にしがみついた。礼夜は笑って、恋人を抱き締める。

「もちろん、生きるさ。だけど、そうだな。お前に抱いてもらうのは、もっと後にしよう。これからの戦いを生き延びて、目的を果たした後だ。……我慢できるかな」

最後の言葉は、礼夜自身が耐えられるかという意味でつぶやいたのだが、低い唸り声とため息が耳元で聞こえた。

「それは、数年越しの願掛けになるな。……努力しよう」

苦渋の決断、というヴィダールの口調に、礼夜はまた笑った。

「願掛けか。なるほど、そうだな。願掛けだ。俺たちが生き延びて、お前のぶっといのを俺のケツにハメてもらえますように」

ヴィダールは抱擁を解いて、「もっと上品に祈れ」と、顔をしかめてみせたが、我慢できなかったようで、すぐに吹き出した。

自分たちは、明日、死ぬかもしれない。

礼夜たちはこれから文字どおり、死地に向かおうとしている。国を盗るというのは、そういうことだ。

自分が望んだことじゃない。勝手にこの世界に連れて来られて、生きるための成り行きだ。なのに礼夜は今、これまでになく満ち足りた気持ちだった。人生で今が一番、幸せだと思う。

もう、恐れるものは何もなかった。

「月華の山猫団」はその後もしばらく、盗賊稼業を続けた。

略奪を繰り返す一方で、「山猫団」は真の願いを叶えるべく、着々と準備を重ねていた。

山城を得て一巡した季節は、さらに春から夏へ、夏から秋へと移ろいつつある。

異世界においても、秋は収穫の季節だ。

山城のある王領ミズガルズはこの年、前年までの不作が嘘のように豊作だった。

野盗たちに田畑を荒らされることもなく、気候がいつになく温暖だったからである。

気候はたまたまだが、これを「山猫団」のおかげだという村人もいた。礼夜はこれに乗じて、「山猫団」にはマーニの加護があるのだという噂を流布させた。

何でもアルヴ王家に伝わる神話によれば、太陽の女神ソールは偏屈な気難し屋で、ヘソを曲げるとたちまち顔を隠してしまう。不作は彼女の不機嫌によるもので、どうにもできない彼女の機嫌を、兄弟神マーニだけは唯一取りなすことができるのだ。

実際には、アルヴ王家にそんな神話は存在しない。

礼夜が話を作り、諜報活動を得意とするガンドの部下たちが工作したのだが、科学の発達していないこの世界で、読み書きの教育も受けていない民たちは、いともたやすくこの噂を信じ、人の口から口へ、話を伝播（でんぱ）させる触媒となった。

豊作は、マーニの加護のおかげ。

逆に不作や災害、野盗が蔓延り治安が悪化するのは、その土地の人々が神から見放されるせいだ。

なぜ神から見放されるのかといえば、本来はその土地を治めるべきでない者が治めているからだ。統治者は、神の意志によって決められているのである。

古来のアルヴにはなかった『天命思想』が混じっているが、人々にすんなり受け入れられた。

このフィクションは、同じくガンド隊によって、王領の隣、アスガルズ領にも流布された。

秋から冬へ差しかかる頃、アスガルズ領は主食である麦の値の高騰により、インフレが発生した。

アスガルズでも麦は豊作だったため、領民たちは首を傾げただろう。商人など一部の者の中には高騰の理由の一端を知る者もあったが、全体の状況を把握する者はほとんどいなかったに違いない。

領主や重臣たちも、事が深刻になるまで全貌に気づくことはなかったと思われる。気づいていたなら、すぐさま対応していたはずだからだ。

彼らは「山猫団」を警戒し、間諜を放ってはいたものの、しょせんは盗人のすることと、侮っていたのかもしれない。

アスガルズ領の麦は、「山猫団」の息がかかった商人によって、秋の収穫の直後に買い占めが行われていた。

次いで、王領ミズガルズから仕入れている麦の輸入量が減った。これもまた「山猫団」ゆかりの商人によって、ミズガルズの麦が買い占められていたからである。

鉄鋼資源が豊富なアスガルズ領は農地が少なく、食料の多くを輸入に頼っており、輸入の麦が不足すると、領内の麦もさらに高騰した。そしてこの高騰は冬まで続いた。

冬、寒さとひもじさに、アスガルズの領民は不満を募らせる。

年が変わる前の真冬の最中（さなか）、アスガルズの城下町にある問屋が、大量の小麦を売り出す。

この問屋の店主はごく普通の商人で、たまたま仕入れることができた麦を売りに出したにすぎなかった。

それまでの値の高騰を考慮すれば、麦の値は決して高値ではなかったのだ。

ところがこれを、高騰を狙って麦を隠していたのだろうと言いがかりをつける者が現れ、暴動にまで発展した。

暴徒は商店や裕福な家を破壊、略奪し、火をつけた。

領主の治安維持兵によって直ちに鎮圧されたが、領民の憎悪は為政者であるアスガルズ領主に向けられる。

アスガルズの領主は、神に見放された者なのではないか。

領主が天命に背いているからこそ、自分たち領民は不当な苦しみを与えられるのだ。

以前から流布していた噂が、より深くアスガルズの領民たちに浸透していった。

年明け、アスガルズの居城で新年を祝う宴（うたげ）が催されたが、出された料理を食べた領主とその家族、宴に参加していた重臣が数名、命を落とした。

肉入りのパイを食べた全員が深刻な体調不良に陥ったため、表向きは食中毒だとされたが、むろんこれも、「山猫団」の工作によるものである。

堅牢なアスガルズの居城は、正攻法で攻めたとて、到底勝てるものではない。「山猫団」が本格的に警戒される前に叩いておくべきだと判断し、秋口から密かに動いていたのだった。

領主たちの突然の死を、領民たちは天罰だと噂した。死を悼む者は少なかった。

アスガルズは唐突に領主と跡継ぎ、さらには領の政治を担っていた重臣たちをも一度に失い、混乱に陥った。

この南東の領で起こった異変は周辺の領、そして王都にも届いたが、彼らが動くより早く、「山猫団」が動いた。

新月旗を掲げた「月華の山猫団」なる軍勢が突如、アスガルズに宣戦布告する。

アスガルズ領主には、前領主の甥が暫定として就いていたが、領内はとにかく混乱していて、領の治安維持兵はまともに機能していなかった。

おかげで、ジェドとエインをはじめとする「山猫団」の遊撃部隊は、敵兵と戦闘することなく城に侵入し、領主代理やその一族、家臣たちの拘束に成功した。

アスガルズは降伏し、無血開城となる。城に掲げられていた領主の家紋は下げられ、代わりに新月旗が翻った。

礼夜は「アルヴ王家の正統にして最後の王子、フレイ」を名乗り、アスガルズの新領主となることを宣言した。

領民たちのほとんどは、何が起こったのかわからず、呆然としていたことだろう。

しかし、礼夜が旧領主を倒して城を「解放」し、旧領主が貯め込んでいたという大量の麦を分け与えると、人々の態度は一変し、フレイ王子を称えるようになった。

旧領主の血縁および家臣たちは、礼夜に従うと約束した者は赦（ゆる）され、そうでない者は処刑された。

こうしてアスガルズ領を手に入れた礼夜は、「アルヴの王フレイ」として、アスガルズおよびその隣のミズガルズの地を自身の領土であると宣言する。

ここに、「真正アルヴ王国」が樹立した。


礼夜たちがアスガルズ領を手に入れたその時、ヴィダールは礼夜のそばにはいなかった。

彼は「山猫団」がアスガルズ攻略のための裏工作を始めてすぐ、アルヴの国境を越えて隣国に渡っていたからである。

目的は、外国の傭兵を集めるためだった。

堅牢なアスガルズの牙城に攻め入る際に、ヴィダールが不在なのは心もとない。

しかし、アスガルズ戦の後に続く、二つの領地との戦いに勝利するには、どうしても兵の数を増やす必要があった。

ミズガルズを囲む三つの領をすべて叩かなければ、たとえ一つの城を落とすのに成功したとしても、後々潰されてしまう。

外国の傭兵団との交渉にもっとも適任なのはヴィダールで、皆で悩んだ末の決断だった。一人、戦線を離れるヴィダールも、胸中は不安に満ちていたに違いない。礼夜も不安だったし恐ろしかった。

だから、アスガルズを攻略し、新月旗の翻る城内で、ヴィダール帰還の早文(はやぶみ)を受けた時、泣きたくなるほどの安堵を覚えたものだ。

「ヴィダールが雇い入れた傭兵の数は、四千になるそうです。この数ならば、北西の二領とも同時に戦えそうですな」

早文を読み上げたイーヴァルディが、興奮を抑えながら言った。うなずいたガンドも同様に、喜色と興奮を隠しきれない様子だった。

「私はミズガルズでヴィダール殿と合流し、そのまま北のスヴァルトゥヴィドへ攻め入るのが良いと考えます。西より北の居城のほうが近いですし」

「まあ落ち着けよ、おっさんたち」

礼夜は前に座る重臣二人をなだめた。

アスガルズ城の大広間には、礼夜とイーヴァルディ、ガンドの他、エインの姿しかない。

このだだっ広い部屋は、旧アスガルズ領主が重臣たちと会議を行っていた場所だといい、無駄に立派な調度(しつら)が設えられている。

テーブルも重厚で大きいが、その円卓を囲むのは、たったの三人だ。エインは礼夜の脇に、護衛として侍(はべ)っている。

他の仲間たちは皆、それぞれの持ち場で忙しかった。山城には、ガンド隊とヘイズルーン隊の一部、それにヴァンが留守居を務めている。

アスガルズ城を手に入れ、治安維持隊だったアスガルズ兵もほとんどが残留の意思を見せているが、人と領地が一気に増えた分、これを統率する人手が不足していた。

新たに仲間に加わったアスガルズ兵とて、恭順の意は示しているものの、完全に気を許すことはできない状況だ。

それでも立ち止まって、彼らと親交を深めている余裕はなかった。

「『山猫団』の部隊……山猫隊としよう、こいつの数が千。アスガルズ兵は三千だが、こっちは傭兵と同じだと考えたほうがいい。忠義は期待できない。となると、我ら『真正アルヴ』の主力兵は千ぽっきりなんだぜ」

しかも山猫隊は、ヘイズルーンが有する五十ばかりの精鋭を除けば、ほとんどはこの一年で集まったミズガルズの野盗やヤクザ崩れだ。中には元農民もいる。

彼らは「山猫団」に憧れて集まってきたが、戦闘力としてはあまり期待できない。ヘイズルーン隊が訓練をして、いささかましになったにせよ、正規のアスガルズ兵と比べると、大人と子供くらい戦力が違った。

「要するに、山猫隊も張りぼてで、本当の戦闘力は五十しかないんだ」

「しかし、アスガルズ兵とヴィダールが雇った傭兵だけで、七千になりまする。敵は、北のスヴァルトゥヴィドが三千、西のヤルンエルヴが五千ですぞ」

「数だけなら、北には勝ってる。二領いっぺんに相手にしても、まあ僅差ってとこだ。数の上ならな」

「何か、心配事がおありで？」

イーヴァルディが尋ね、ガンドも気がかりそうな視線を向けるが、彼らの中に以前のような焦燥や追い詰められた色はなかった。

自然要塞、堅牢と謳われたアスガルズ城をすんなり手に入れて、おまけに建国まで宣言したのだ。この二人が、浮かれるのも無理はなかった。

「ここまで、トントン拍子だったもんな。おっさんとじいさんがはしゃぐのも、無理はねえよ」

イーヴァルディが心外そうに「ぬ」と、一言唸り、「油断するつもりはありませんが」と付け加えた。

「俺は怖いよ」

端的に、礼夜は今の気持ちを言葉にした。重臣二人が怪訝そうな表情を返す。

「トントン拍子ってのが怖いんだ。考えてもみろよ。俺たちここまで、どうやってのし上がった？　ぜんぶ搦め手だ。まともな白兵戦の経験が一つもない。それなのに、アスガルズ城まで手に入っちまった。俺だって浮かれるよ。けど、これからの戦いはそうはいかない」

何しろ、「真正アルヴ王国」を名乗ってしまった。

アスガルズ落城の報と共に、この宣言は今頃、周辺の領地にも届いているはずだ。これから周囲に宣戦布告しようがしまいが、礼夜たちはすでに体制の敵である。

「アスガルズを陥落させたことで、スヴァルトゥヴィドとヤルンエルヴは警戒を強めている。そんな二つの領を叩かなきゃならない。しかも、一つでも負ければぜんぶ終わりだ。すでに手に入れたアスガルズだって、黙ってないだろう」

礼夜が「真正アルヴ」のフレイを名乗り、民衆の支持を得ている以上、征服したアスガルズの領民に対して、強い弾圧や粛清はできなかった。

フレイは優しく、慈悲深き王でなければならないのだ。

不穏分子を処刑して回っては、現体制と同じになってしまう。民心も離れていく。今は背後から刺されるかもしれない不安に耐えながら、前に進むしかなかった。

礼夜の打ち立てた戦略は、ことごとく成功し、まさにトントン拍子に事は進んでいる。

結果だけ見れば大成功だが、しかし実際は、薄氷を履(ふ)むような道を辿っているのだった。

「俺たちは戦の経験に乏しい。それは敵も同じだが、何より大将の俺が、戦場を知らないんだからな。兵の数は揃えてみたが、ド素人(しろうと)の集団がどこまでできるのかって、不安だよ」

泣き言を言っている場合ではない。だが、事実は事実だ。

礼夜のぼやきとも取れる言葉に、イーヴァルディとガンドは顔を見合わせた。ガンドが軽く肩をすくめてみせる。

「今さらですな。それを言うなら我々とて、あなたについていくと決めたその時から、不安と猜疑に満ちておりましたよ。今思えばよく、ついていったものです」

「あの時は、藁をも摑む思いでしたからな。どんなに胡散臭い輩でも、縋らずにはいられなかった」

イーヴァルディも真面目くさった口調で追随し、礼夜も「胡散臭い輩で悪かったな」と、軽口を返した。返してから、思わず笑いが漏れた。

「そうだ、今さらだな。ケツに火がついたあの状況から、ここまで生き延びたんだ。これからも足掻くしかねえよな」

素直に弱音を吐いたおかげで、少し肩が軽くなった。気持ちが逸って落ち着きがなかったのは、どうやら礼夜のほうだったらしい。

イーヴァルディも微笑み、礼夜を見た。

「今までどおり、あなた様の思うことを、存分におやりなされ。我々はどこまでもついて参りますが、たとえ負け戦になったとて恨み言は申しませぬ」

ガンドも「左様」と、穏やかな視線を向ける。

「あなたに従っていなければ、我々はウルズの山を下りる前に全滅していたかもしれないのですから」

「ああ。そうだな。そうだった」

あの時の出来事が、今はもう何十年も昔のことのように思える。

私の家族を頼むと告げた、今際の際のフレイの表情だけが、今も鮮やかだ。

当時は、ひどい呪いをかけやがってとフレイを恨んだ。

しかし今や、フレイは礼夜の分身だ。その分身の願いを果たすまでは死ねない。そう思っても死ぬ時は死ぬのだが、あの言葉が一つの支えになっているのは確かだった。

「悪かった。さっきの不安だの怖いだのって言葉は、ただの弱音、世迷言だ。忘れてくれ」

礼夜が言うと、イーヴァルディは腹を揺すって笑った。

「あなた様も変わられましたな。いや、弱音結構。我らのようなジジイでよければ、いつでも聞きますぞ」

老侍従の言うとおり、以前の自分だったら、彼らに怖いだの不安だの、弱音を吐いたりはしなかった。

弱くなったものだと、我ながら思う。けれど、そんな自分を厭う気持ちはなかった。

これは、今の自分に必要な弱さだ。

「ありがとうよ。おかげで腹が決まったぜ。ヴィダールと傭兵団を、ここアスガルズで迎える。彼らが入城したらすぐ、北のスヴァルトゥヴィド、西のヤルンエルヴの二領へ同時に宣戦布告しよう」

それまで穏やかだった、イーヴァルディとガンドの表情が変わった。

「どのみち、どっちか一方に喧嘩を売ったら、もう一方が出張ってくるんだ。だったら先手を打とうぜ」

二人の重臣は揃ってうなずき、ガンドが口を開いた。

「山城に伝令を出し、アスガルズの兵たちにも出発の準備を急がせましょう」

アスガルズ陥落から、わずか三日目の決断だった。

それから一日を置いて、ヴィダールと彼の率いる傭兵たちが、アスガルズ城へ入城した。


その日の正午過ぎ、隣国から帰還したヴィダールが広間に現れた時、礼夜は安堵と喜びで、彼に抱きつきたい衝動に駆られた。

よかった。生きて帰ってきてくれた。ホッとして、泣き出したかった。

しかし、場所は城の広間である。周りにはイーヴァルディやガンド、ヘイズルーンの他、ヴィダールが連れて来た傭兵の将が二人、控えていた。

「よく戻って来てくれた。怪我もなさそうだな」

礼夜があくまで主君として労うと、ヴィダールもわずかに頬を緩めて応じた。

「フレイ様もご息災で何よりです。アスガルズ城陥落、おめでとうございます。無血開城だったとか」

「上手くいって良かったよ。さあ、座ってくれ。後ろの二人も」

礼夜は言って、ヴィダールの後ろにいた傭兵二人もテーブルに招き、葡萄酒を振る舞った。

ヴィダールが傭兵団の長だと紹介したこの二人は、戦士というより、荒くれ海の漁師と、土木現場の親方のような雰囲気だった。

それぞれが二千人を超す傭兵を抱え、国をまたいで戦場から戦場を渡り歩き、かつてはヴィダールがいた傭兵団と味方になったことも、敵になったこともあるという。

どちらも中背だが、身体つきは逞しく、よく日に焼けていて目つきが鋭い。一目見て、これは使えるなと思った。

女のような容姿と軽薄な態度の礼夜と向き合って、不安がったり侮った様子を見せないのも気に入った。

彼らが案じているのは戦局ではなく、礼夜が約束どおり、きちんと金を払ってくれるかどうかだった。

「日当で払おう。働きに応じて褒賞も上乗せする。ただ、資金が限られていてな。お前らを雇うのに、せいぜい四十日分しかないから、それを過ぎたら戦線を離脱してくれても構わない」

二人の傭兵長は、礼夜のこの言葉にも軽く眉を引き上げただけだった。

その場では簡単な状況の確認と、二日後に出発することを告げ、会合は終わった。

ヴィダールは傭兵長二人と傭兵団のもとへ戻り、礼夜はイーヴァルディたちと出発の準備を進めた。

夜にはアスガルズ城の陥落とヴィダールの帰還、それに兵の増強を祝って、ささやかな宴が催された。

礼夜はしばらくその席にいたが、家臣たちを置いて早めに宴を切り上げた。

「いつでもいい。後で、俺の部屋に来てくれ」

去り際、さりげなくヴィダールのそばに寄り、そう耳打ちをした。彼は側近らしい、にこやかだが主君との一線を引いた微笑みで応じた。

アスガルズ城で礼夜が居室にしているのは、領主の寝室だった。広くて贅沢な造りをしていたが、今の礼夜にはどうでもいい。

城は大きい分、部屋と部屋も離れていて、山城の生活に慣れていたから不便に感じられた。

宴を離れた礼夜は寝室ではなく、まず厨房（ちゅうぼう）の近くにある浴室へ向かった。

使用人にはあらかじめ、風呂に入ると伝えてあったので、浴室の風呂桶（ふろおけ）にはすぐにたっぷりのお湯が注がれた。

湯浴（ゆあ）みを手伝うという女の使用人たちの申し出を断り、元は領主の物だった石鹸（せっけん）で身体中を洗う。髪も丁寧に洗った。

それが終わると、領主の妻が使っていたという香油を肌や髪に塗り込む。

全身を磨き上げながら、礼夜の心の中には様々な感情が渦巻いていた。

誘ってはみたものの、ヴィダールは来ないかもしれない、という不安。戦が間近の今、愛だの恋だのにうつつを抜かしている場合か、という自身への叱責。ヴィダールとようやく、恋人として会える喜び。

その喜びはすぐ、でもあいつは来ないかもしれない、という不安に戻る。

礼夜が呼んだのだから、用事が何であれ来ないはずはないのに、ヴィダールのことをあれこれ想像して怖くなったり、浮かれたりする。

「俺もヤキが回ったよなあ」

礼夜は一人で身づくろいをしながら、うっそりと笑った。今さら、思春期みたいな感情を持て余すとは思わなかった。

湯浴みを終えて自分の寝室へ行くと、すでに部屋の前にヴィダールが立っていた。

彼は一人で廊下を歩く礼夜を見て、軽く眉をひそめ、「不用心だ」と小さな声で言った。

「ここは山城とは違う。エインは？」

「ジェドのところにやった。人手不足なんだよ。お前が帰ってきたんだから、もういいだろ」

こっちは早く二人きりになりたいというのに、扉の前で小言を始めるから、がっかりする。

相手は自分ほどには恋人を恋しがってはいないのだろうと、我ながらうんざりするような拗ねた考えが頭に浮かんだ。

寝室の扉を開けながら、これからどうやって本題を切り出そうかと頭を巡らせる。

しかし、そうした思考は背後から伸びてきた腕にかき消された。

礼夜の後に続き、ヴィダールが部屋に入り、扉が閉められた途端、後ろから抱きすくめられた。

「レイヤ……！」

絞り出すような声で、ヴィダールは礼夜の名を呼んだ。痛いほど抱き締めながら、深く息を吐く。

「……ああ、本物だ」

「ヴィダー……」

低い囁きに、礼夜もたまらなくなって彼を呼ぼうとした。だがその前に、ヴィダールがくるりと礼夜の身体を反転させ、今度は正面から抱き締める。かと思うと、食らいつくようにキスをした。

「レイヤ。レイヤ！」

キスの合間に、何度も名前を呼ぶ。話をするどころではなかった。

「おい、落ち着けよ」

「落ち着けるか」

言い放ち、それからまたキスをする。唇を離している間は、万力みたいな力で礼夜の身体を抱き締めていた。

「ああ、良かった。生きていた。ずっと不安だった。離れている間、お前が怪我を負っていないか、その命が消えてしまっていないか。考えたら頭がおかしくなりそうだった」

ヴィダールは早口にまくし立てた。頭がどうかしてしまったのではないか、というくらい早口だった。

その不安は、礼夜にも痛いほどよくわかる。恋人も、同じくらい不安だったのだとわかって、礼夜は胸が引き絞られる思いがした。

「俺も怖くて不安だったよ。お前が無事に帰ってくるのか。自分が死ぬかもしれない不安より、お前がいなくなることのほうが恐ろしかった。でも、こうしてまた生きて会えた」

礼夜が背中を撫でながら言うと、男は子供みたいにくしゃりと顔を歪ませた。礼夜の肩口に額を乗せる。二人は抱き合った。

「出発前、お前に誓ったとおり、たくさんの兵を連れてきた」

礼夜の肩口に顔を埋めたまま、ヴィダールは言った。礼夜はうなずき、労るように恋人の背中や肩を撫でた。

「ああ。四千の兵だ。これで戦える」

「褒美をくれ」

「いいとも。こちらの望み以上の兵を連れてきてくれた。俺もできる限り応えよう」

「……お前の隣で戦いたい」

ヴィダールは言って、顔を上げた。思い詰めた表情をしていた。

「次の戦からは、お前の隣にいさせてくれ。お前と共に戦い、お前を守るのが俺の役目だ。もう、離れていたくない」

声も表情もあまりに真剣で、だから礼夜は少し泣きそうになった。目を細めてやり過ごし、笑いの形に表情を変える。

「どんなおねだりかと思ったら、そんなことか。ちょっと離れてる間に、可愛くなっちまったな」

軽い口調で言ってみせたが、ヴィダールの気持ちは痛いほどよくわかった。礼夜ももう、片時も離れたくない。

礼夜は微笑んで、恋人を抱き締めた。

「いいぜ。これからの戦いは、ずっと俺の隣にいてくれ」

腕の中で、ヴィダールがホッとした顔で身体を弛緩させる。そのままキスしようとするから、礼夜は急いで身を引いた。

「待てよ。俺も城を落とした。だから、俺にも褒美をくれ」

不思議そうな顔をする恋人の胸に顔を寄せ、甘えた顔を見せながら、頭の中では何とかこいつを言いくるめなくてはと考える。

断られたくない。どうしても望むものが欲しい。

「それは、もちろん。俺にできることなら」

戸惑いながら応じるヴィダールへ、礼夜はかぶせるように言った。

「俺を抱いてくれ。今夜、最後までしてくれ」

相手にとって、意外な申し出だったらしい。怪訝な表情で何か言いかけるのを見て、礼夜は急いで畳みかけた。

「俺たちの願いが叶うまで、最後までしないって約束だったよな。わかってる。でも欲しい。

今夜、欲しい。お前と別々に行動して、俺もずっと眠れなかった。願掛けなんてして、最後までヤらなかったのを後悔した。もし、お前が帰ってこなかったら？　もし俺が、アスガルズで死んじまったら？　二度とお前と抱き合えないかもしれない。そう思って……」

言葉を紡ぐうちに、感情が溢れた。ひとりでに涙がこぼれる。わななく声を、ヴィダールの唇が吸い取った。

しばらく二人は言葉もなく、唇を重ね抱き合っていた。唇を離した時、ヴィダールの吐息も震えていた。

「――いいんだな」

そっと、大切で壊れやすい宝物を扱うように、礼夜の頬を手のひらで包む。

「今夜これから、お前を奪う。本当にいいのか」

自分の身体はこれほど、大切に扱ってもらうようなものじゃない。でも嬉しかった。ヴィダールは、礼夜が元の世界で喉から手が出るほど欲しかったもの、けれど死ぬまで手に入らなかったものをくれる。

「ああ。奪ってくれ。俺の何もかもが、お前のものだ」

礼夜が微笑むと、ヴィダールも泣き笑いのような笑顔を見せた。彼は礼夜の身体をふわりと抱え上げ、部屋の奥にある寝台へと運んだ。

「湯浴みをしていたのか?　いい匂いもする」

寝台に乗り、礼夜の服を脱がしていたヴィダールが、ふと鼻先を近づけて言った。

「そうだよ。お前に抱いてもらうために、頭のてっぺんからつま先まで磨き上げたんだ。健気だろ?」

ヴィダールのズボンの紐を解きながら、礼夜は答えた。寝台に座って見上げた相手のあご先に、挑発と誘惑のキスをする。

ヴィダールは、服越しにもはっきりわかるほど勃起しているというのに、涼しい顔をしていた。礼夜のキスに軽いキスで応え、それから何を思ったのか、ニヤッと意地の悪そうな笑みを浮かべた。

「照れ臭いなら、素直にそういう顔をしろ」

「は?」

こちらが眉尻を引き上げ不服と怪訝の感情を示すと、ヴィダールは双眸を半月の形に細めて、さらに楽しそうな顔になる。トン、と裸になった礼夜の胸を人差し指で突いた。

「お前が強がっているのかそうじゃないのか、俺にはもうわかるぞ。野暮なことを聞いて悪かった。俺を誘うために磨いてくれたんだろう?」

挑発を挑発で返されてしまった。そんな手には乗らねえぞ、と思ったのに、顔がひとりでに赤くなる。あまりに素直に赤面したので、ヴィダールも目を丸くした。

「くそったれ。何だよ。見るな、そんな目で見るんじゃねえ」

相手の意外そうな反応に、余計に恥ずかしくなって、礼夜は目を逸らして喚いた。ヴィダールが両腕を広げる。「ああ」と、大袈裟に嘆息して礼夜を抱き締めた。

「レイヤ、レイヤ。お前は可愛い男だ」

「うるせえ」

「レイヤ」

笑いながらヴィダールは呼びかけ、残っていた礼夜の下穿きを取り去った。すでに勃ち上がっていた礼夜の性器に指を這わせる。

「勃ってる」

「いちいち言うな。黙ってできねえのか」

そっぽを向いて憎まれ口を返すたび、ヴィダールはクスクス笑った。

甘ったるい空気を胸いっぱいに吸って、礼夜は自分の身体が破裂しそうな気がした。

幸せで、死んでしまう。

「香油の残りがあったら、もらえないか」

羞恥に悶々としていたら、耳元で囁かれた。

何のために、と聞こうとして、ようやく相手の意図に気づく。こんなことにもすぐ気づかないなんて、今夜の自分は本当にどうかしている。

「香油は、ここにはない」

「それなら、他に……」

「けど、必要ない。ちゃんと、準備してるから」

どうして、このセリフを口にするのが恥ずかしいのだろう。わけがわからない。

以前の自分だったら、あるいは相手がヴィダールでなければ、生娘みたいに恥ずかしがることはなかった。男の目の前で後ろを慣らしてみせるくらい、笑ってできたはずなのに。

「くそ……どうかしてるぜ、俺は」

堪えきれず、礼夜は顔を両手で覆った。

予定では、もっとスマートに事に及ぶはずだったのだ。主導権を握り、自分の持ち得る手管すべてを駆使して、ヴィダールを籠絡する。

何百回、何千回とやってきたはずのことが、今は上手くできなかった。

「レイヤ」

灰色の瞳が、優しく礼夜を覗き込む。彼はとうに、意地悪な笑いを消していた。

「俺のために、準備をしてくれた？」

「……そうだよ」

「俺がすぐに、お前の中に入れるように」

「いちいち言うなって」

「幸せすぎて、言葉にしないと信じられないんだ」

恥ずかしさに不貞腐れる礼夜より、ヴィダールのほうが大人だった。礼夜は降参した。両手を広げてヴィダールの首に抱きつく。

「頼むからこれ以上、焦らさないでくれ。自分が自分じゃないみたいで、どうにかなっちまいそうなんだ」

素直に言葉にすると、ヴィダールは優しく礼夜を抱き締めてくれた。

「俺も、夢を見ているような、不思議な気分だ。幸せで、このまま覚めたくない」

彼は礼夜を仰向けに寝かせ、軽いキスをした。それからズボンと下穿きを手早く脱ぎ去って、自分も裸になった。

怒張した性器が露わになる。腹につくほど反り上がったそれは、改めて見ても大きい。

礼夜が思わず見つめると、ヴィダールは覆いかぶさりながら礼夜の腹に性器を擦りつけた。

「今すぐ入りたい。だが、お前の小さな尻が壊れそうだ」

「そんなにやわじゃねえよ」

今さらやめたりしないでくれ。懇願するように相手を見つめながら、男の亀頭を撫でた。

ひくりとヴィダールの腹筋が震える。鈴口から先走りが溢れ出た。

「いたずらするな。これでも必死に堪えてるんだぞ」

「堪えなくていい。早く、なあ……ヴィダール」

切なくなって、礼夜は足を男の下半身に絡めた。早く繋がりたい。この機会を逃したらもう、二度と抱き合えないかもしれない。

そんな礼夜の焦燥に、ヴィダールは気づいているようだった。

「レイヤ」

名前を呼び、優しく唇をついばみ、昂る身体を押しつけた。

「お互いに約束しよう、レイヤ」

「約束？」

「ああ。お前を抱くのを、今宵限りにしない。これは始まりで、戦いが終わったらまた、俺はお前を抱く。何度でも抱く」

ひとりでに涙が溢れた。ヴィダールは指の腹で礼夜の頬を拭い、「お前は泣き虫だな」と、微笑む。

「約束してくれるか？」

礼夜は声が出ず、子供みたいに何度も首肯した。

「する。約束する」

ようやく、涙の絡んだ声が出る。ヴィダールを力いっぱい抱き締めた。

「これから何度でも抱いてくれ。必ず生き延びるから。だから……お前も約束して」

「する。俺は絶対に死なない」

誓いのキスと抱擁の後、ヴィダールはゆっくりと礼夜の中に入ってきた。

礼夜にキスをしたり、身体のあちこちを愛撫したりしながら、こちらが焦れったくなるほど本当にゆっくり、埋め込んでいく。

身体を開かれる感覚は苦しかったけれど、その苦しささえ幸福に感じられた。

「熱くて……それに、やはり狭いな」

「気持ち、いいか？」

礼夜がヴィダールを見上げて尋ねると、中で男の一物がぐっと育った。ヴィダールが苦しげに息を詰める。

「良すぎて、昇天しそうだ」

根元まで埋め込んだ後も、ヴィダールはしばらく動かなかった。

「つらくないか」

礼夜の額にかかる髪をかき上げて、彼は心配そうに瞳を覗き込む。「ちっとも」と、即座に答えると、「本当に？」と聞き返し、礼夜の性器に指先を絡めた。

礼夜のそれは、男の物を受け入れた圧迫感に少し、萎えていた。ヴィダールは長く器用な指でゆるゆると扱き上げる。

「ん……ん」

快楽が頭をもたげ、甘くくぐもった声が喉を突いて出た。もっと、と愛撫を欲して腰が動く。すると、それまで優しいばかりだったヴィダールの瞳に、獰猛な情欲の火が灯った。

礼夜の前を扱き、唇をついばみながら、軽く腰を突き上げる。

「ん……っ」

振動に思わず声が出ると、律動はぴたりと止まった。

「つらいか？」

勢いよくかぶりを振る。礼夜は自ら腰を動かした。ヴィダールは小さく笑って、また腰を打つ。

何度か角度を変え、突き上げられるうちに礼夜の身体もそれに慣れてきた。

「あっ」

奥を突かれ、ビリッと電流のようなものが背中に走る。それは苦痛ではなく、快楽だった。

「お前は奥が好きだな」

礼夜の反応に気づいたヴィダールが、ニヤリと笑った。さらに激しく奥を穿つ。

「うあっ」

声を上げた礼夜の唇をキスで塞ぎ、そこからのヴィダールは嵐のようだった。

激しく腰を打ち付け、けれど巧みに礼夜を高みへ追い立てる。時折、戯れのように乳首や腹、性器を愛撫して、さらなる快楽を与えた。

「ヴィダール……」

上へ上へと昇り詰めるような、下へ下へと落ちていくような、息もつけない快楽に攫われ、礼夜は気づけば射精していた。

絶頂にわななく礼夜を、ヴィダールは強く抱き締める。体重を乗せて抱き潰すように覆いかぶさりながら、さらに腰を使った。

「あ、あ、や……っ」

「レイヤ」

名前と共に、愛の言葉が耳に吹き込まれた。陶然とする礼夜の中に、ヴィダールはぶるりと身を震わせて吐精する。

大量の熱いものが流れ込んでくるのを、礼夜は快楽の名残に震えながら感じていた。

こんなにも喜びに満ちた情交は、生まれて初めてだった。いったい、何が違うと言うのだろう。誰としたって行為は変わらない。稚拙か巧みか、ただそれだけだろうに。

繋がったままキスをするヴィダールに応えながら、礼夜は不思議な感覚を味わっていた。周りの景色の何もかもが……目の前の恋人の顔さえ、初めて見るような未視感を覚える。

「大丈夫か？」

優しく覗き込む灰色の瞳は、恐ろしいほど美しかった。

「ああ。不思議な気分だ。生まれ変わったような気がする」

礼夜の感想を、ヴィダールは笑わなかった。厳かに、生まれたばかりの嬰児（えいじ）へ祈りを捧げるように、礼夜のまぶたや頬に口づけする。

礼夜の中で、彼の物はまだ硬いままだった。礼夜も、まだ足りない。

「……もう一回、するよな」

後ろを締めると、ヴィダールは軽く顔をしかめて笑った。礼夜の汗ばんだ頬を撫でる。

「一回だけか？」

「二回でも、三回でも。お前がそんだけできるならな」

礼夜がニヤニヤしながら言うと、ヴィダールはいたずらをした子供にするみたいに、くし

やくしゃと礼夜の髪をかき混ぜた。それからまた、キスをする。

「言ったな。明日の朝、後悔することになるぞ」

「後悔ね。してみたいもんだな」

二人はクスクス笑いながら、しばらくキスをしてじゃれ合った。その間にヴィダールは復活したようで、繋がったままの腰を軽く揺すり始める。

「後ろからにするか?」

ぼんやりと相手の顔を見上げる礼夜を、ヴィダールはまた気遣ってくれる。

「いいや。このままがいい。お前の顔を見ていたい」

礼夜はうっとりと言い、ヴィダールの頬を撫でた。ヴィダールは腰を動かしながら、その手のひらに口づけした。

「なあ。指を嚙んでくれよ」

思いついて、礼夜は言った。「指?」と、不思議そうな顔をするヴィダールに、手の甲を向けて差し出した。

「嚙んでみてくれないか。強く」

ヴィダールは戸惑いながらも、礼夜の薬指を口に含み、軽く嚙んだ。甘嚙みで、礼夜はくすぐったさに首をすくめた。

「もっと、もっと強く」

言われるまま、ヴィダールは礼夜の指に歯を突き立てた。指を中ほどまで含み、皮膚を破る寸前まで強く噛む。

「痛い」

礼夜が言うと、すぐに口を開いて指を解放した。

「当たり前だ」

怒ったように言って、礼夜の指を労るように舐めた。

「すごく痛い。ジンジンする」

言葉とは裏腹に、礼夜は笑っていた。笑いがひとりでに込み上げてくる。

噛まれた指が、痛みを感じている。痛みも苦しみも、もう誤魔化すことはできない。

ヴィダールに抱かれ、満たされて、自分はまた弱くなった。

けれど不思議と恐ろしさはない。幸福で満たされていた。

自分は今、生まれ変わったのだ。ようやく人間になれた。そんな気がする。

「ヴィダール。お前に出会えてよかった。俺を愛してくれて、ありがとう」

礼夜が告げると、ヴィダールは目を細めて微笑んだ。

「俺も、お前に出会えて幸運だよ。お前のおかげで、俺は生き直すことができた。……まったく、お前は本当に泣き虫だな」

いつの間にかこぼれていた涙を、ヴィダールはそっと舌ですくい取ってくれた。

それから二人は、先ほどの情交の続きを始めた。嵐のようだった一度目とは違い、二度目以降は幾分か穏やかだった。

その分、深く互いの身体を感じ合えた気がする。

長い時間をかけて抱き合い、寝室の窓から見える夜明けを、二人で眺めながら眠りについた。


二日後、礼夜は軍を率いてアスガルズを出発した。

「ご武運をお祈りしております。どうか……どうかご無事で」

出発の時、アスガルズ城の城門まで見送りに出たイーヴァルディが、目を潤ませて礼夜の手を握った。いつまでも離してくれず、礼夜は苦笑する。

「ヴィダール。レイヤ様を頼んだぞ」

イーヴァルディの真剣な眼差しは、礼夜の隣にいるヴィダールにも向けられた。ヴィダールは老侍従に労るような眼差しを向け、うなずいた。

「命に代えてもお守りします」

短い応えに、イーヴァルディはまた目を潤ませた。

イーヴァルディも、礼夜たちと戦地に行きたがっていた。しかし、アスガルズ領内もまだ、情勢は不安定だ。信頼できる者に留まってほしい。

これからの戦が時間との勝負で、過酷なものになることもあって、イーヴァルディを留守居に決めた。

彼はそもそも侍従であって戦闘は得意でないし、政治にこそ能力を発揮する男だ。ならばわざわざ、戦場に連れていって死期を早めることもあるまい。

それに、もしも礼夜が戦場で死んだとして、後をまとめる人間が必要だった。

――ここまで生き延びたんだ。どうせなら生きて、最後まで見届けてくれよ。

出発前、礼夜はイーヴァルディにそう言った。

仲間と共に潔く散るのではなく、この集団の行く末を見届けてほしいと思った。

礼夜の真意を知って、イーヴァルディは静かにうなずいた。

「おい、イーヴァルディ。そう湿っぽくなるなよ。心配すんなって。さっさと城を落として、帰ってくるからさ。ジジイこそ、風邪ひいて寝込んだりすんなよ。年なんだから」

礼夜が握られた手を振りほどき、乱暴に肩を叩くと、イーヴァルディは「ぬう」と、呻いて礼夜を睨んだ。だがそれも、すぐ潤んでしまう。

「レイヤ様こそ、羽目を外しすぎませんように。ヴィダール、お目付け役を頼んだぞ」

老人の精いっぱいの憎まれ口に、礼夜もヴィダールも笑った。

それぞれの馬に乗り、いよいよ出立する。馬は、山城にいた一年で練習したので、乗れるようになった。

「それじゃあ、ちょっくら行ってくる」

振り返り、イーヴァルディに手を振った。老侍従は涙をこぼしていた。

これが、永の別れになるかもしれない。もう二度と会えないかもしれない。

ウルズの泉から行動を共にしてきた側近たちは、これでバラバラになってしまった。オーズも伝令に出て、この場にはいない。ヴァンは山城を守っている。

ジェドとエインはすでに、敵地で任務を遂行している頃だろう。ガンドとガンド隊も、工作や斥候のために方々に散っていた。

一抹の寂しさと、けれどここまで来たのだという誇らしさとが、礼夜の中に共存している。カールヴィの軍勢に追い立てられ、逃げるばかりだった一行が、今はこうして軍を率いて地方の一角を落とそうとしている。

恐らくはイーヴァルディも、礼夜と同じ感慨と寂しさを持って見送ったことだろう。

「命に代えても、と、イーヴァルディ様には申し上げましたが」

つと馬を礼夜に寄せて、ヴィダールが話しかけてきた。

「あなたとの約束を、違えるつもりはありません」

意味ありげに微笑むので、礼夜も思わず笑った。

一昨日、いや昨日になるのか。ヴィダールに最後まで抱かれた。明け方まで抱き合い、目覚めた時には身体中が痛くて、「こんなんじゃ馬に乗れねえよ」と、思わず泣き言をヴィダールにぶつけたほどだ。

もう一日休んだおかげでましになったが、行軍を二日後に設定してよかったと、しみじみ思った。

そのヴィダールと、約束したのだ。これで最後にしない。生き延びて、また何度でも身体を重ねようと。

「次は、もうちょっと時間のある時にやろうぜ。まだ腰がだるいんだからな」

ヴィダールにだけ聞こえる声で囁いて、こちらも意味深な視線を送ると、恋人はきつく目を細めた。

「こんなところで誘うなんて、悪い男だな」

礼夜率いる軍勢は、アスガルズを出て翌日にはミズガルズに着いた。

天候も良く、兵たちはよく統率されている。傭兵団は団長たちがよくまとめていたし、元アスガルズ兵については、数名からなる小隊を最小規模として、中隊、大隊と組織編制し、各隊をヘイズルーンの部下たちにまとめさせていた。ヘイズルーンがアスガルズ軍の大将である。

礼夜たちがミズガルズの山城に帰着したその日、礼夜が先んじて送った使者たちが戻ってきた。北のスヴァルトゥヴィドと西のヤルンエルヴの二領に、宣戦布告をしに行った者たちだ。

「スヴァルトゥヴィド、ヤルンエルヴのどちらも、降伏はせず、抗戦の構えだとのことです」

使者の報告に、礼夜は「だよなあ」と、軽い態度で応じた。

礼夜が敵の領主二人に送った書状は、「大人しく城を明け渡せ。そうすれば命までは取らない、さっさと降参しろ」というような内容だった。

礼夜の元いた世界に例えるなら、テロリストがいきなり県知事に宣戦布告し、「降参して大人しく県庁を明け渡せ」と言うようなものだ。相手が誰でも、「ふざけるな」と返すに決まっている。

「それじゃあ、何も心配することはない。当初の作戦どおりだ」

山城にいた山猫隊の千人からなる軍勢が加わって、「真正アルヴ」軍はおよそ八千となった。

こうした兵の動きは、以前から周辺に潜伏していた、敵の間諜には漏れているだろう。

礼夜たちも、ある程度の情報漏洩(ろうえい)は想定した上で作戦を立てている。

山城で兵站の補給を行った「真正アルヴ」軍は、その後、散り散りになって山城を出た。

正しくは、小隊単位で行動を始めたのだが、何も知らない周辺の住民や間諜から見れば、散り散りバラバラになったように見えただろう。

そうした小隊の中に、礼夜とヴィダールも紛れた。敵に、大将のいる位置を悟られないようにするためだ。

宣戦布告を受けたスヴァルトゥヴィドとヤルンエルヴの二領が、自領の軍を集めて戦いに備える頃、ミズガルズと西のヤルンエルヴとの国境に、「真正アルヴ」軍が姿を現した。

軍勢は見晴らしのいい、小高い丘の上にずらりと居並び、低地にあるヤルンエルヴの城を見下ろしていた。

歩兵たちは皆、長槍を持っている。その槍の数はおびただしく、威圧的だった。

「真正アルヴ」軍は八千からなる兵力のすべてを、ヤルンエルヴの居城の前に集結させたのだ。

「……と、敵さんは考えてるだろうな。そうでないと困る」

丘の上に「真正アルヴ」軍が姿を現した、その同じ頃、礼夜とヴィダールは別の兵を率いて、ヤルンエルヴ領にある川べりに潜伏していた。

川べりの片側は急な斜面となっており、それを上りきるとヤルンエルヴの城の裏手に出る。つまり礼夜たちは、「真正アルヴ」軍がいる丘とは反対側にいるのだった。

ヤルンエルヴ城内では今頃、表側の丘にいる軍勢を迎え打つ準備をしているはずだ。

とはいえ、敵方がすぐに攻勢に出る可能性は低い。「真正アルヴ」軍が二度目の使者を領主に送って「無血開城」を迫っているからだ。

使者が持参した書状は、「本当に降参しないのか？　降参しないと攻め入るぞ。本当だぞ？」というような内容である。

この書状を受け、ヤルンエルヴの領主は「ふざけたことを」と憤り、同時に「真正アルヴ」軍の腑抜けぶりを嘲笑ったことだろう。

しょせんは野盗の集団、腰抜けどもの集まりだと侮ったかもしれない。

もちろん、この書状ははなから敵の降伏を期待するものではなかった。使者を送ったのは、ただの時間稼ぎだ。

今、礼夜と共に森の中に潜伏する兵の数は、およそ二千。

そして、ここから離れた北のスヴァルトゥヴィド領にそろそろ、五千の兵が到着する頃だろう。

つまり、丘の上にいる「真正アルヴ」軍は、残りのたった千人に過ぎなかった。

「毎度毎度、あなたが卑怯な手を考えつくのには感心しますよ」

ヴィダールが携帯用の行火(あんか)で手を温めながら言い、焚火の煙が上らないよう、器用に細工をしていたエインがその向かいで小さく笑った。

「卑怯っていうか、突飛な作戦をよく思いつきますよね」

「物の本で読んだんだ。俺が考えついたわけじゃない」

エインはヤルンエルヴ城内に潜伏していたのを脱出し、今朝、合流した。ジェドはまだ、城壁の内部だ。

ここぞという時に気心の知れた側近が一人でも加わったのは、頼もしかった。

「しかし、地形を見事に利用した作戦です。子供だましだが、こういう策が実戦では意外とうまくいく」

そう言って礼夜たちの会話に加わったのは、二人いる傭兵団長の一人、エギルという名の男だった。ガラガラのダミ声の、五十がらみの男である。もう一人の傭兵団長は、彼の傭兵団と共に北にいる。

「戦慣れした傭兵団長にそう言ってもらえたら、ちょっとは安心できるな」

礼夜は干し肉を齧りながら、唇の端を歪めた。

今、丘の上にいるのは、山城で合流した山猫隊の千人の兵だった。

彼らは元ごろつきに、元農民まで交えたずぶの素人の集団で、戦力としては心もとない。だがやる気だけはある。

そこで彼らに、張りぼての役を担ってもらうことにした。

一人ずつが何本もの長槍を携え、丘の上に立つ。時に怒声を張り上げ、太鼓や銅鑼（どら）を叩いて、さも八千の軍勢が揃っているかのように装うのだ。

山城でいったん、総軍が散り散りになったのも、行く手を敵に気づかれないようにするためだった。

それに、少数で動いたほうが素早く動ける。数千人が固まって行軍するのは、敵に畏怖（いふ）を与えるものの、速度が落ちる。ぐずぐずしている間に、敵は備えを万全にしてしまう。

少数で移動したおかげで、張りぼて軍が丘に現れるのと同時に、礼夜たちは城を迂回して裏手に到着できた。

張りぼて軍が時間を稼いでいる間に、本隊である礼夜軍が城の裏から奇襲をかける。城の裏に隠れた通用口があり、そちらが脆いことは調査済みだ。

礼夜たちが裏門から奇襲をかけるのと時を同じくして、北のスヴァルトゥヴィド領でも奇襲攻撃が行われる手はずとなっていた。

敵兵は、ここヤルンエルヴが五千、北のスヴァルトゥヴィドは三千。

これに対し、礼夜たちの軍は二千だ。

残りの五千を北に派兵したのは、ヤルンエルヴ城内の構造が理由だった。

目の前にあるヤルンエルヴ城は、中に町を擁する城塞である。城塞の壁は堅牢だが、ひとたび中に入ってしまえば事は容易い。

しかし、城塞の中は道が細く建物が入り組んでいて、大軍では機動力に欠けた。

ならば少数で乗り込み、残りの兵は北へ投入しようと考えたのである。

丘の上に張りぼて隊を置き、使者を出して時間稼ぎをしているのも、北に情報を摑ませるためだった。

時間を与えた分、相手に準備の機会を与えることにもなるが、西に「真正アルヴ」軍が総力を結集したと知れば、北のスヴァルトゥヴィドは油断をするはずだ。

その油断を突いて攻める。北と西の二つの城を、同時に攻め落とす作戦だった。

「数と数のぶつかり合いだと、どうしても消耗戦になるからな。こっちも人や物資に余裕があるわけじゃない。やっぱ戦争って金がかかるよ。平和が一番だね」

礼夜の言葉に、仲間たちは皆、笑った。

ヤルンエルヴ城の裏手に潜伏して、一日が過ぎようとしていた。

陽が沈み、辺りが闇に包まれるのを待って、礼夜たちは行動を開始した。

重い甲冑に身を包み、ある者は馬を引き、武器を携えながら、静かに川べりの斜面を登る。長く厳しい傾斜だ。

兵士たちと比べて体力の劣る礼夜にとって、果ての見えない苦しい作業だった。慣れない甲冑がここでは枷（かせ）となっている。

「……っ」

土の上で足が滑り、礼夜は喉まで出かかった声を噛み殺した。落ちると思った寸前、横にいたヴィダールが腕を摑んで助けてくれた。

「ゆっくりでいい。大丈夫だ。俺が支える」

その声が、彼の存在が、頼もしかった。何も見えない、手探りの闇の中でも、勇気を出して進んでいける。

隣にヴィダールの気配を感じながら、礼夜はひたすら上を目指した。


礼夜たちが城の裏門を破って中に侵入した時、日没からだいぶ時が経過し、時刻は恐らく真夜中に差しかかる頃だった。

城壁も、城壁の中の建物も同じ、白っぽい石でできている。

それらが月の光を反射して、闇夜に慣れた礼夜の目には、辺りが真昼のように明るく感じられた。

「南へ！　領主は南の居館にいるはずだ。領主を討ち取った者には、金貨十枚を与える」

ヴィダールの声が辺りに響く。狭い裏門では、敵の見張りと礼夜側の兵士たちとが入り乱れていたが、その声を聞いて礼夜軍の兵士たちはワッと南の方角へ向かった。

礼夜とヴィダールも、敵をかわしながら居館へ馬を走らせる。エインを含む一個小隊が、礼夜の護衛として周りを固めた。

闇に乗じ、集落を馬で駆け抜けるのは、礼夜も慣れていた。「山猫団」が夜盗として襲撃を繰り返していた時、何度もやったからだ。

月光に光る道を、迷うことなく突き進む。進むごとに、神経が研ぎ澄まされていく。

裏手を守っていた敵兵が時折、行く手を阻んだが、ヴィダールやエインらが馬上から斬り伏せた。

先へ、先へ。進みさえすれば、すべて上手くいくと思っていた。

礼夜は勝利を疑わない。まるで夢の中にいるように気持ちが高揚していて、何一つためらいはなかった。

敵は、完全に意表を突かれたようだ。

城内の裏門の警鐘（けいしょう）が鳴らされたのは、礼夜たちが侵入してしばらく経ってからだった。

しかし敵方は、鐘の音と共に速やかに態勢を整えたらしい。恐らくは表側に大きく割かれていたであろうヤルンエルヴの兵士たちが、隊列を組んで裏門の方角へ集まってきた。

あちこちに明かりが灯され、道は明るく照らされていく。

細い通りのあちこちから現れた敵兵が、たちまちのうちに礼夜たちの隊を囲んだ。

それらをエインがあっという間に倒し、また先に進んだ。いくらも進まないうちに、また敵が現れた。エインたちがそれを倒し、前進する。

倒しても倒しても、敵は減るどころか増えていく。

「――あっ」

近くで、エインの声を聞いた気がした。

甲冑のこすれる音、馬の蹄、いななき、人々の怒号が飛び交う中で、その小さなつぶやきはもしかすると、気のせいであったかもしれない。

だが礼夜は、声がしたほうを振り返った。

下から敵兵が突き上げた槍が、エインの腋(わき)の辺り、装甲の隙間を貫くのが見えた。

エインはバランスを崩し、馬上から落ちていく。彼の身体を仲間の軍馬が踏みつけていった。

「エイン！」

「レイヤ、構うな！」

手を伸ばしかけた時、ヴィダールの怒声がそれを遮り、礼夜は我に返った。

そうだ。仲間を構っている場合ではない。道幅の細い通りに兵が集まり、周囲は混戦となっていた。

でも、と、落ちていったエインの顔が脳裏を過る。一瞬のためらいも命取りになる。

わかっているのに、かつてはできた感情のコントロールが今はできない。

「レイヤ！」

再びヴィダールの声に我に返った。何かが頬をかすめるところだった。

敵の刃だと気づき、身体をのけぞらせる。バランスを崩し、ひやりと背中に冷たいものが流れた。

――落ちる。

硬い地面に叩きつけられるのを覚悟したが、落馬することはなかった。ヴィダールが馬を横づけにして、背後から支えてくれていたからだ。

「鐙(あぶみ)に足を。手綱をしっかり摑め」

声に従って、夢中で手綱を握りしめ、鐙に足を踏ん張った。馬に縋るのに必死で、周りなど見えていなかった。

ようやく体勢を立て直して顔を上げると、ヴィダールが自分の馬から礼夜の馬へと乗り移ろうとしているところだった。

「馬がやられた！」

ヴィダールが、状況を端的に叫んだ。歩兵数名がかりで馬を攻撃されたらしい。

「レイヤ、お前は馬を走らせろ。敵は俺が斬る」

言われるまま、馬を走らせた。ヴィダールは応戦しながら時折、手綱を引いて礼夜を誘導した。

領主のいる居館ではなく、人気のない方向へと向かっているようだった。

敗走、という言葉が頭を過る。

こんなはずじゃなかった。いや、どこかでわかっていたはずだ。こういうこともあると。

(今までが、上手くいきすぎた)

余計なことを考えるな、まだ負けていない、と、もう一人の自分が叱責する。

(どこだ。どこで間違えた?)

いいや、間違えてなどいない。ならば、なぜ自分たちは今、こうも劣勢に追いやられている?

「レイヤ。お前は間違えていない」

耳元でヴィダールの声がして、頭の中で錯綜していた思考が消えた。

「我々はまだ、負けていない。態勢を立て直すんだ」

まるで、礼夜の内心を読んだかのようだった。ヴィダールはいつもそうだ。

礼夜のことを誰よりよくわかっていて、必要な言葉をくれる。

「ああ、そうだ。そうだな」

まだ終わっていない。これから形勢逆転できるよう、考えるのだ。

「俺と、お前がいればできる」

礼夜は、手綱の端を握るヴィダールの手に、自らの手を添える。

しかし恋人の手は、まるで氷のように冷たかった。

「ヴィダール、お前……」

驚きに声を上げた時、手綱を握っていたヴィダールの手が離れた。慌てて伸ばした指の先に、恋人の手がかすめて去った。

「ヴィダール！」

振り返ったそこに恋人の姿はなく、馬の足元で鎧の落ちる鈍い音が響いた。


「ヴィダール」

馬から下りて、何度か恋人の名を呼んだ。ヴィダールが人気のない方角へ馬を駆ったおかげで、近くに兵士の姿は見られなかった。

「ヴィダール。お前、いきなりどうしたんだよ」

仰臥する恋人の兜を取り、声をかけたが応えはない。抱き起こそうとすると、鎧が血で濡れて滑った。

鎧の下の鎖帷子はあちこちに傷がつき、血が滲んでいる。唇は青ざめ、頬に触れるとひやりと冷たかった。

ここに来るまでヴィダールは、押し寄せる敵をすべて倒してきたように見えた。しかし、あれほど多くの敵に囲まれて、無傷で済むわけがない。

傷つき血を流しながら、礼夜を守ってここまで来たのだ。

「目を開けてくれ、ヴィダール。目を開けろよ」

軽く揺すると、青白いまぶたがぴくりと動く。ホッとしたのも束の間、ゆっくりと開いた目には光がなかった。

「レイヤ」

「そうだ。俺だよ、ヴィダール。こんなところで寝てる場合じゃねえだろ」

礼夜の声に応えるように、ヴィダールの腕が上がった。礼夜は咄嗟にその手を掴む。

いつも温かかったヴィダールの手は、やはり血の気が失せて冷たく、今にも命がこぼれ落ちてしまいそうだった。

「レイヤ……」

つぶやく声は弱々しく、礼夜は自分も兜を脱ぎ、彼の唇に耳を寄せた。

愛してる、と声は囁いた。我知らず、涙がこぼれた。

「愛してる」

もう一度、ヴィダールは囁いた。

「俺もだ。だから生きろよ」

俺を置いていかないでくれ。

礼夜のその声が、ヴィダールに届いていたのかどうか、わからない。彼は光のない目で虚空を見つめ、言葉を続けた。

「レイヤ……まだ、終わっていない。行け。馬に乗れ。勝利を……」

「お前を置いて行けない。約束しただろ」

生きてまた愛し合おうと、誓ったではないか。何度も、何度でも。生きてさえいれば。

「レイヤ」

また、ヴィダールが呼んだ。礼夜が手を握りしめると、その表情はなごみ、ひどく甘い、優しい顔になった。

「行ってくれ。俺は……少し、休んでいく。休んで……また、お前の隣で、お前を守らなくては」

「守らなくていいよ。一緒に生きてくれれば、それで」

涙をこぼして喚く礼夜に、ヴィダールは「お前は泣き虫だな」と、笑った。

「行け。約束は、守らなくては。俺も、すぐに追いつく。お前を守って、生き抜いて……またお前を抱きたい」

「ば……」

悪態は、声にならなかった。

「生きてくれ」

最後に力強い声で、ヴィダールは言った。

（それが、お前の望みか）

できればこのまま、一緒に死んでしまいたかった。愛する者のいない生など、今さら何の意味があるだろう。

でも、お前は生きろとヴィダールが望むのだ。

「レイヤ様！」

暗がりから声が聞こえて、礼夜は顔を上げた。ジェドだった。

彼は武装しておらず、町民のような恰好をしていたが、肩に刀傷を負っていた。それでも致命傷ではないようだ。

ヴィダールが、礼夜の手を振りほどいた。小さく口を開く。

行け、ということだろう。

「わかったよ。それがお前の望みなら」

礼夜は涙を拭って立ち上がった。駆け寄ってくるジェドに状況を尋ねる。

「領主はまだ、居館の中です。傭兵団が攻めていますが、守りが堅く入り込めません」

ジェドはヴィダールの姿を見て、一瞬だけ顔色を変えたが、すぐに平静を取り戻して答えた。

まだ終わっていない、とヴィダールは言う。そう、ジェドは、仲間はまだこうして生き残っている。傭兵たちもいる。

考えろと、自分を叱咤する。

恋人を失うかもしれない恐怖も、悲しみも何もかもを遠くにやって考えろ。

(そういうの、俺は得意だろ)

今だけは、何も感じないようにして、ただひたすら思考を澄み渡らせる。

「ジェド。ここを頼む」

「私も行きます」

ヴィダールの脈を測り、冷静に言うこの男は本物のプロだ。仲間の情ではなく、主君を守る任務を優先する。

そんなジェドを見て、礼夜も冷静になった。

「いや、俺一人でいい。ヴィダールを頼む。それから、ここまで来る途中でエインがやられた。腋を突かれて落馬して、生死は不明だ」

エインの名を聞いた時、ジェドの顔がまた一瞬、苦しげに歪んだが、それもすぐに消えた。

「御意に従います」

礼夜はうなずき、馬の手綱を引いた。最後に恋人を一瞥する。

「ヴィダール、先に行ってる。後でちゃんと、追いかけてこいよ」

恋人はそれに、瞬きで応えた。口元に微かな笑みが浮かんだように見えた。

礼夜は鐙に足をかけ、馬に飛び乗る。それきり、後ろは振り返らなかった。

先ほどとは違い、今度は人のいる方角を目指して馬を走らせる。居館のある方向だ。

少し開けた通りの端に、礼夜軍の兵士の死体があった。建物の壁にもたれるようにして死んでいるその兵士の傍らに、新月旗が立てかけられている。

礼夜はそれを手に取り、旗を翻しながら馬を駆った。

居館の前の広場に出ると、傭兵たちがヤルンエルヴの兵と戦っていた。強靱な傭兵たちも、数に圧されている。

傭兵たちの何人かがすぐ、広場に現れた礼夜に気づいた。礼夜は彼らに向かって声を張り上げる。

「『真正アルヴ』の兵よ、勝鬨（かちどき）を上げろ！」

馬上で旗を掲げる。松明の灯りのそばに寄り、喜びに満ちた笑顔を浮かべてみせる。

「我々『真正アルヴ』の勝利だ！　我々が勝った！　領主を討ち取ったぞ！」

胸の中は絶望に塗りつぶされていたが、恍惚（こうこつ）と喜びの表情で声を上げ続けた。

笑いながら、自分はこのまま、壊れてしまうかもしれないと思う。

それでもよかった。壊れてもいい。恋人の願いを叶えられるならば。

「ヤルンエルヴの領主は倒れた！　居館の中にいるのは家臣と影武者だけだ！　城は我々の手に落ちた！」

旗を振る礼夜を見て、近くにいた傭兵たちも何か勘づいたようだ。彼らのうちの一人が勝利を叫ぶと、勝利の声はただちに仲間たちへ伝播した。

「もう館へ攻め入る必要はない。領主は死んだ！『真正アルヴ王国』の勝利だ！」

礼夜の声に、居館の門を破ろうとしていた傭兵たちも、追撃の手を止めた。その動きに、守りを固めていたヤルンエルヴの兵たちは動揺する。

敵兵の動揺を突いて、礼夜はさらに叫んだ。

「城壁の門を開けろ、旗を掲げよ！　これより丘の上の正規軍と合流し、敗残兵を掃討する」

丘の上にいるのはむろん、張りぼてだ。しかし、それを知らないヤルンエルヴの兵たちは、これからさらに七千の総力が城になだれ込んでくるのだと恐怖した。

城壁の表門が開くと、ヤルンエルヴの人々は我先にと城の外へ逃げ出した。「真正アルヴ」軍は勝鬨を上げ、城壁に新月旗を掲げた。

焦ったのは、居館に残っていた領主や家臣たちだ。

守る者のいなくなった居館の扉はあっさりと開き、領主の首は今度こそ本当に討ち取られた。

「真正アルヴ」軍は、この戦いで半数を失ったものの、倍以上いた兵を排し、領主の居城を奪い取ったのである。

さらに翌日、北にいたヘイズルーンから、スヴァルトゥヴィドを陥落させたという報せが礼夜のもとに届いた。

礼夜はその時、ヤルンエルヴの城に留まり戦後処理をしながら、床についたままのヴィダールが目覚めるのを待っていた。

北のスヴァルトゥヴィドも陥落したと聞いて、ヤルンエルヴにいた「真正アルヴ」の兵士たちは歓喜した。

夜は居館前の広場に兵士たちが集まり、酒を酌み交わして勝利を祝い、互いに生き残ったことを喜び合った。

礼夜はほんの最初だけ、彼らの宴会に加わったが、すぐに引き上げ、居館の中で忙しく立ち動いていた。

仕事をしていたほうが、気がまぎれる。戦闘が始まってから、ほとんどまともに寝ていなかったが、眠るのが怖かった。

眠っている間に、ヴィダールの命が燃え尽きてしまいそうな気がしたのだ。

それでも、スヴァルトゥヴィド陥落の報せを聞いた翌晩は、共に戦後処理をしていた部下たちから、休むようにと拝むように言われてしまった。

渋々、居館の奥へ向かうと、礼夜が居室にしている部屋から、ジェドが出てくるところだった。その後ろから、水桶や布を持った女が二人、続く。

「毎日、すまないな」

ジェドと、それから世話係の女たちに向かって、礼夜は言った。ジェドは緩くかぶりを振って、女たちを下がらせる。

こちらが何か尋ねる前に、ジェドが口を開いた。

「容態は変わりません。傷も悪化していない。ただ、丸二日、何も口にしていませんから」

淡々と告げられる現実に、へたり込んでしまいそうになる。

ヤルンエルヴを攻め落とした後、まだヴィダールが生きているとジェドから知らされた時には、喜びに咽び泣いた。

戦の日、ジェドは礼夜と別れた後、まだかろうじて脈のあるヴィダールを民家に運び、そこでできる限りの処置をした。

おかげでヴィダールは一命を取り留めたが、意識を失ったままだ。

水も飲めない状態で、このまま目覚めなければ、いずれ衰弱して死ぬだろう。

自分の寝所にヴィダールを寝かせ、世話係の女を付けて看病を続けているが、いつ目覚めるのか、このまま目覚めないのか、何をすれば回復するのか、誰にもわからない。

礼夜は毎夜ヴィダールの傍らで、彼が目覚めることを祈りながら、わずかな時間だけ微睡む。寝ている間に恋人の呼吸が止まったらと思うと、なかなか眠ることができなかった。

「あなたもひどい顔だ。少し休んでください」

ジェドは礼夜を見て言ったが、そういう彼もげっそりとやつれていた。

「エインは？」

「こちらも相変わらずです。先ほど、麻酔の効果がある薬を与えたので、痛みは引いたようです。……今夜が峠でしょう」

無表情というより、表情の抜け落ちた顔でジェドは告げる。

エインも一命を取り留めた。敵の槍に突かれ、落馬したエインはあの時、味方の馬に踏まれたように見えた。

けれど実際は、落馬の衝撃にも耐え、馬からも必死に身をかわして致命傷を避けたらしい。さらに建物の陰で死んだふりをして敵をやり過ごし、ジェドが捜しに来た時には意識もあった。

しかし、槍傷は脇腹を深く抉っており、その後は熱を出して床に伏せたままだ。今朝、見舞った時にはもう、意識が朦朧としていた。

「後で見舞いに……行かないほうがいいか」

エインに最期の別れをしたほうがいいかもしれない。そう思って見舞いを申し出たのだが、ジェドの目を見てやめた。

自分がジェドだったら、最期は誰にも邪魔されたくない。

「お前も少し休め。眠れないのはわかるが」

それだけ言って、ジェドと別れた。部屋に入ると、暖炉の火で中が暖められ、暑いくらいだった。世話係の女たちがしたのだろう、香も焚かれている。

窓辺に設えられた寝台に、ヴィダールが静かに眠っていた。

香りが少しきつかったので、礼夜は窓を少し開けた。外を覗くと、青白い月が見える。

「まだ、起きないのか?」

礼夜はヴィダールに話しかけた。それから、月のように青ざめた恋人のまぶたにキスをする。唇にも。

「おとぎ話だと、王子様のキスで目覚めるんだけどな」

そっと撫でた頬は冷たく、かさついている。礼夜は部屋にあった水差しの水を少量含み、口移しでヴィダールに飲ませた。

けれどその水も、口腔を潤すだけで嚥下されることはない。脈は弱く、呼吸も、口元に耳を近づけてようやく聞き取れるほどだった。

少しずつ、静かに死が近づいてくる。礼夜は湧き上がる絶望を抑え、枕元の椅子に座って恋人の顔を眺めた。

青ざめてやつれ、死に瀕していてもなお、彼は美しい。

「なあ、ヴィダール。俺はお前の願いどおり、生き延びて、しかも城まで落としたんだぜ。そっちもちゃんと、約束を履行しろよな」

枕元で、礼夜は明るい声音で恋人に話しかける。今日一日の出来事、エインの容態、ジェドの様子も。

「もうじき、ガンドがこっちに合流する。イーヴァルディのじいさんにも、無事だって伝令を送ったから、きっと今頃は喜んで泣きじゃくってるぜ」

話を続け、時折、水や葡萄酒を口移しで含ませる。手や腕、足を揉んでやり、少しでも目が覚めないかと期待を寄せた。

「まだだ、ヴィダール。まだ終わってないって、言ったよな。お前もまだ、生きてるんだぜ」

戻ってきてくれと、この枕元で何度祈っただろう。

「俺のこと、愛してるんじゃなかったか？　根性見せろよ」

やがて話すことが尽きて、礼夜は口をつぐんだ。窓の外を見る。月が明るかった。

この世界の魂は、死んだらあの月に行くのだろうか。

「お前がもし、あっちに行くなら」

礼夜は語りかけながら、恋人の手を握った。

（俺も一緒に行ったら、だめか？）

後を追ったら、お前は怒るだろうか。言葉にしようとしたけれど、声が出なかった。

連日、ほとんど眠れず疲れきった身体は、とうに限界を過ぎていたらしい。唐突で強制的な眠気が、礼夜を襲った。

眠いと感じる間もなく、糸が切れるようにふっつりと、礼夜は意識を失っていた。

ふと目を開けると、朝の弱々しい薄明かりの中にいた。

清々しい空気を感じて、頭をもたげる。

礼夜は、粗末な天幕の中で眠っていた。ここが屋外であることを示すように、天幕の裾から外の冷気が入り込んでくる。

「どういうことだ？」

ヤルンエルヴの居館にいたはずだ。礼夜は混乱し、平静を取り戻すために周囲を見回した。

そうして思い出す。ここは、ウルズの泉だ。

一番はじめ、礼夜がこちらの世界に現れた場所。フレイが死ぬまで、彼と一緒にこの天幕で寝起きしたのだ。

「夢……なのか？」

これが夢なのか。それとも、今まで見ていたものが夢だった？

天幕には礼夜だけで、他に誰の姿もない。不安になって、外に出た。

辺りがぼんやりと明るい。けれど陽の光は見えず、空には巨大な月が浮かんでいた。

目の前には水辺が広がっていた。やはりここは、ウルズの泉だ。

「前にも見たな、この夢」

いや、あれは現実だったのか。思い出そうとして、よくわからなくなる。

しかし、それもすぐにどうでもよくなった。泉のほとりに、ヴィダールの姿を見つけたからだ。

彼は遠くを見つめたまま、水辺で立ち尽くしていた。

「ヴィダール！」

礼夜は叫んで駆け寄ろうとした。半ばまで距離を詰め、思わず足を止める。

ヴィダールの奥にもう一人、寄り添うように立つ人物がいる。

「お前……」

声が震えた。ヴィダールの隣にいるのは、フレイだった。

フレイは礼夜に顔を向け、にこりと微笑んだ。ヴィダールはしかし、前方を見つめたままだ。その横顔は虚ろで、礼夜に気づいた様子もない。

二人を見て、唐突に気がついた。

ここは現世ではない。常世(とこよ)か、あるいはその狭間か。

「ヴィダールを、連れていくのか」

フレイは答えなかった。ただ清らかに微笑むばかりだ。

「……連れていかないでくれ。そいつは俺のものだ。俺の大事な恋人なんだ」

物言わぬ半身に、礼夜は懇願した。

「なあ、頼むよ。俺はちゃんと、お前の言ったとおりにしたよな。家族を頼むっていう、お前との約束を果たしたんだ。ヴィダールを返してくれ。そいつがいないと俺、生きてる意味がないんだよ」

ヴィダールがいたから、自分はちゃんと人間になれた。

人を愛し、仲間を慈しみ、痛みや苦しみを感じられるようになった。ヴィダールが礼夜を愛し、大切にしてくれたからだ。

彼と共に生きることが、礼夜の希望であり幸福だった。彼がいなくなったら、自分はもうその痛みに耐えられない。

「もし返してもらえないなら、俺も連れてってくれ」

フレイがつと、微笑を浮かべたまま右手を上げた。手を差し伸べているのだと思い、礼夜は足を踏み出した。

彼らに触れられるくらいまで近づく。フレイの手のひらに、見覚えのある五芒星のような痣が見えた。

その手を取ろうとした時だった。

それまで、ぴくりとも動かなかったヴィダールが、ゆっくりとこちらを振り返った。フレイの手を遮るように、ふらりと礼夜へ向き直る。

「ヴィダール」

恋人の表情を覗こうと顔を上げようとして、その奥にいるフレイと目が合った。

彼はにこっと笑った。いたずらを企んでいるような、子供っぽい笑顔だ。

星の痣を持つ手が、ヴィダールの肩を摑む。そのまま礼夜のほうへヴィダールの身体を押し出した。

「えっ」

押されたヴィダールの足はもつれ、虚ろな表情のままこちらに倒れこんでくる。

「わ、危ないっ」

叫んで、礼夜が恋人の身体を支えようとした時、目の前が真っ暗になった。


ビクッ、と身体が跳ねて、目が覚めた。

顔を上げるとすぐ、寝床に横たわるヴィダールの胸元が視界に入る。いつの間にか、眠っていたらしい。

窓の外は白んでいて、月は見えなくなっていた。夜明けが来たのだ。

（……夢、だったのか？）

期待が脳裏をよぎり、ヴィダールに目をやる。

彼はまぶたを閉じたままだ。微かに呼吸音が聞こえる。落胆と安堵が同時に込み上げ、ため息をついた時だった。

握ったままのヴィダールの手が、ぴくりと動いた気がした。

「ヴィダール」

手を強く握り、その名を呼ぶ。今度はしっかりと指が動き、手を握り返された。

「ヴィダール、ヴィダール！」

必死に呼びかける。青白いまぶたがゆっくりと開かれるのを、礼夜は息を呑んで見つめた。

「レ、イ……」

掠れた声が、確かに礼夜の名を紡ぐ。その後で、ひどく咳き込んだ。礼夜は急いで、水差しの水を飲ませてやった。

「また、泣いていたのか」

ゆっくりと水を飲んで、最初に出た言葉がそれだった。

「馬鹿野郎」

礼夜は悪態をついた。怪我人じゃなかったら、一発殴ってやりたい。そんなことを考えながらも、涙が次々にこぼれた。止まらなかった。

「お、起きるのが遅いんだよ。どんだけ寝てやがるんだ。こっちはもう、とっくに城を落としたし、何なら宴会までやってるし……」

頭の中がぐちゃぐちゃで、何を言っているのか自分でもわからない。

ヴィダールは手を上げて、そんな礼夜の頰を拭ってくれた。

「お前が泣いている声が、聞こえたんだ」

灰色の瞳が、軽く窓の外を見上げる。

「ずっと、泉のほとりにいた。ウルズの泉に」

礼夜が息を吞むと、ヴィダールは視線を戻して微笑んだ。

「お前の泣き声がして、必死でお前を探すのに見つからない。そのうち、泉の向こうに、父や母、亡くなった傭兵団の仲間たちがいることに気がついた」

父も母も、生前では見たことのないような穏やかな顔をしていた。それを見て、ヴィダールはそちらに行きたくなったのだという。

「でも、お前が泣いていたからな」

ヴィダールは言い、また優しく礼夜の頬を撫でてくれた。

礼夜が泣いているから、向こうには行けない。でも、どんなに礼夜を探しても、恋人の姿は見えない。

「そんな時、フレイ様がどこからか現れて、こっちだと連れていかれた。……不思議な夢だったな」

「夢……なのかな」

涙が喉に絡んで、上手く言葉にならない。

「俺も今、夢を見ていたよ。ウルズの泉のほとりで、お前とフレイが立ってるのを見た」

あの時、フレイはヴィダールを連れて行こうとしているのではなかった。礼夜のところに連れてきてくれたのだ。そのことに気づいたら、また泣けてきた。

「フレイが、お前の肩を押してくれたんだ。ちょっと乱暴だったけどな」

ヴィダールが両腕を伸ばした。礼夜は身を屈め、二人はしっかりと抱き合った。

「遅くなってすまない、レイヤ」

その吐息が、その肌が温かい。礼夜は大きく息をついた。

「いいよ。戻ってきてくれたのなら、それでいい」

「だが、約束は守らないとな。これから何度でも、お前を抱いてやる」

いたずらっぽい声で言うから、こちらも「気が早えな」と、笑った。

「もっと回復してからな。傷が塞がったら、俺がお前の上に乗っかってやるよ」

水を飲むか、と、礼夜は尋ねた。

「それとも、腹が減ってるか。二日も飲まず食わずだったから、最初は重湯から……」

「喉が渇いた。けどしばらく、このままでいてくれ。もう少し、お前の温もりを感じていたい」

礼夜を抱く手に、力がこもった。礼夜はその胸に頬をすり寄せる。

「ああ。そうだな。もうしばらく、こうしていよう」

焦らなくてもいい。どのみち、回復には時間がかかる。ヴィダールに報告することが山ほどあるし、まだ仕事だって残っている。

この抱擁を解いたら、途端に忙しくなるだろう。

だからしばらくはこのまま、愛する人の温もりを感じていよう。

礼夜は恋人の胸に頭を預け、そっと目を閉じた。


三つの城を瞬く間に陥落させた「真正アルヴ王国」は、周辺に名を轟かせた。

さらに礼夜が率いる「真正アルヴ」軍は、間を置かずして二つの領地を征服する。

奇襲と奇策を繰り返す戦略は、諸侯たちに卑劣漢と罵られたが、「正統なるアルヴ王族」のフレイを王に掲げ、連戦連勝を続ける「真正アルヴ」は、現政権に疲弊していた民衆に受け入れられた。

やがて、アルヴの領土の三分の二を手中に収めたフレイ王は、改めて自分が、「アルヴ王国」の真の王であることを宣言する。

カールヴィとニーノ親子率いる現政権は、ここから猛反撃を繰り返し、アルヴを二つに割った内乱が数年の間、続いた。

戦いに決着をつけたのは、フレイ王が大陸中に人をやって探させたという、火薬の存在だ。それまで、アルヴには存在しなかった火薬が登場すると、戦局は一気に変わった。

火薬を手に入れたフレイ王は、すぐさま首都ビルスキルニルに侵攻する。

数では圧倒的に勝っていたカールヴィの軍だったが、火薬を用いた新しい兵器の前になすすべもなかった。

侵攻からおよそ十日で首都は陥落、カールヴィとニーノは処刑され、彼らの政権は崩壊する。

こうして、アルヴ王国の玉座は再び、アルヴ王家に戻った。

内乱は終わり、アルヴにも平和が訪れる。

フレイ王の戴冠式がビルスキルニルの王宮で行われたのは、「真正アルヴ王国」を名乗る盗賊が新月旗を翻して登場してから、約五年後のことだった。

終幕

「フレイ王」の戴冠式から一年が過ぎた夏、礼夜たちはウルズの泉がある山に登っていた。

「確か、こちらの道でしたね。多少木々が育っていますが、稜線の形は変わりませんから」

エインがてきぱきと説明しながら、さっさと上って行くので、礼夜は「うぉい」と、乱雑に引き留める。

「待て待て。ちっとは同行者の体力を考えろ。書類仕事で座ってばっかの王様と、死にかけのジジイがいるんだぞ」

後ろでイーヴァルディの「死にかけてはおりませぬ」という抗議の声が聞こえた。ぜえぜえと息の上がった礼夜と違い、老侍従の声ははっきりしているが、それもヴァンに背負ってもらっているのだから、当然だ。

「申し訳ありません。久しぶりの山で、はしゃいでしまいました」

エインが照れ臭そうに頭を掻き、ここで休憩にしましょう、と言った。ジェドは離れたところにいて、その時は何も言わなかったが、礼夜たちが腰を下ろして休憩を始めると、エインに近づいて小言を言っていた。

これは私的な旅だから、ちょっとくらいはしゃいでもいいと思うのだが、ジェドは相変わらずプロに徹していて相棒に厳しい。

でもその厳しさも、期待と喜びの表れだろう。

ヤルンエルヴ戦での負傷がひどく、療養が長引いたエインも、今ではすっかり元気になった。

時々、雨の日に古傷が痛むことがあるというが、今のところ任務に支障はない。

「レイヤ、水を」

木の根元に無造作に腰を下ろした礼夜に、ヴィダールが水筒を差し出した。

彼も一度は死にかけたが、目を覚ましてからの回復は早かった。やがて始まった次の戦にも加わり、傍らで礼夜を守り続けた。

平和になった今、王の仕事を補佐する補佐官の役職を得ているが、王の護衛でもある。

イーヴァルディは侍従長に復職した。

領地を取り戻したので、養子で後継ぎとなったオーズに後を任せて隠居するのかと思ったが、今も王宮にいる。

ただ、カールヴィ親子の処刑後、フレイの仇を取ってホッとしたのか、以前ほどの元気はなくなった。季節の変わり目などに体調を崩すことも多い。

このウルズの泉に至る旅程も、年寄りには厳しい。それでも、どうしても訪れずにはいられなかったのだろう。

礼夜とその側近たちは今、ウルズの泉のほとりに埋めた、フレイの遺体を掘り起こすために山を登っていた。

逃亡の最中に命を落とし、無造作に埋葬するしかなかった王子を、王城の霊廟、家族たちのいる場所に安置するためである。

ウルズの泉へ行くことを、礼夜は戦争を始めた頃から考えていた。いつか平和になったら、フレイを迎えに行こうと思っていたのだ。

恐らく、側近たちの誰もが同じことを考えていたはずだ。

今年の初め、礼夜が「ウルズの泉に行こうと思う」と言うと、側近たちはすぐに日程の調整を始めた。

側近たちはみんな忙しい。オーズもイーヴァルディの後継者として、王宮で立ち回っているし、礼夜の従僕となったヴァンもそうだった。

けれど、何も言わずとも皆が揃った。

本当は、領地に戻ったガンドも参加したかっただろう。ガンドは、「私は、ウルズの秘密に立ち会った者ではありませんから」と、同行を辞退した。

ウルズの泉は、本来なら王族しか場所を知らない聖域だ。かつて、フレイに同行した者以外、知るべきではないというのが、彼の意見だった。

礼夜たちは地図には載っていない、禁足の地を目指し、側近たちの記憶を頼りに道を探して、山を登り続けていた。

ウルズの泉は、記憶にあるより小さく、そして明るかった。

季節のせいもあるだろう。あの時は昼でも寒かったが、山を登りきった今は汗ばむほどだ。

「綺麗だな」

まぶしい日差しに手をかざして、礼夜はぽつりとつぶやいた。

「ああ、美しい。それに夏のせいか、明るくて生き物の気配を感じる」

隣に立つヴィダールが返す。彼の言うとおり、泉の周りには虫や鳥の姿があった。

寒く陰鬱だったあの時とは、何もかもが違う。

(フレイにも、この景色を見せてやりたかったな)

十六歳で、外の世界もろくに知らず死んでしまった少年に。

「泣き虫め。泣くのはまだ早いぞ」

ひとりでに目が潤みかけるのを、ヴィダールがからかう口調で言う。けれど、礼夜の背中を慰撫する手は優しかった。

この頃どうも、涙もろくて困る。礼夜は何度か瞬きしながら、ヴィダールを睨んだ。

「泣いてねえ。ちょっと目が潤んだだけだ」

「どうだか」

「そのセリフは、あっちのじいさんに言ってやれ。おい、ジジイ。今から泣いてると余計に干からびるぞ」

　フレイを思ってだろう、イーヴァルディは早くも手巾を握りしめて目元を拭っていて、礼夜がからかうと、「む、これは汗でございます」と、見得(みえ)を張った。

「レイヤ様、あちらに焚火の跡があります。たぶん、あの辺りかと」

　ヴァンが、かつて野営をした場所を見つけたようだ。礼夜は感傷を振りきり、「おっし」と、掛け声を上げた。

「そんじゃ、若い衆で掘り起こすか。中年とじいさんは無理しなくていいぞ」

　オーズがすかさず座る場所を見つけて養父を誘ったので、イーヴァルディは素直に腰を下ろした。

　中年、と言われたジェドは、無言で腕まくりをする。

　ほぼ手掘りだった埋葬時とは違い、今回は円匙(シャベル)を持参したので、それほど苦労はしないはずだ。

　イーヴァルディを除く全員で、フレイを埋葬した辺りの土を掘った。

　意外なほどすぐに、手ごたえはあった。

　フレイの遺体と共に埋葬した毛皮に、掘り当たったのである。ここに、フレイがいるのだ。

　礼夜たちはそれから、無言で掘り進めた。

　けれど、どれほど掘っても、フレイの遺体は骨一本、見つからなかった。

「どういうことだ？　獣に掘り起こされていたのか？」

　陽が沈みかけ、月がぼんやり浮かぶ頃になっても見つからず、礼夜はついに掘るのをやめてつぶやいた。

しかし、側近たちはそれぞれにかぶりを振る。

「いえ。それにしては、毛皮が荒らされた様子がありません。何者がやったにせよ、掘り起こしていれば、毛皮ももっと乱れていたでしょう」

エインの言うとおり、毛皮は埋葬した時のまま、綺麗に広げて土に埋められていた。

ではなぜ、フレイの遺体だけがないのか。考えてもわからない。

不可解なままだが、ともかく今日はもう時間がない。もうじき日暮れだ。今日は山を登り続け、その後は土を掘り続けて、みんな疲労困憊している。

早めに天幕を張ることにして、野営の準備を始めた。

礼夜は、天幕の設営はよくわからないので、炊事の準備をする。イーヴァルディが空の水袋を持って泉へ行こうとするので、慌てて代わった。

「お前は火の番でもしてろ。ジジイが水汲みなんかしたら、腰抜かすぞ」

「またそういう憎まれ口を！」

老侍従は意気軒高に叫ぶが、やはり昔の勢いはなかった。せっかくここまで生き残ったのだから、無理はしないでほしい。ただ、礼夜にはまだ素直にそう言えなかった。

（お前だったら、もっと優しく労ってやれただろうになあ）

水を汲みながら、心の中でフレイに話しかける。

フレイの遺骨はどこにあるのだろう。せめて、遺骨だけでもきちんと埋葬したかったのに。

彼はいつも、自分以外の誰かのことばかり考えていた。命がけでここまで来て、仲間のために祈り、死んでいった。

死んでなお、ヴィダールやエインを助けてくれた。礼夜の心も救ってくれたのに。

(あいつが一番、いい奴だったのに。ずいぶんと報われないじゃないか)

水袋をいっぱいにして、ふと空を見上げる。先ほどよりはっきりと、月が出ていた。

(なあ、マーニとやらよ。あんたも冷たいよな)

礼夜は神に祈ったことなどないが、フレイは月の神を真面目に信仰していた。なのに、フレイだけが報われない。

不公平だと、礼夜は月にぼやいた。

「フレイがもし生まれ変わったら。今度は幸せにしてやってくれ。頼むよ」

せめて、来世だけでも。

祈るというより愚痴をつぶやいて、礼夜は腰を上げる。視界の端で、水面が揺らめくのが見えて、顔を上げた。

こぽりと、水面に泡が浮かんだ。水の下で、何かが動いている。

魚かと目を凝らすと、白っぽいものが揺らめいた。何か、小動物のようなものだ。

その何かが、必死にもがいているように見え、礼夜は思わず水の中へ手を伸ばした。

「レイヤ、どうした」

天幕を張っていたヴィダールが、異変に気づいてやってきた。

「何かが水の中にいる」

「魚か？」

ヴィダールが目を細めて言った。辺りは暗くなってきている。彼のいる位置からは、よく見えないらしい。

「違う、魚じゃない。小動物かもしれない」

放っておいてはいけない気がして、礼夜は水に入ろうとした。ヴィダールがそれを引き留める。

「待て。俺が行く」

そう言って泉へ入り、水面が泡立つ場所へ手を伸ばす。一度、水に顔をつけて中を見た後、ちらりと礼夜を振り返った。

困惑した顔で「まさか」と、つぶやく。それからまた、水に顔をつけた。

溺れている何かを掴み、引き寄せる。ヴィダールと一緒に上がってきたそれを見て、礼夜は我が目を疑った。

「な……それ……赤ん坊？」

どう見ても、人間の赤ん坊だった。裸で、へその緒が付いている。

ぐったりしたその背中を、ヴィダールは軽く叩いた。何度か叩くと、赤ん坊はけほっと咽せて水を吐いた。

続いて、ひゅうっと息を吸い込む音がしたかと思うと、今度は顔を真っ赤にして泣き出した。

ヴィダールと礼夜は思わず、顔を見合わせた。

「マジかよ……」

泣き声を聞いて、他の側近たちも水辺へ集まってくる。みんな、赤ん坊がいきなり泉から現れたので、驚いている。当然だ。

「生まれたばかりみたいです。へその緒が」

「男の子だ。どこから流れてきたんだ？」

「ともかく、身体を温めないと」

大人たちがうろたえ、右往左往する間も、赤ん坊は勢いよく泣いていた。

ヴィダールは困惑しながらも、どうにか泣きやませようと赤ん坊を揺すっている。礼夜もよくわからないまま、赤ん坊に触れようと手を差し伸べた。

すると赤ん坊も、ぎゅっと握り込んでいた右の拳を開いて、礼夜へと伸ばす。

その手のひらを見て、礼夜はまたもわが目を疑った。

赤ん坊の手のひらに、五芒星に似た痣があったからだ。頭頂に生えた産毛のような髪は、よく見ると黒っぽかった。瞳も黒いだろうか。

「……そうか。そういうことか」

礼夜は笑った。頭上の月を見る。

「神様も、ずいぶん粋なことしてくれるな」

礼夜が月に愚痴をこぼしたからだろうか。それとも、最初からこうなる運命だったのか。

「ははっ」

唐突に笑い出した主人を見て、側近たちが目を丸くした。ヴィダールも、どういうことだと目で問いかけてくる。

「俺に抱かせてくれ。たぶんこれから、俺の息子、ってことになるだろうから」

訝しむ恋人の手から、赤ん坊をすくい上げた。赤ん坊の右手を開いて、ヴィダールに振って見せる。ヴィダールが息を呑んだ。

側近たちにも痣を見せると、彼らも驚きのあまり、言葉を失っていた。

みんなが絶句する背後から、イーヴァルディが一人遅れて、よろよろと近づいてくる。礼夜は笑顔で彼に叫んだ。

「じいさん、イーヴァルディ！　フレイだ。フレイが見つかったぞ！」

それから、みんなで焚火の前に行き、赤ん坊を温めた。赤ん坊のために粥を煮たり、服を着せたり、てんやわんやだ。

男たちがこぞって赤ん坊の世話をするのを、空に浮かぶ月が優しく眺めていた。

あとがき

こんにちは、初めまして。小中大豆(こなかだいず)と申します。今回は、受は半グレ、攻は元傭兵という異色カップルになりました。

執筆を終えて、反省すべき点は多々あるのですが、今はいただいたイラストの素晴らしさにすべてが吹き飛んでいます。ゼロだったライフゲージが満タンに！

奈良千春(ならちはる)先生、ご多忙の中、素敵なイラストを描いていただき、本当にありがとうございました。今回もご迷惑をおかけしました。

異世界召喚、身代わりものと、書きたいものを書かせていただいたのですが、読者の皆様に楽しんでいただけるか、ドキドキしております。少しでも楽しんでいただけたら嬉しいです。

それではまた、どこかでお会いできますように。

小中大豆先生、奈良千春先生へのお便り、
本作品に関するご意見、ご感想などは
〒101-8405
東京都千代田区神田三崎町2-18-11
二見書房　シャレード文庫
「やさぐれ男、異世界で色悪騎士が愛する王子の身代わりとなる」係まで。

本作品は書き下ろしです

CHARADE BUNKO

やさぐれ男、異世界で色悪騎士が愛する王子の身代わりとなる

2024年4月20日　初版発行

【著者】小中大豆

【発行所】株式会社二見書房
東京都千代田区神田三崎町2-18-11
電話　03(3515)2311[営業]
　　　03(3515)2313[編集]
振替　00170-4-2639
【印刷】株式会社 堀内印刷所
【製本】株式会社 村上製本所

落丁・乱丁本はお取り替えいたします。
定価は、カバーに表示してあります。

ISBN978-4-576-24016-9

https://charade.futami.co.jp/